수레바퀴 아래서

부클래식

037

수레바퀴 아래서

헤르만 헤세

이미선 옮김

부북스

차 례

1장

요제프 기벤라트 씨는 중개업과 대리업을 했다. 다른 주민들과 비교할 때 그에게는 그 어떤 장점도 특징도 없었다. 다부지고 건장한 체격, 돈에 대한 솔직하고 진실한 존경과 결합된 상당한 상업적 수완, 그 외에 작은 정원이 딸린 작은 집, 묘지에 있는 가족묘, 약간 개화는 되었지만 위선적인 교회주의, 신과 정부에 대한 적당한 존경심, 시민적 예의바름의 확고한 규칙에 대한 맹목적인 복종 등, 모든 점에서 그들과 별 다를 바가 없었다. 술은 꽤 잘 마셨지만 한 번도 취한 적이 없었다. 가끔 의심의 여지가 전혀 없지는 않은 사업을 벌이기도 했지만 절대 법적 허용의 한계를 넘지는 않았다. 그는 가난한 사람들은 무일푼이라고 흉을 봤고, 부자는 허풍쟁이라고 욕을 했다. 시민 단체의 회원으로, 금요일마다 주점 '독수리'에서 독일식 볼링 게임에 참가했고, 빵 굽는 날이나 전체 요리 혹은 소시지 스프 먹는 날에도 참가했다. 일할 때는 싸구려 시가를, 식후나 일요일에는 고급 시가를 피웠다.

그의 내적인 삶은 속물적이었다. 감성이라 할 만한 것은 이미 오래 전에 먼지로 뒤덮였다. 고작해야 전통적이고 무뚝뚝한 가족 의식, 하나뿐인 아들에 대한 자부심, 가끔 가난한 사람에게 적선하고 싶은 마음이 전부였다. 정신적 능력은 극히 한정적인 타고난 교활함과 산수 능력 범위를 벗어나지 못했다. 읽는 것이라고는 신문뿐이었다. 예술을 즐기고 싶은 욕구는 해마다 열리는 시민 단체의 아마추어 공연과 가끔 씩 서커스 구경하는 것으로 충족되었다.

그가 그 어떤 이웃과 이름이나 집을 바꾼다고 해도 별로 달라지는 일은 없었을 것이다. 마음 가장 깊은 곳에 숨어 있는 것, 즉 모든 뛰어난 능력과 인물에 대한 끊임없는 불신, 그리고 평범치 않은 것, 자유로운 것, 우아한 것, 정신적인 것에 대한 본능적인 증오, 질투에서 나온 이런 증오를 품었다는 점에서 그는 도시에 있는 모든 가장들과 똑같았다.

그에 대한 이야기는 이것으로 충분하다. 대단히 풍자적인 사람만이 이 사람의 이 밋밋한 인생과 이 인생의 무의식적인 비극을 표현할 수 있을 것이다. 하지만 이 남자의 외아들, 그 애에 대해서는 이야기할 만하다.

한스 기벤라트는 정말 재능 있는 소년이었다. 다른 아이들과 동떨어져 우아하게 돌아다니는 모습을 보기만 해도 충분히 알 수 있었다. 슈바르츠발트[1]의 작은 마을은 보통 이런 사람을 배출하지 않았다. 좁아터진 이 지역 너머로 눈길을 던지고 영향력을 행사했던 인물은 한 번도 나온 적이 없었다. 이 소년이 대체 어디에서 이렇게 진지한 눈과 영리한 이마와 우아한 걸음걸이를 받았는지 아무도 모른다. 혹시 어머니한테서? 소년의 어머니는 오래전에 세상을 떠났다. 살아생전 늘 아팠고 우울했다는 것 외에 특별한 것이 없었다. 아버지는 말할 필요도 없었다. 따라서 정말로 신비한 불꽃이 하늘로부터 이 오래된 마을에 떨어진 것이다. 8, 900년이나 되는 오랜 역사 동안 건실한 시민은 많이 배출했지만, 재능 있는 인물 혹은 천재는 단 한 번도 배출한 적이 없는 이 마을에.

현대적 교육을 받은 관찰자라면 병약한 모친과 오랜 가문의 역사를 생각해 보고, 몰락의 초기 징조인 지능 과잉에 대해 말했을지도 모른다. 그러나 다행히 이 도시에 이런 종류의 사람들은 없었다. 단지 공무원과 교사들 가운데 좀 더 젊고 좀 더 영리한 사람들만이 잡지 기사를 통해 '현대적 인간'의 존재에 대해 어렴풋이 알고 있을 뿐이었다. 이곳에서는 차라투스트라의 말을 모르고도 살 수 있었고, 교양 있는 체할 수 있었다. 부부들은 든든한 관계를 유지했고 가끔 행복하기도 했다. 그러나 모든 삶은 치유 불가능할 정도로 케케묵은 상태를 유지했

1. Schwarzwald: 검은 숲이라는 뜻. 독일 남서부의 바덴부르템베르크 주의 숲과 산악 지역으로 서쪽과 남쪽 끝에는 라인 강이 있다.

다. 유복하고 부유한 시민들 중에는 지난 20여 년 간 수공업자에서 공장 주인이 된 사람도 꽤 있었다. 이들은 공무원 앞에서는 모자를 벗고 경의를 표하며 친분을 맺으려 들었지만, 자기들끼리 있을 때는 이들을 무일푼이나 서기나부랭이라고 불렀다. 그럼에도 불구하고 이상하게도 이들이 품은 가장 높은 야심은 가능하면 아들들을 대학에 보내어 공무원을 만드는 것이었다. 유감스럽게도 이것은 항상 이뤄질 수 없는 멋진 꿈으로 남았다. 왜냐하면 이들의 자손들 대부분은 이미 라틴어 학교를 다니는 동안 엄청난 고통과 반복되는 낙제를 겪으며 겨우 학교를 졸업했기 때문이었다.

한스 기벤라트의 재능에 대해서는 의심의 여지가 없었다. 교사, 교장, 이웃, 시 목사, 동급생과 모든 사람들은 이 소년이 영리한 머리를 가졌고 정말 뭔가 특별하다고 이구동성으로 말했다. 이렇게 하여 아이의 미래는 결정되었고 확정되었다. 부모가 부유하지 않으면 슈바벤 주의 재능 있는 소년들이 갈 곳이라고는 단 하나의 좁은 길밖에 없었기 때문이었다. 즉 주(州) 시험을 통과해 신학교에 가고, 그런 다음 튀빙엔 신학대학에 가고, 거기서 다시 설교단으로 가거나 교단으로 가는 길이었다. 매년 이 지역의 아들들 4, 50명이 이 조용하고 확실한 길에 첫발을 들여놓았다. 지치도록 공부하여 비쩍 마르고, 이제 막 견진성사를 받은 이들은 여러 분야의 인문 지식을 국가의 비용으로 배우고, 8년 혹은 9년이 지나고 나면 인생길에서 보다 더 긴 두 번째의 여정에 들어서게 되는데, 이때는 받았던 혜택을 국가에게 다시 돌려주어야만 한다.

몇 주 후에 '주 시험'이 다시 있을 예정이었다. 매년 치러지는 이 시험을 사람들은 헤카톰베[2]라고 불렀다. 여기서 이 지역의 젊은 청년들이 선발되고, 시험 기간 동안에는 소도시와 마을들에서부터 수많은 가족들의 한숨, 기도, 소원이 주의 수도를 향한다. 시험은 주 수도에 있는 성에서 치러진다.

한스 기벤라트는 이 소도시에서 고통스러운 경쟁에 내보내려고 생각하는 유일한 후보자였다. 상당히 영예로운 일이었으나, 이런 영예가 거저 얻어지는 것은 아니었다. 매일 4시까지 진행되는 학교 수업에 이어 교장 방에서 그리스어 특별 수업이 있었고, 그런 뒤 6시 정각에는 친절하게도 시 목사가 라틴어 복습 시간과 종교 수업을 맡아 주었다. 그리고 일주일에 두 번 저녁 식사 후에는 수학 교사에게서 한 시간 동안 지도를 받았다. 그리스어에서는 우선 불규칙 동사를 배운 다음에 주로 불변화사로 표현할 수 있는 문장 결합의 다양성에 중점을 두었다. 라틴어에서는 문체를 명확하고 간결하게 쓰는 것을 특히 운율적으로 세련되게 하는 것을 많이 배웠고, 수학에서는 복잡한 비례계산에 역점을 두었다. 교사가 자주 강조하듯이, 이러한 비례계산은 표면상으로는 나중의 대학 공부나 삶을 위해서 아무런 가치도 없는 듯이 보였다. 물론 표면상 그렇다는 것이다. 실제로 이

---

2. Hekatombe: 고대 그리스에서 신에게 소 100마리를 제물로 바쳤던 제사로, 큰 희생을 치르는 힘든 시험을 빗대어 한 말이다.

것들이 더 중요하다. 그렇다, 많은 전공과목보다 훨씬 중요하다. 왜냐하면 이것들은 논리적인 능력을 길러 주어 명료하고 객관적이며 효과적인 모든 사고의 기반이기 때문이다.

정신적으로 과도한 부담을 느끼지 않도록, 그리고 이성의 훈련 때문에 감수성을 잃어버려 메마르지 않도록, 한스에게는 매일 아침 학교 시작되기 전 한 시간 동안, 견진성사를 받는 소년소녀들이 듣는 성서 강독에 참가하도록 허락되었다. 여기서 브렌츠[3]의 교리문답서를 배우고, 질문과 대답을 활발하게 암기하고 암송했다. 이를 통해 생긴 종교적 삶의 고무적인 숨결이 젊은이들의 영혼 깊숙이 파고들었다. 유감스럽게도 한스는 그리스어와 라틴어 단어 혹은 연습 문제를 꽉 채워 쓴 종이쪽지를 몰래 교리문답서 안에 넣어 이 세속적인 학문에 집중했기 때문에 이 원기를 북돋아 주는 시간을 단축시켰고, 이것이 주는 잠재적인 축복을 스스로 거부했다. 하지만 이때 고통스러운 불안이나 약간의 걱정스러운 감정도 느끼지 못할 정도로 양심이 무디지는 않았다. 수석 사제가 가까이 다가오거나 혹은 자신의 이름이 불리기라도 하면, 매번 놀라 수줍게 몸을 움찔했고, 대답을 해야만 할 경우에는 이마에 땀이 솟았고 가슴이 쿵쾅거렸다.

---

3. Johannes Brenz(1499-1570): 독일 종교 개혁가, 개신교 신학자. 세 권의 교리문답서를 저술했고, 그중 1535년도에 출판된 것이 가장 큰 영향력을 끼쳤다. 그의 교리문답서들은 1999년까지 총 518판이 출판되었고 외국어로 번역되기도 했다. 루터와 함께 루터파 개신교의 가장 중요한 교리문답서 저술가이다.

그러나 대답들은 나무랄 데 없었고, 토론에서도 역시 그래서 수석 사제는 그의 재능을 높이 평가했다.

쓰기 혹은 암기, 복습과 예습 등 온종일 한 과 한 과 쌓이는 과제들은 밤늦게 자기 집의 아늑한 불빛 아래서 끝낼 수 있었다. 담임교사는 집의 이러한 평화로움에 에워싸인 채 고요히 공부하는 것이 효과가 대단히 좋다고 생각했다. 이런 공부는 화요일과 토요일에는 보통 10시까지, 다른 요일에는 11시, 12시까지, 때로는 그 이후까지도 계속되었다. 아버지는 등잔 기름을 지나치게 많이 사용한다고 약간 투덜대기는 했지만, 아들이 이렇게 열심히 공부하는 모습에 자부심을 갖고 뿌듯하게 바라보았다. 어쩌다 생기는 휴식 시간이나, 우리 삶의 일곱 번째를 차지하는 일요일에는 학교에서 읽지 않은 작가들의 책을 읽거나, 문법 복습을 해야만 했다.

"물론 적당히, 적당히! 일주일에 한두 번은 꼭 산책을 해라. 그게 기적을 만든단다. 날씨가 좋을 때는 야외로 책을 갖고 나가도 좋다. 아마 알게 될 거다, 신선한 공기 속에선 공부가 얼마나 쉽고 즐거운지를. 아무튼 용기를 내!"

한스는 가능하면 용기를 내려고 했다. 이제부터 산책도 공부를 위해 이용하였고 잠이 부족한 얼굴에 피곤하고 푸르스름하게 꺼진 눈을 하고 여기저기 돌아다녔다.

"기벤라트를 어떻게 생각하십니까, 그 애가 시험에 합격할까요?" 담임선생이 교장에게 물었다.

"그 애는 할 거예요, 할 겁니다." 교장은 환호하듯 말했다. "그 애는 아주 영특한 애 중의 하나예요. 그 애를 좀 보세요, 정말 정신만 번뜩이는 것 같아요."

지난 한 주일 동안 그의 정신적 충만함은 눈에 띌 정도가 되었다. 귀엽고 여린 소년의 얼굴에는 움푹 꺼지고 불안한 눈이 우울한 열정으로 이글거렸고, 아름다운 이마에는 정신을 보여주는 섬세한 주름이 실룩거렸고, 그렇지 않아도 연약하고 가느다란 팔과 손은 축 늘어져 보티첼리를 연상시키는 나른한 우아함을 띠었다.

이제 준비는 다 끝났다. 내일 아침 소년은 아버지와 함께 슈투트가르트로 가서, 신학교의 좁은 수도원 문 안으로 들어갈 능력이 있는지 없는지 시험에서 보여주어야만 한다. 그는 작별 인사를 하러 교장을 찾아갔다.

걱정이 된 교장은 평소답지 않게 부드러운 어조로 말했다. "오늘 저녁에는 더 이상 공부해서는 안 된다. 약속해라. 내일은 정말 건강한 상태로 슈투트가르트에 발을 들여놓아야 해. 한 시간 산책을 하고 그 다음에는 제 시간에 잠자리에 들거라. 젊은 사람들은 잠을 자야 해."

한스는 겁날 만큼 많은 충고 대신 호의적인 말을 들어 기분이 이상했지만 안도의 숨을 내쉬며 학교를 나왔다. 커다란 키르히베르크 보리수[4]들이 늦은 오후의 뜨거운 햇살 속에서 은은하

4. 칼프Calw에 종교개혁 300주년을 기념하여 심은 보리수들.

게 빛났다. 시장 광장에는 두 개의 거대한 분수가 물을 내뿜으며 반짝거렸다. 검푸른 전나무로 울창한 마을 근처의 산들이 들쭉날쭉한 지붕들 위를 내려다보고 있었다. 소년에게는 이 모든 것이 마치 오랫동안 보지 못했던 것 같은 느낌이 들었고, 모든 것이 말할 수 없이 아름답고 유혹적으로 보였다. 머리는 아팠지만 오늘은 더 이상 공부하지 않아도 되었다.

그는 시장 광장을 어슬렁어슬렁 걸어, 낡은 시청을 지나고, 시장 골목길을 통과하여 칼 만드는 집 앞을 지나 오래된 다리로 갔다. 그곳에서 잠시 이리저리 배회하다가 결국 넓은 난간에 앉았다. 몇 주, 몇 달 동안 매일 네 번씩이나 이곳을 지나갔지만 단 한 번도 다리 옆에 있는 작은 고딕식 예배당[5]에 눈길을 준 적이 없었다. 그리고 강물에도, 또 수문 장치에도, 방죽과 물레방아에도, 하다못해 수영 터인 목초지와 버드나무가 늘어진 강가도 바라본 적이 없었다. 강가에는 무두질하는 곳이 연이어 자리 잡고 있었다. 이곳의 강물은 깊고, 초록빛으르, 마치 호수처럼 고요했고 휘어진 가느다란 버들가지가 물속으로 늘어져 있었다.

이제 소년은 다시 기억이 떠올랐다. 얼다나 많은 날들을 한

---

5. Brückenkapelle(브뤼켄카펠레:다리 예배당) 혹은 Brückenkirche(브뤼켄키르헤:다리 교회)라고도 불리는 교회 건물은 다리와 여행자의 보호를 빌기 위해 세워졌다. 특히 중세에 큰 강에 다리가 건축되고 다리 옆 강가에 작은 여배당이 세워지면서, 이런 교회 건축도 널리 퍼졌다. 헤세의 고향 도시인 칼프Calw의 니콜라우스 다리에도 니콜라우스 브뤼켄카펠레가 있다. 이 예배당은 강변 다리 기둥 위에 있어, 다리에서 곧바로 예배당으로 들어갈 수 있다.

나절 혹은 온종일 여기서 시간을 보냈고, 얼마나 자주 헤엄을 치고 잠수를 했고, 배를 젓고 또 낚시를 했었던가. 아 그래, 낚시! 이제는 낚시하는 법을 거의 잊었고 생각도 안 났다. 지난해 시험공부 때문에 낚시질이 금지 되었을 때 그는 정말 슬프게 울었다. 낚시! 그건 학교 다니는 동안 가장 재미난 일이었다. 성근 버드나무 그늘 아래 서 있는 것, 가까운 물방앗간 방죽에서 쏴쏴 거리는 소리, 깊고 고요한 물! 그리고 강물에 어른거리는 빛, 긴 낚싯대의 가벼운 흔들림, 물고기가 미끼를 물고 당겼을 때의 흥분, 퍼덕대는 차갑고 통통한 물고기를 손에 잡았을 때의 독특한 기쁨.

그는 힘찬 잉어를 꽤 많이 잡아 올렸다. 그리고 루드[6], 돌잉어와 아주 맛좋은 텐치[7]와 작고 색깔이 예쁜 연준모치도. 소년은 오랫동안 물 위를 바라보다가 온통 초록색인 강변을 쳐다보면서 생각에 잠기다가 우울해졌다. 아름답고 자유롭고 야성적이었던 소년 시절의 기쁨이 아주 멀리 저 뒤로 사라져 가는 기분이 들었다. 기계적으로 가방에서 빵 하나를 꺼내 크고 작은 덩어리로 만들어 물에 던져, 그것들이 물에 가라앉는 모습을 그리고 물고기들이 물어 채는 모습을 바라보았다. 처음에는 아주 작은 금붕어들이 오더니 좀 작은 덩어리를 허겁지겁 먹어 치우고는 큰 덩어리들은 굶주린 주둥이로 이리저리 밀쳐 댔다. 그

---

6. 튼튼한 몸을 지닌 잉어 과의 민물낚시 어류.

7. 학명 Tinca tinca, 유럽산 잉어.

뒤에 조금 더 큰 황어가 천천히 조심스레 다가왔다. 그 물고기의 거무스름하고 넙적한 등은 강바닥과 구분이 잘 안되었다. 황어는 빵 덩어리 근처를 헤엄치다가 갑자기 주둥이를 둥글게 쩍 벌려 삼켜 버렸다. 느리게 흐르는 강물에서 축축하고 미지근한 공기가 솟아올랐고, 옅은 구름 몇 조각이 초록색 물표면 위에 흐릿하게 비쳤다. 물방앗간 안에서는 톱니바퀴가 삐거덕 거렸고 두 개의 방죽은 서늘하고 낮은 소리로 철썩거렸다. 소년은 얼마 전 견진성사를 받던 일요일을 떠올렸다. 그날 엄숙함과 감동 속에서도 속으로는 그리스어 동사를 외우고 있었다. 다른 경우에도 최근에는 그런 일이 자주 일어나 한스의 생각은 뒤죽박죽이 되었고, 학교에서도 눈앞에 있는 공부 대신에 이미 했거나 아니면 나중에 해야 할 공부를 생각하는 일이 많았다. 그래도 시험은 잘 볼 수 있을 거야!

멍하니 자리에서 일어났지만 어디로 가야 할지 머뭇거리고 있었다. 튼튼한 손이 그의 어깨를 잡고 어떤 남자가 친절한 목소리로 말을 걸어오자 깜짝 놀랐다.

"안녕, 한스야, 나랑 조금 걸을까?"

그 사람은 구두장인(匠人) 플라이크 씨였다. 전에는 가끔 이 아저씨 집에서 저녁 시간을 보내곤 했지만, 지금은 안 간지 꽤 오래 되었다. 한스는 그와 함께 걸으면서 제대로 집중하지는 않은 채 이 경건주의자의 말을 들었다. 플라이크 씨는 시험에 대해 말하면서, 소년에게 행운을 빌어 주었고 용기를 주었다. 하지만 그가 말을 건넨 진짜 목적은 그런 시험은 그저 뭔가 외적인 것이고 우연적인 일에 불과하다는 것을 알려 주려는 것이었다. '불합격은 절대 흠이 아니다. 최고 학생에게도 그런 일은 발생할 수 있다. 만일 그런 일에 벌어진다고 하더라도, 하나님께서는 모든 사람에게 그분의 특별한 의도를 갖고 계시며, 이들을 각자의 길로 인도하신다는 것을 기억하라.'고 일러 주었다.

한스가 이 사람에 대해 양심의 가책을 전혀 안 느낀다고 할 수는 없었다. 이 사람과 이 사람의 확고부동하고 인상적인 인품에 대해서는 존경심을 느꼈다. 하지만 이 경건주의자에 관해 사람들이 여러 가지 농담을 하는 것을 들었고, 가끔은 잘못인 줄 알면서도 자신도 함께 웃었다. 그 외에도 한스는 자신의 비겁함이 부끄러웠다. 언제부터인가 이 구두장인의 날카로운 질문 때문에 거의 겁을 먹고 피했기 때문이었다. 한스가 담임교사의 자부심이 되고 스스로도 약간 건방져진 이후부터, 플라이크 씨는 한스를 아주 이상하게 바라보았고 그의 기를 꺾으려 했다. 그러는 사이 소년의 마음은 호의를 갖고 있는 이 안내자에게서 점점 멀어져 가고 있었다. 소년기의 반항심이 한창때였고 자의식을 건드리는 모든 달갑지 않은 관계에 대해 예민하게 촉각을 세우고 있었기 때문이었다. 지금 이야기를 하고 있는 플라이크 옆에서 같이 걸어가고는 있지만, 이 사람이 얼마나 걱정스럽고 호의적으로 자신을 내려다보고 있는지는 한스는 몰랐.

크로넨 골목에서 그들은 시 목사를 만났다. 구두장인은 점잖으면서도 냉담하게 인사를 하고는 갑자기 서둘러 가 버렸다. 시 목사는 신식인데다 부활도 믿지 않는다는 소문이 나 있기 때문이었다. 목사는 소년과 함께 걸었다.

"어떠니?" 그가 물었다. "이제 준비가 끝나서 기쁘겠다."

"네, 그렇기는 해요."

"그래, 잘 견뎌라! 너도 알지, 우리 모두 너한테 희망을 걸었다는 거. 나는 네가 특별히 라틴어에서 좋은 성적을 받을 거라고 기대하고 있다."

"제가 만일 떨어지면요." 한스가 수줍은 듯 말했다.

"떨어진다고?!" 목사는 깜짝 놀라 발을 멈췄다. "떨어진다는 것은 말도 안 된다! 아예 말도 안 돼! 그런 걱정은!"

"제 말씀은요 그저, 그럴 수도 있을 거라는……"

"그럴 리가 없다, 한스야, 그럴 리가 없어. 그건 걱정도 하지 마라. 자 그럼 아버지께 안부 전해 드리고 용기를 내!"

한스는 눈으로 그를 배웅했다. 그런 뒤 구둣방 주인을 찾으러 주변을 둘러보았다. 그런데 그 아저씨가 뭐라고 했었지? 마음을 올바른 곳에 두고 하나님을 경외한다면 라틴어 같은 건 별 문제가 아니라고 했지. 말은 잘 하시네. 그런데 이제 시 목사까지! 만일 시험에 떨어지면 목사 앞에 절대 얼굴을 내밀지 못할 것이다.

한스는 침울하게 집으로 돌아와 경사진 작은 정원에 들어섰다. 그곳에는 오래 전부터 사용하지 않는 이끼 낀 뒤채가 있었는데, 예전에는 그곳에 나무로 우리를 만들어 3년 동안이나 토끼를 키우기도 했다. 지난 가을 시험 때문에 토끼를 빼앗겼다. 더 이상 오락을 즐길 만한 시간이 없었기 때문이었다.

그리고 오랫동안 정원에 나와 있던 적도 없었다. 빈 헛간은 무너질 듯 보였고, 담 모서리의 석순(石筍)들은 다 부서져 버렸다. 나무로 만든 작은 물레방아 바퀴는 구부러지고 부서진 채 수도관 옆에 나뒹굴고 있었다. 이 모든 것을 만들고, 자르고, 그러면서 기쁨을 느꼈던 시간에 대해 생각했다. 이것도 벌써 2년 전이었다. 영원 같았다. 바퀴를 집어 들어 이리저리 비틀어서 완전히 부숴 버린 뒤 울타리 너머로 던졌다. '쓸모없는 것들은 버려, 그래 모든 것이 다 끝났고 지나가 버렸어.' 그러면서 학교 친구인 아우구스트가 생각났다. 그는 물레방아 바퀴를 만들 때 그리고 토기장을 지을 때 한스를 도와주었다. 오후 내내 둘은 이곳에서 함께 놀았다. 새총을 쏘고, 고양이들을 쫓아다니기도 했고, 텐트를 치기도 했고, 간식으로 당근을 날로 먹기도 했다. 그러나 이후 공부에 매진하기 시작했고, 아우구스트는 1년 전 학교를 나가 기계공 견습생이 되었다. 그 이후 그는 두 번 얼굴을 내비쳤을 뿐이다. 그도 지금은 시간이 없었다.

구름이 급히 계곡 위를 덮었고, 태양은 벌써 산 가장자리에 걸려 있었다. 소년은 쓰러져 엉엉 울고 싶은 마음이 잠깐 들었다. 하지만 그 대신 창고에서 손도끼를 꺼내어 들고는 가냘픈 팔로 토기장을 내리쳐 산산 조각 내었다. 각목들이 이리저리 날아갔고 못들이 삐걱거리며 구부러졌다. 약간 썩은 토끼 먹이, 지난 해 여름에 준 먹이가 보였다. 그는 모든 것을 깨 버렸다. 그렇게 하면 토끼와 아우구스트와 이전의 모든 유치한 짓들에 대한 그리움을 때려죽일 수 있다는 듯.

"저런, 저런, 대체 무슨 일이냐?" 아버지가 창문에서 소리쳤다. "거기서 뭐 하니?"

"장작 만들어요."

더 이상 다른 대답은 하지 않고 도끼를 집어 던지고는 마당을 가로 질러 골목으로 그 다음에는 강가로 가서 강을 거슬러 뛰었다. 저 멀리 양조장 근처에는 두 개의 뗏목이 묶여 있었다. 이전에 그것을 타고 몇 시간씩 강물을 따라 내려가기도 했다. 따뜻한 여름 오후, 뗏목 나무 둥치 틈새로 물이 찰싹거렸고, 강을 타고 흘러가다 보면 흥분되기도 하고 동시에 나른하니 졸리기도 했다. 한스는 느슨하게 물결에 흔들리는 나무 둥치들 위로 껑충 뛰어 올라, 버드나무 더미 위에 몸을 뉘고는 상상의 나래를 폈다. 뗏목이 어디론가 떠내려간다. 때로는 급하게 때로는 천천히. 목초지, 밭, 마을, 서늘한 숲가를 지나, 다리들과 열려 있는 수문 장치 아래로 흘러간다. 자신은 그 뗏목 위에 누워 있고, 모든 것은 다시 예전과 똑같다. 카프베르크에서 토끼풀을 뜯어 오고, 강가에 있는 제혁공장 뜰에서 낚시를 하며, 아직 두통도 걱정도 없었던 그 때와 똑같다.

한스는 지치고 기분이 나쁜 상태로 저녁을 먹으러 집으로 돌아왔다. 아버지는 시험 때문에 곧 슈투트가르트로 가야 한다는 생각에 말도 못하게 흥분해 있었다. 책들은 다 챙겼는지, 검은 양복은 이미 준비했는지, 가는 도중에 문법 공부를 더 할 생각은 없는지, 기분이 좋은지 수도 없이 물어봤다. 한스는 짧고 날카롭게 대답하며 밥을 먹는 둥 마는 둥 한 뒤, 곧 밤 인사를 했다.

"잘 자라, 한스야. 그냥 푹 자거라! 그럼 6시에 내가 깨워 주마. 그 사전 잊지 않았겠지?"

"네, '그' 사전 잊지 않았어요. 안녕히 주무세요."

한스는 자신의 작은 방에서 불도 켜지 않은 채 자지 않고 꽤 오랫동안 앉아 있었다. 이 방은 지금까지 시험이 그에게 준 유일한 축복이었다. 자신만의 작은 방, 그는 이 방 안에서는 주인이었고 방해받지 않았다. 여기서 피곤, 잠, 두통과 싸우며 긴 저녁 시간을 카이사르, 크세노폰, 문법, 사전, 수학 숙제와 보냈다. 끈질기고, 고집스럽고 그리고 야심을 품고, 때로는 거의 절망에 빠진 채. 그러나 또 여기서 잃어버린 모든 소년 시절의 즐거움보다 훨씬 값진 것, 몇 가지 꿈과 같이 아주 귀한 시간을, 자부심과 흥분과 승리의 도취감에 가득한 시간을 보내기도 했다. 이런 감정 속에서 학교, 시험, 모든 것을 넘어 보다 높은 존재의 영역으로 넘어가기를 꿈꾸고 간절히 원했다. 이런 때는 자신이 정말 볼이 통통하고 온순한 학교 친구들과는 뭔가 다르고 좀 더 나은 것은 아닌가, 그리고 언젠가는 무아지경의 높은 곳에서 생각에 잠겨 이들을 내려다보게 되지 않을까 하는 건방지고 황홀한 생각이 그를 사로잡았다. 지금도 그는 마치 이 작은 방 안에는 보다 자유롭고 서늘한 공기가 들어차 있기라도 하듯 숨을 들이쉬며 침대에 앉아 몇 시간이나 꿈, 소망, 예감에 잠겨 시간을 보냈다. 서서히 그의 밝은 눈꺼풀이 과로에 지친 큰 눈을 덮었다. 다시 한 번 눈이 떠지고 깜빡이다가 곧 다시 감겼다. 소년의 창백한 얼굴이 비쩍 마른 어깨 위로 기울더니 가느다란 팔이 피곤한 듯 축 늘어졌다. 그는 옷을 입은 채 잠이 들었다. 엄마처럼 다정한 잠의 손길이 두근거리는 불안한 어린애의 심장을 다독여 주었고, 예쁜 이마에 잡힌 작은 주름을 펴주었다.

전례 없는 일이 발생했다. 이른 시간임에도 불구하고 교장이 몸소 역에 나온 것이다. 기벤라트 씨는 검정색 프록코트를 입고, 흥분과 기쁨, 자부심 때문에 가만히 서 있지를 못했다. 그래서 교장과 한스 주변을 불안하게 총총걸음으로 걸어 다녔다. 역장과 모든 역무원한테서 즐거운 여행과 아들의 시험 합격을 비는 인사를 받았다. 작고 뻣뻣한 짐 가방을 왼손 오른손에 번갈아 들기도 했고, 우산을 겨드랑이 아래에 끼었다가 다시 무릎 사이에 끼었다가 몇 번 떨어뜨리기도 했다. 우산을 다시 집어 올리려 할 때마다 가방을 내려놓았다. 왕복표를 갖고 슈투트가르트로 가는 사람이 아니라 미국으로 가는 사람이라는 생각이 들 정도였다. 아들은 아주 침착한 듯 보였지만, 은근한 두려움이 목을 조르는 것 같았다.

기차가 도착해서 멈춰 섰다. 사람들이 승차했고, 교장은 손을 흔들었다. 아버지는 시가에 불을 붙였고, 저 아래 계곡에서 도시가 사라지고 강이 사라졌다. 두 사람에게 여행은 고역이었다.

슈투트가르트에서 아버지는 갑자기 생기를 되찾아, 즐겁고 친절하고 세련되게 행동하기 시작했다. 소도시 시민이 며칠 동안 수도에 머물게 되니 신이 난 것이다. 그러나 한스는 점점 더 조용해지고 근심에 잠겼다. 도시를 보자 심한 불안이 엄습해 왔다. 낯선 얼굴, 뽐내듯 높이 솟은 집, 사람을 지치게 만드는 긴 길, 말이 끄는 기차, 도시의 소음에 기가 질렸고 고통을 느꼈다. 한스와 아버지는 친척 아주머니 집에 묵었다. 그곳에서는 낯선 방, 아주머니의 친절과 수다, 할 일 없이 오래 빈둥거리며 앉아 있기, 아버지의 끝없이 이어지는 격려와 충고가 소년의 어깨를 무겁게 눌러 댔다. 소년은 어색해 하며 멍하니 방 안 이곳저곳에 웅크리고 앉아 있었다. 낯선 주위 환경, 아주머니와 그녀의 도시풍 복장, 커다란 무늬의 벽지나 탁상시계, 벽에 걸린 그림들을 보거나 혹은 창문 밖 소음 가득한 거리를 보면서, 아무것도 할 수 없다는 생각이 들었다. 마치 아주 오래 전에 집을 떠났고 애써 배운 모든 것들을 그새 완전히 잊어버린 것만 같았다.

오후에는 그리스어 불변화사를 한 번 더 확실히 공부해 두려고 했는데, 아주머니가 산책을 가자고 했다. 잠시 마음속에 푸른 목초지와 숲 소리와 같은 것이 떠올라, 한스는 기꺼이 따라 나섰다. 그러나 여기 대도시에서는 산책도 집에서의 산책과는 종류가 다른 즐거움이라는 것을 알았다.

아버지는 도시에서 누군가를 방문하고 있었기 때문에 한스는 아주머니와 단 둘이서 집을 나섰다. 하지만 이미 계단에서 불행이 시작되었다. 이층에서 뚱뚱하고 거만한 귀부인과 마주친 것이다. 아주머니가 공손히 인사를 하자마자, 그녀는 엄청난 달변으로 수다를 떨기 시작했다. 15분 이상 그렇게 붙잡혀 있었다. 한스는 계단 난간에 기댄 채 그 옆에 서 있었다. 귀부인의 작은 개가 쿵쿵대며 한스의 냄새를 맡더니 으르렁거렸다. 두 여인이 자신에 대해 얘기하고 있다는 것도 언뜻 알아차렸다. 뚱뚱한 그 낯선 여인이 코에 거는 안경 너머로 몇 번이나 한스를 위 아래로 훑어보았기 때문이었다. 그리고 난 뒤 막 거리에 들어서자마자 아주머니는 어떤 가게로 들어가더니 한참 있다가 밖으로 나왔다. 그 사이 한스는 수줍은 듯 길에 서 있었다. 지나가는 사람들에게 밀리기도 했고 길거리 소년들에게 놀림을 당하기도 했다. 아주머니는 가게에서 나오자 한스에게 넓적한 초콜릿 하나를 주었다. 그는 초콜릿을 좋아하지는 않지만 정중하게 받았다. 다음 모퉁이에서 철도 마차[8]를 탔다. 마차는 끊임없이 종을 울렸고 사람들로 가득했다. 거리를 통과하고 또 다시 거리를 달려 드디어 커다란 가로수 길과 녹지에 도착했다. 분수가 솟아올랐고, 울타리를 친 손질이 잘 된 화단에는 꽃이 만발해 있었다. 작은 인공 연못에서는 금붕어가 헤엄치고 있었다. 사람들은 위 아래로, 이리 저리 같은 자리를 맴돌며, 산책하는 또 다른 사람의 무리 사이를 거닐었다. 수많은 얼굴, 다양하고 우아한 옷, 자전거, 휠체어와 유모차를 보았고, 웅성거리는 소리를 들었으며 따뜻하고 먼지 낀 공기를 들이마셨다. 드디어 다른 사람들이 앉아 있는 벤치에 자리를 잡았다. 아주머니는 오는 내내 거의 쉴 새 없이 말을 했다. 이제는 한숨을 내쉬더니 소년

• 8. 철로 위를 달리는 마차.

에게 다정한 미소를 지으며 초콜릿을 먹으라고 권했다. 그는 먹으려 하지 않았다.

"어머, 수줍어하는 건 아니겠지? 그러지 마, 그냥 먹어, 먹어!"

그러자 소년은 초콜릿을 꺼내어 잠시 은박지를 잡아당기다가 결국 아주 조금 베어 물었다. 한 번도 초콜릿을 좋아한 적이 없었지만, 아주머니께 말할 용기가 없었다. 한스가 입 안에 든 것을 여전히 녹여 삼키고 있는 사이에, 아주머니는 사람들 속에서 아는 사람을 발견하고는 그쪽으로 달려갔다.

"어디 가지 말고 여기 있어, 곧 올게."

한스는 안도의 숨을 쉬며 이 기회를 이용해서 남은 초콜릿을 멀리 잔디밭으로 던져 버렸다. 그런 뒤 다리를 이리저리 흔들면서 수많은 사람들을 바라보다가 자신이 불행하다는 생각이 들었다. 나중에는 다시 불규칙 동사들을 외우기 시작했다. 그런데 가슴이 철렁 내려앉았다. 거의 아무것도 생각나지 않았다. 모든 것을 완전히 잊어버린 것이다! 내일이 주 시험인데!

아주머니는 다시 돌아왔고, 그 사이 이번 해에는 시험 응시자가 118명이라는 정보도 알아 왔다. 그중에 합격자는 36명뿐이었다. 소년은 기가 꺾여서 돌아오는 내내 한마디도 하지 않았다. 집에 오자 머리가 아파 오기 시작했고, 또 다시 아무것도 먹으려 들지 않았다. 너무나 필사적으로 안 먹으려 들어서 아버지는 그를 심하게 야단쳤고, 아주머니조차도 그를 마땅치 않게 여길 정도였다. 밤에는 힘겹고 깊은 잠에 빠져 꿈속에서 끔찍한 장면들에 시달렸다. 그는 117명의 학생들과 함께 시험장에 앉아 있는 자신을 보았다. 시험관은 때로는 고향의 시 목사 같아 보였고, 때로는 아주머니 같아 보이기도 했다. 그의 앞에는 먹어 치워야 할 초콜릿이 산더미처럼 쌓여 있었다. 울면서 이것을 먹는 동안, 다른 학생들이 차례차례 작은 문으로 나가는 것을 보았다. 모두 잔뜩 쌓여 있던 그들의 몫을 먹은 것이다. 그러나 한스의 몫은 눈앞에서 점점 더 많아져서 책상과 긴 의자에까지 넘쳐 그를 질식시켜 죽이려는 것 같았다.

다음 날 아침, 한스는 커피를 마시면서 시험에 늦지 않으려고 시계에서 눈을 떼지 못했다. 그 순간 고향 소도시에 있는 많은 사람들은 한스를 염려해 주고 있었다. 우선 구두장인 플라이크는 아침 스프를 먹기 전에 기도를 올렸다. 숙련공들과 두 명의 견습생을 포함한 전 가족이 식탁에 둥글게 섰다. 장인은 오늘 평상시의 아침 기도에 다음과 같은 말을 덧붙였다. "오, 주님, 당신의 손을 한스 기벤라트 학생의 어깨에 얹어 주십시오. 그는 오늘 시험을 치릅니다. 그를 축복하시고 강하게 하시고, 당신의 신성한 이름을 알리는 올바르고 성실한 전도자가 되게 하소서!"

시 목사는 그를 위해 기도하지는 않았지만 아침 식사 시간에 아내에게 이렇게 말했다. "이제 기벤라트가 시험 치러 가겠군. 그 애는 뭔가 특별한 인물이 될 거야. 사람들이 눈여겨 볼 거야. 내가 라틴어 공부를 도와준 건 아주 잘한 일이지."

담임교사는 수업을 시작하기 전에 학생들에게 말했다. "자, 이제 슈투트가르트에서는 주 시험이 시작된다. 그러니 기벤라트의 행운을 빌어 주자. 물론 그는 이런 것은 필요 없을 거다. 너희들이랑 비슷한 그런 게으름뱅이 열 명쯤은 혼자 당해낼 수 있으니까." 이제 거의 모든 학생들은 자리에 없는 아이에 대해 생각했다. 한스가 떨어질지 붙을지 내기를 한 많은 학생들은 특히 더 그랬다.

진심 어린 기도와 동참은 쉽게 먼 거리를 뛰어넘어 저 멀리까지 효력을 발휘하는 법이다. 한스도 사람들이 집에서 자신을 생각해 주는 것을 느꼈다. 떨리는 마음으로 아버지와 함께 시험 장소로 가, 수줍고 놀라워하면서 조교의 지시를 따랐다. 창백한 소년들로 가득한 커다란 방 안에서 마치 고문실에 들어간 범죄자처럼 주위를 둘러보았다. 그러나 교수가 들어와 조용히 하라고 한 뒤 라틴어 문체 연습 텍스트를 구술하자, 한스는 안도의 한숨을 내쉬면서 이 정도는 정말 우스울 만큼 쉽다고 생각했다. 아주 빨리, 거의 즐거워하다시피 하면서 초안을 마친 뒤에, 서두르지 않고 깨끗이 정서를 했다. 남들보다 일찍 끝내고 제출한 학생 중의 하나였다. 시험을 마친 뒤에는 아주머니 집으로 가는 길을 못 찾아 뜨거운 도시의 길 위에서 두 시간이나 헤맸다. 하지만 이 때문에 다시 찾은 평정심이 방해받지는 않았다. 오히려 아주머니와 아버지로부터 얼마간 벗어날 수 있어 기뻤다. 낯설고 소음으로 가득한 수도의 거리를 헤매면서 자신이 대담한 모험가가 된 것 같은 기분까지 들었다. 사람들에게 물어서 간신히 집을 찾아오자 질문 공세를 받았다.

"어떻게 됐니? 어땠어? 잘 봤니?"

"쉬웠어요." 한스가 자신만만하게 대답했다. "그 정도라면 벌써 5학년 때도 번역했을 거예요."

그러고는 허겁지겁 밥을 먹었다.

오후에는 일이 없었다. 아버지는 여기저기 몇몇 친척과 친구 집에 그를 데리고 다녔다. 그중 한 집에는 검은 옷을 입은 수줍은 소년이 있었다. 주 시험을 치르러 괴핑엔에서 온 아이였다. 둘만 내버려두자 서먹서먹하지만 호기심 어린 눈으로 서로 바라보았다.

"넌 라틴어 시험 어땠어? 쉬웠지, 안 그래?" 한스가 물었다.

"정말 쉬웠어. 하지만 바로 그게 문제야. 쉬운 시험에서는 실수를 잘 하잖아. 주의하지 않으니까. 분명히 함정이 숨겨져 있을 거야."

"그렇게 생각해?"

"당연하지. 시험관들이 그렇게 멍청하지는 않아."

한스는 약간 놀라며 심각해졌다. 그러고는 주저하면서 물었다. "너 아직 텍스트 갖고 있어?"

다른 소년이 공책을 갖고 왔고 이제 두 아이들은 함께 답을 검토했다. 한 단어 한 단어. 괴핑엔에서 온 소년은 라틴어를 아주 잘하는 것 같았다, 적어도 두 번이나 한스가 들어보지도 못한 문법 명칭을 사용했다.

"근데 내일은 뭐지?"

"그리스어랑 작문."

괴핑엔 학생이 한스네 학교에서는 몇 명이나 주 시험을 보러 왔는지 물었다.

"아무도 없어." 한스가 대답했다. "나 혼자야."

"와, 우리 괴핑엔에서는 12명이야! 그중 세 명은 아주 똑똑해. 사람들은 그 애들이 최우수 학생이 될 거라고 기대하고 있어. 작년 수석도 괴핑엔 출신이야. 너 시험에 떨어지면 김나지움[9]에 갈 거니?"

거기에 대해서는 아직 얘기해 본 적이 없었다.

"몰라…… 아니, 안 갈 거 같아."

"그래? 난 이번에 떨어져도 어쨌든 대학에 가. 그러면 엄마가 날 울름으로 보내실 거야."

소년의 이야기에 한스는 굉장히 마음이 쓰였다. 아주 우수한 학생 세 명이 포함된 12명의 괴핑엔 학생들 때문에 걱정도되었다. 남 앞에 나설 용기가 나지 않았다.

집에 돌아와 책상에 앉아서, 한스는 mi로 끝나는 그리스어 동사를 다시 한 번 훑어보았다. 라틴어는 하나도 겁나지 않았다. 그 시험에서는 확신이 있었다. 그러나 그리스어는 독특했다. 한스는 그리스어를 좋아했다. 거의 아주 열광했다고 할 수 있다. 하지만 그리스어로 된 글을 읽기 위해서였을 뿐이다. 특히 크세노폰은 정말 아름답고 감동적이며 생동감 있게 글을 써, 모든 것이 밝고 사랑스럽고 힘차게 울렸다. 그의 글은 매력적이

---

9. 김나지움: 독일의 9년제 중등 교육 기관. 원래는 고전 교양 교육이 목적이었으나 19세기 이후 대학 준비 교육 기관으로 변했다.

며 자유로운 정신을 가졌고, 모든 것이 정말 쉽게 이해됐다. 그러나 문법으로 들어가거나 독일어를 그리스어로 번역해야 할 때면, 한스는 서로 상반되는 규칙과 형식의 미로 안에서 헤매는 것 같았고, 이 낯선 언어 앞에서는 아직 그리스어 철자도 읽지 못하던 첫 수업에서처럼 자신 없는 소심함이 다시 느껴졌다.

다음날에는 정말 그리스어 차례였다. 그 다음에는 독일어 작문이었다. 그리스 시험은 상당히 길었고 정말 어려웠다. 독일어 작문 주제는 다루기 힘들었고, 자칫 주제 자체가 잘못 이해될 수도 있었다. 10시부터 커다란 방은 무덥고 뜨거워지기 시작했다. 한스는 펜이 좋지 않아 그리스어 시험을 정서할 때까지 종이를 두 장이나 망쳤다. 작문 시간에는 뻔뻔스러운 옆 좌석 학생 때문에 아주 곤란했다. 그는 종이에 질문을 써서 한스에게 밀어주고는 답을 달라고 옆구리를 쿡쿡 찔러 댔다. 옆자리에 앉은 사람과 접촉하는 것은 엄격하게 금지되어 있어, 걸릴 경우 가차 없이 응시 불능이 되고 만다. 겁이나 덜덜 떨며 한스는 종이에 "귀찮게 하지 마"라고 쓰고는 물어본 애한테 등을 돌렸다. 정말 더웠다. 한결 같은 걸음으로 끈기 있게 강의실을 돌아다니며, 단 한 순간도 쉬지 않는 감독 교사도 몇 번이나 손수건으로 얼굴의 땀을 닦았다. 한스는 견진성사 때의 두꺼운 예복을 입은 채 땀을 삘삘 흘렸다. 머리가 아팠다. 결국 아주 의기소침한 상태로 답안지를 제출했다. 마치 틀린 답만 잔뜩 썼고, 이제 시험은 완전히 다 망쳤다는 기분으로.

식사 시간에 그는 한마디도 않고 그냥 모든 질문에 어깨만

으쓱하며 마치 범법자와 같은 얼굴로 있었다. 아주머니는 위로를 해주었지만, 아버지는 화가 나서 무뚝뚝해졌다. 식사 후에 아버지는 아들을 데리고 옆방으로 가서 다시 캐물었다.

"잘 못 봤어요." 한스가 말했다.

"왜 정신을 차리지 않았어? 집중할 수도 있었잖아, 젠장!"

한스는 아무 말도 안했고, 아버지가 욕을 퍼붓기 시작하자 얼굴이 빨개지면서 말했다. "아버지는 그리스어는 아무것도 모르시잖아요."

최악은 두 시에 구두시험을 봐야 한다는 것이었다. 한스는 이게 가장 겁났다. 뜨겁게 이글거리는 도시의 거리를 가는 도중에 상태가 정말 나빠졌다. 고민과 걱정과 어지럼증 때문에 제대로 눈을 쓸 수도 없을 정도였다.

커다란 녹색 책상에 세 명의 시험관이 앉아 있었다. 한스는 그들 앞에서 10분간 라틴어 몇 문장을 번역했고 질문에 대답했다. 그런 뒤 10분 동안은 또 다른 세 명의 시험관 앞에 앉아 그리스어를 번역했고 다시 질문에 대답했다. 끝으로 불규칙 형태의 부정과거에 대한 질문을 받았지만, 대답하지 못했다.

"가도 좋습니다, 저기, 오른쪽 문입니다."

한스는 그쪽으로 갔다. 하지만 문턱에서 부정과거가 생각났다. 걸음을 멈췄다.

"가세요." 누군가가 그에게 외쳤다. "가라니까요! 혹시 어디 아픈가요?"

"아뇨, 지금 부정과거가 생각이 나서요."

한스는 방 안에다 대고 큰 소리로 부정과거에 대한 대답을 했다. 시험관 중 한 사람이 웃는 것을 보고는 화끈거리는 얼굴로 그곳에서 뛰쳐나왔다. 지금까지의 질문과 자신의 대답에 대해 생각해 보았지만, 모든 게 뒤죽박죽이었다. 커다란 녹색 책상 표면, 진지한 표정에 프록코트를 입은 나이 지긋한 세 명의 시험관, 펼쳐진 책, 그 위에 놓인 자신의 떨리는 손이 아직도 눈에 어른거렸다. 젠장, 대체 어떤 대답을 했지!

길을 가고 있는 동안 마치 이곳에 온 지 벌써 몇 주나 지났고 다시는 여기를 벗어나지 못할 것 같은 생각이 들었다. 아버지 집의 정원 풍경, 전나무가 우거진 산들, 강가의 낚시터, 이 모든 것이 왠지 굉장히 멀리 떨어져 있는 어떤 것, 마치 오래 전에 본 적이 있던 것 같다는 생각이 들었다. 아, 오늘 집으로 돌아갈 수 있다면! 여기 있을 필요가 없다, 시험은 다 망쳤다. 한스는 우유 빵을 하나 사 들고 오후 내내 거리를 싸돌아다녔다. 아버지에게 변명하기 싫었다. 그러다가 결국 집으로 돌아와 보니 모두가 그를 걱정하고 있었다. 게다가 아주 지치고 불쌍해 보였기 때문에 달걀 스프를 주더니 가서 자라고 했다. 내일은 산수와 종교 시험이 있었다. 그것만 끝나면 집으로 갈 수 있었다.

다음날 오전에 치른 시험은 아주 잘 해냈다. 어제 주요 과목에서 그렇게 운이 없더니 오늘은 모든 것이 잘 되는 게 한스에게는 씁쓸한 아이러니처럼 생각되었다. 어쨌든 이제 그저 떠나는 거다, 집으로!

"시험 끝났어요, 이제는 우리 집에 가도 돼요." 한스는 아주머니에게 알렸다.

아버지는 오늘까지 이곳에 있을 예정이었다. 모두 칸슈타트로 가서 그곳의 요양지 공원에서 커피를 마실 생각이었다. 그러나 한스가 간청을 하자, 아버지는 오늘 혼자 집에 가도록 허락해 주었다. 한스를 기차까지 배웅을 하고, 기차표를 주었다. 아주머니가 작별 키스를 하고, 먹을 것을 조금 건네주었다. 이제 한스는 완전히 지치고 멍한 상태로 초록의 언덕 지대를 지나 집으로 갔다. 짙푸른 전나무 산들이 보이자 그제야 비로소 소년은 기쁨과 해방의 감정에 휩싸였다. 늙은 하녀, 자그마한 자기 방, 교장, 낮은 천장의 익숙한 교실 등 모든 것을 다시 볼 생각에 기뻤다.

다행히 역에는 호기심에 찬 지인이 한 명도 없었다. 작은 짐 꾸러미를 들고 눈에 띄지 않게 서둘러 집으로 갔다.

"슈투트가르트에서는 좋았니?" 늙은 하녀 안나가 물었다.

"좋았냐고요? 시험이 뭔가 좋은 거라는 건가요? 전 집에 돌아와서 정말 좋아요. 아버지는 내일에야 오실 거예요."

한스는 신선한 우유를 한 그릇 마시고, 창문 앞에 걸려 있는 수영복을 들고 밖으로 나갔다. 그러나 대부분의 마을 사람들이 수영 하러 가는 강가 목초지로 가지는 않았다.

멀리 도시 앞쪽을 흐르는 수심이 깊고 숲 사이로 천천히 흐르는 '저울'로 갔다. 그곳에서 옷을 벗고, 먼저 손을 그다음에는 발을 시험하듯 서늘한 물에 넣은 뒤 약간 한기를 느끼고는 강물 속으로 첨벙 뛰어들었다. 느린 물살을 거슬러 수영을 하면서 최근 며칠간의 땀과 두려움이 자신에게서 빠져나가는 것같이 느껴졌다. 강물이 그의 가냘픈 몸을 식혀 주듯 포옹하는 동안 그의 영혼은 새로운 기쁨으로 아름다운 고향을 만끽했다. 그는 좀 더 빨리 헤엄을 치다가는 쉬고, 또 다시 수영하며 쾌적한 시원함과 피곤함에 감싸이는 것을 느꼈다. 하늘을 보고 누워 다시 강물이 흐르는 대로 몸이 떠내려가게 두었다. 멋진 원을 그리며 떼를 지어 날아다니는 저녁 파리들의 미세하게 붕붕거리는 소리에 귀를 기울였다. 작고 빠른 제비들이 저녁 하늘을 가르고, 이미 사라진 태양 때문에 산 뒤쪽이 장밋빛으로 타오르는 것을 바라보았다. 다시 옷을 입고 집을 향해 꿈꾸듯 어슬렁어슬렁 돌아갈 때 계곡은 벌써 완전히 캄캄했다.

한스는 상인 자크만의 정원을 지나갔다. 아주 어린 소년이었을 때 다른 애들과 함께 이곳에서 설익은 자두를 훔친 적이 있었다. 그리고 키르히너의 목공소를 지나갔다. 그곳에는 흰색의 전나무 들보들이 여기저기 흩어져 있었다. 전에는 항상 이 목재들 아래에서 낚시에 쓸 지렁이를 잡았다. 감독관 게슬러의 작은 집도 지나갔다. 2년 전 한스는 얼음판 위에서 스케이트를 타던 게슬러의 딸 엠마와 사귀고 싶은 마음이 간절했었다. 그 소녀는 도시에서 가장 예쁘고 우아한 여학생이었고, 한스와 동갑이었다. 그때는 한동안 이 소녀와 말이라도 한 번 해보거나 악수라도 한 번 해봤으면 하고 정말 간절히 바랐다. 그런 일은 결코 일어나지 않았다. 한스가 너무 수줍어했기 때문이었다. 그 이후 소녀는 기숙학교로 보내졌고, 한스는 그녀가 어떻게 생겼는지 기억도 나지 않았다. 그런데 소년 때의 이런 일들이 마치 아득히 먼 곳에서부터 오듯 지금 다시 떠올랐다. 이 일들은 이 전에는 한 번도 경험한 적이 없는 듯한, 강력한 색채와 그렇게 진기하게 불안한 느낌을 불러일으키는 향기를 갖고 있었다. 그 때는 사람들이 저녁이면 성문으로 가는 길에 있는 나숄트 집안의 리제네 집에 앉아 감자를 깎고 그녀의 이야기를 듣곤 했다. 또 일요일에는 아침 일찍 일어나 바지를 걷어 올리고, 양심에 가책을 느끼면서 방죽 아래에서 가재나 물고기를 잡기도 했다. 그러고 나면 나중에 흠뻑 젖은 나들이옷을 입은 채 아버지한테 매를 맞았다! 당시에는 정말 수수께끼 같은 이상한 일들과 사람들이 정말 많았다. 한스는 이미 오랫동안 이런 것을 잊고 지냈다. 목이 굽은 구두장이 슈트로마이어, 사람들은 그가 아내를 독살했다고 확신했었다. 그리고 괴상한 '베크 씨', 그는 지팡이와 배낭을 메고 관청을 헤집고 다녔다. 사람들은 그에게 씨라는 존칭을 붙였다. 이전에는 부자였고 마차랑 네 필의 말을 갖고 있었기 때문이었다. 한스는 그들에 대해 이름 외에는 아무것도 몰랐고, 이 의심스럽고 작은 골목 세계가 그에게서 사라졌다는 사실을 어렴풋이 느끼고 있었다. 이 세계 대신에 뭔가 생동감 있는 것, 체험할 만한 것이 찾아오지도 않은 채 말이다.

다음 날도 쉬기 때문에 한스는 아침 늦게까지 잠을 잤고 자유를 만끽했다. 점심때는 아버지를 마중하러 나갔다. 아버지는 슈투트가르트에서의 모든 즐거움에 아직도 들떠 있었다.

"시험에 합격한다면 뭐든 해 달라고 해도 된다." 아버지는 기분이 좋아 이렇게 말했다. "잘 생각해 봐라!"

"아뇨, 아니에요. 분명히 떨어질 거예요." 소년은 한숨을 쉬었다.

"멍청이, 대체 왜 그러니! 내가 후회하기 전에 뭐든 원하는 걸 말해 봐라."

"방학 때 다시 낚시하고 싶어요. 그래도 돼요?"

"좋다, 해도 돼, 시험에 합격만 한다면."

다음 날인 일요일에는 뇌우가 치고 세찬 비가 퍼부었다. 한스는 자기 방에서 몇 시간 동안 책을 읽으며 생각에 잠겨 앉아 있었다. 그는 슈투트가르트에서의 결과에 대해 다시 한 번 곰곰이 생각했고, 매번 자기가 운이 엄청 없었그 시험을 훨씬 더 잘 볼 수 있었을 것이라는 결론에 도달했다. 이제 어떻게 해도 합격할 수는 없을 것이다. 짜증나는 두통 같으니! 점점 커지는 두려움이 서서히 그를 압박했고, 결국 걱정을 이기지 못하고 아버지에게로 갔다.

"저기요, 아버지!"

"왜 그러냐?"

"뭐 좀 여쭤 보려고요. 소원 때문인데요. 낚시는 그냥 안 할래요."

"그래, 그런데 이제 와서 왜 또?"

"왜냐하면 제가 …… 음, 제가 여쭤 보고 싶은 건, 혹시 제가 안 ……"

"속 시원히 말 해, 꼴사납구나! 대체 뭐냐?"

"혹시 김나지움에 가도 되요, 만일 떨어지면요."

기벤라트 씨는 아연실색했다.

"뭐, 김나지움?" 그러고는 소리치기 시작했다. "네가 김나지움에 간다고? 누가 너한테 그런 생각을 하게 했니?"

"아무도요. 제 생각이 그냥 그래요."

한스의 얼굴에는 극도의 두려움이 어렸다. 아버지는 그것을 보지 못했다.

"가라, 가." 아버지는 억지로 웃으며 말했다. "그거 엉뚱한 얘기로구나. 김나지움에 가다니! 너는 내가 상업 고문관[10]인 줄 아는가 보구나."

아버지가 격하게 손을 내저으며 거절하자, 한스는 포기하고 절망한 채 밖으로 나갔다.

"저게 아들이라니!" 아버지가 그의 뒤통수에 대고 외쳤다. "말도 안 돼! 이제는 김나지움에까지 가고 싶어 하다니! 그래 잘 해봐라, 넌 잘못 생각하고 있는 거야!"

한스는 반시간 동안 창틀에 앉아서 말끔하게 닦은 마룻바닥을 뚫어지게 바라보다가 이제 신학교, 김나지움, 대학, 이 모든 것이 이뤄지지 않으면 어떻게 될까 생각했다. 치즈 가게나 사무실에서 견습생으로 일하게 될지도 모른다. 자신이 경멸하고, 뛰어넘고자 하는 평범하고 시시한 사람들 중의 하나로 평생 살아

---

10. Kommerzienrat: 1919년까지 상공업 공로자에게 주어진 칭호.

가게 될 것이다. 예쁘고 영리해 보이는 한스의 어린 얼굴이 분노와 고통으로 완전히 일그러졌다. 화가 나서 벌떡 일어나 침을 뱉고 앞에 놓여 있는 라틴어 선집을 들어 있는 힘껏 가까운 벽에 던져 버렸다. 그러고는 비가 내리는 밖으로 뛰쳐나갔다.

월요일에는 다시 학교에 갔다.

"어떻게 지냈니?" 교장이 물으면서 악수를 청했다. "어제 나한테 올 줄 알았는데. 시험은 어땠니?"

한스는 고개를 숙였다.

"응, 왜 그러니? 잘 안 됐니?"

"제 생각에는, 그래요."

"자, 기다려 봐!" 늙은 신사가 위로를 했다. "아마 오늘 오전에 슈투트가르트에서 소식이 올 거다."

오전은 정말 길었다. 소식은 오지 않았고, 점심 식사 시간에 한스는 속에서 울음이 솟구쳐 밥을 넘길 수가 없었다.

오후 2시 정각에 교실로 들어갔다. 담임교사는 이미 자리에 있었다.

"한스 기벤라트." 그가 큰소리로 불렀다.

한스가 앞으로 나가자, 교사가 악수를 청했다.

"축하한다, 기벤라트. 주 시험에 2등으로 합격했다."

엄숙한 정적이 흘렀다. 문이 열리고 교장이 들어왔다.

"축하한다. 자, 이제 뭐라고 말할 거지?"

소년은 놀라고 기뻐서 거의 마비 상태였다.

"그래, 아무 말도 안 할 거니?"

"이럴 줄 알았더라면 완전 수석도 할 수 있었겠네요." 한스의 입에서 자기도 모르게 이런 말이 튀어나왔다.

"지금 집에 가서 아버지께 말씀 드려라. 이제 더 이상 학교에 올 필요 없다. 어차피 일주일 뒤면 방학이 시작되니까." 교장이 말했다.

현기증을 느끼며 소년은 거리로 나왔다. 길가에 서 있는 보리수와 햇살 속에 있는 시장 광장을 보았다. 모든 것이 이전과 같았지만, 전보다 더 아름답고 의미 있고 기쁘게 보였다. 시험에 합격했다! 2등이다! 처음의 기쁨의 폭풍이 지나자 격렬한 감사로 마음이 가득 찼다. 이제는 시 목사를 피할 필요가 없다. 이제는 대학에서 공부할 수 있다! 이제는 치즈 가게도 사무실도 더 이상 두려워할 필요가 없다!

그리고 또 이제 다시 낚시를 할 수 있다. 집에 돌아갔을 때, 아버지는 마침 현관에 서 있었다.

"무슨 일이냐?" 아무 생각 없이 아버지가 물었다.

"별 일은 없어요. 사람들이 저를 학교에서 쫓아냈어요."

"뭐라고? 대체 왜?"

"저는 이제 신학교 학생이니까요."

"그래, 이런, 그러니까 합격했단 말이지?"

한스가 고개를 끄덕였다.

"잘했냐?"

"2등이에요."

아버지는 이것까지는 기대하지 않았다. 뭐라고 말해야 할지 몰라 그저 아들의 어깨를 계속 두드리며 웃고 고개를 저었다. 그런 다음 뭔가 말하려고 입을 열었다. 하지만 아무 말도 않고 는 다시 고개를 저을 뿐이었다.

"세상에!" 아버지는 결국 이렇게 말했다. 그리고 또 다시 "세 상에!" 한스는 집으로 뛰어 들어갔다. 계단을 뛰어올라 다락 층 으로 가서는 빈 다락방에 있는 벽장을 열어젖히고 그 안 사방을 뒤적거리더니 온갖 종류의 상자와 끈 뭉치와 코르크 조각들을 꺼냈다. 그의 낚시 장비였다. 이제 여기에 장비를 보태려면 무 엇보다도 길고 가느다란 멋진 가지를 잘라 다듬어야 했다. 그는 아래층에 있는 아버지에게로 갔다.

"아빠, 주머니칼 좀 빌려주세요."

"뭐 하게?"

"나긋나긋한 가지를 자르려고요, 낚시할 거요."

아버지는 주머니를 더듬었다.

"자." 아버지는 미소를 지으며 너그럽게 말했다. "2마르크다. 그걸로 칼을 사라. 그런데 한프리트한테 가지 말고 저 건너 칼 만드는 집으로 가거라."

한스는 이제 전속력으로 뛰어갔다. 칼 만드는 사람은 주 시 험에 대해 물었고, 기쁜 소식을 듣더니 특별히 멋진 칼을 내주 었다. 브뤼엘 다리 아래에는 가늘고 멋진 오리나무와 개암나무 가 강을 따라 자라 있었다. 그곳에서 꽤 오래 고른 뒤에 흠집이 없고, 유연한 가지를 잘라 서둘러 집으로 돌아왔다.

얼굴이 발갛게 상기된 채 이글거리는 눈으로 낚시 장비를 만드는 즐거운 작업에 착수했다. 그는 이 일을 낚시 자체만큼이나 좋아했다. 오후와 저녁 내내 그 일을 하며 앉아 있었다. 흰색, 파란색, 초록색의 끈들을 분리하고, 꼼꼼히 살펴보고, 수선하고, 오랫동안 엉켜 있던 매듭을 풀고 뒤죽박죽된 것들을 정리했다. 온갖 종류와 크기의 코르크 조각과 깃대를 시험해 보기도 하고, 새로 깎기도 했다. 다양한 무게의 작은 납덩이를 망치로 동그랗게 만들고 끈의 무게를 견디게 하려고 홈을 팠다. 그 다음에는 낚시 바늘 차례였다. 바늘은 비축해 둔 것이 아직 약간 있었다. 바늘 일부는 검은 바느질 실 네 겹으로, 일부는 양의 창자로 만든 현악기 줄로, 일부는 말의 꼬리털로 꼰 줄로 고정되어 있었다. 저녁 무렵 모든 것이 다 끝났다. 이제 한스는 7주간의 긴 방학 기간 동안에 절대 지루하지 않을 것이라 확신했다. 낚싯대를 들고 하루 종일 물가에서 시간을 보낼 수 있기 때문이었다.

2장

여름 방학은 이래야만 한다! 산 위에는 용담처럼 파란 하늘이 펼쳐져 있고, 몇 주 동안이나 햇빛 찬란한 더운 날이 계속되었다. 그저 가끔 세찬 폭풍우가 짧게 스쳐 갈 뿐이었다. 수많은 사암 절벽과 전나무 그늘을 지나 좁은 계곡 사이를 흐르는 강물은 아주 따뜻해서 저녁 늦게까지 수영을 할 수 있었다. 작은 도시 주변 사방으로 건초와 같은 해에 두 번째 베어 말린 풀 향기가 퍼져 나갔다. 좁다란 띠처럼 보이는 몇몇 호밀밭은 노란색과 금빛 도는 갈색으로 변해 갔다. 시냇가에는 흰색의 꽃이 핀 미나리 과 종류의 식물이 어른 키 정도로 무성하게 자라났다. 우산 모양의 이 식물의 꽃 속에는 항상 아주 작은 갑충이 우글거린다. 그 빈 줄기로 피리와 호각을 만들 수 있다. 숲 가장자리에 부드러운 잎에 노란색 꽃이 핀 당당한 멀런[11]이 길게 줄을 지어

---

11. 현삼과(玄蔘科 Scrophulariaceae) 베르바스쿰 속(一屬 Verbascum)에 속하는

화려하게 피었다. 부처꽃과 바늘꽃이 가늘고 부드러운 줄기 위에서 하늘거리며 산의 경사를 붉은 자색으로 물들였다. 숲 속 전나무 아래에 은빛 솜털이 난 넓은 뿌리잎[12], 강한 줄기, 그리고 그 줄기 끝 아래로 아름다운 붉은색 꽃이 다닥다닥 피어 있는 키가 크고 근사한 디기탈리스가 엄숙하고 아름다우면서도 낯선 모습으로 서 있었다. 그 옆에는 불그레하게 빛나는 광대버섯, 두툼하고 넓적한 그물버섯, 괴상한 싸리버섯, 붉고 가지가 많은 볏싸리버섯, 이상하게도 색깔이 없고 병적으로 통통한 수정란풀이 자라고 있었다. 숲과 초원 사이의 황무지와 같은 산비탈에는 강인한 금잔화가 샛노랗게 타올랐고, 그 다음에는 진달래가 보랏빛 긴 띠를 이루었다. 또 그 다음에는 대부분 벌써 두 번째 베어 내기 직전에 있는 초원이 황새냉이, 동자꽃, 샐비어, 체꽃 등으로 알록달록 덮여 있었다. 활엽수림에서는 되새가 끊임없이 지저귀고 있었고, 전나무 숲 속에서는 여우 털처럼 붉은 빛의 다람쥐가 나무 꼭대기를 뛰어다녔다. 밭둑과 담장 그리고 말라버린 도랑에서는 초록빛의 도마뱀이 기분 좋은 따사로움 속에서 숨을 쉬며 희미하게 빛을 내고 있었다. 초원 위로는 높고 요란한 소리로 지칠 줄 모르고 울어대는 매미 소리가 한없이 울려 퍼졌다.

이때쯤이면 도시는 아주 시골스러운 분위기를 풍겼다. 건초

250~300종(種)의 식물.
12. 뿌리잎: 뿌리나 땅속줄기에서 직접 땅 위로 돋아 나온 잎.

마차, 건초 향기, 망치로 낫의 날을 두드리는 소리들이 거리와 대기를 가득 채웠다. 두 개의 공장이 없었더라면 시골 마을에 있다고 착각할 정도였다.

방학 첫날, 한스는 이른 아침부터 초조하게 부엌에서 서성대다가, 늙은 안나가 일어나자마자 커피를 기다렸다. 불을 붙이는 것을 도와주고 빵가게에 가서 빵을 사온 뒤 뜨거운 커피를 신선한 우유로 식혀 재빨리 들이키고는, 가방에 빵을 집어넣고 밖으로 뛰어 나갔다. 철둑 위에서 둥근 양철통을 바지 주머니에서 꺼내 부지런히 메뚜기를 잡기 시작했다. 기차가 지나갔다. 그곳은 선로가 상당히 가파르게 뻗어 있어 기차는 속도를 내지는 못했다. 활짝 열린 창문과 적은 손님, 그리고 연기와 증기가 만들어 내는 길고 즐거운 깃발을 뒤로 날리며 아주 쾌적하게 달렸다. 한스는 기차의 뒷모습을 보고 또 봤다. 흰색 연기가 소용돌이치며 햇살 가득한 이른 아침의 맑은 공기 속으로 순식간에 사라지는 것을. 얼마나 오랫동안 이 모든 것을 못 보고 지냈던가! 숨을 깊이 들이쉬고 다시 내 쉬었다. 마치 잃어버린 아름다운 시간을 이제 두 배로 만회하고, 다시 한 번 제대로 거리낌 없이 그리고 아무 걱정 없이 어린 소년이 되고 싶은 듯했다.

메뚜기가 든 상자와 새 낚싯대를 들고 다리를 건너 여러 정원을 지나, 뒷길로 해서 말이 물을 마시는 웅덩이로 갔다. 그곳은 강의 가장 깊은 곳이었다. 그쪽으로 가는 동안 한스는 은밀한 기쁨과 사냥꾼의 즐거움에 가슴이 두근거렸다. 그곳에서는 버드나무 둥치에 기대어 다른 곳보다도 더 편안히 아무에게도 방해받지 않고 낚시할 수 있었다. 낚싯줄을 풀어 작은 산탄 알을 매달고 살찐 메뚜기 한 마리를 냉혹하게 낚싯바늘에 꿰어 멀리 강물 한가운데를 향해 낚시를 획 던졌다. 옛날에 했던 익숙한 놀이가 시작되었다. 잉어 과의 작은 물고기들이 무리를 지어 미끼 주위에 몰려들더니 그것을 낚싯바늘에서 떼어내려 했다. 미끼가 다 물어 뜯기자, 두 번째, 세 번째, 네 번째 그리고 다섯 번째 메뚜기를 바늘에 달았다. 점점 더 조심스럽게 메뚜기를 낚싯바늘에 달고, 끝으로 산탄 알을 하나 더 끈에 매달아 무겁게 하자, 이제 첫 번째 제대로 된 물고기가 미끼를 집적댔다. 물고기는 미끼를 조금 물어뜯다가 다시 놓아 버리고 또 다시 집적댔다. 이제는 제대로 물었다. 좋은 낚시꾼은 낚싯줄과 낚싯대를 통해서 손가락이 움찔대는 것을 느낀다! 한스는 줄을 획 낚아챈 뒤 아주 조심스럽게 잡아당기기 시작했다. 물고기가 얌전히 있어 눈에 보이게 되자 그게 구릿빛 황어라는 것을 알았다. 희끄무레한 누런빛으로 빛나는 넓은 몸통과 삼각형의 머리, 특히 예쁘고 붉은 살색의 배지느러미가 이 물고기의 특징이었다. 얼마나 무거울까? 그러나 그것을 짐작하기도 전에 물고기는 절망스러운 몸부림을 치면서 겁을 잔뜩 먹고 수면 위로 치솟더니 달아나 버렸다. 물고기가 서너 번 물속에서 방향을 돌리다가 은빛 번개처럼 물속 깊은 곳으로 사라져 버리는 것이 보였다. 미끼를 제대로 물지 않았던 것이다.

　　낚시꾼의 마음속에서 이제 사냥할 때의 흥분과 열정적인 주의력이 깨어났다. 눈은 물에 닿아 있는 가는 갈색 줄을 예리하게 쏘아보았고, 뺨은 붉게 상기되었으며 동작은 간결하고 신속하고 확실했다. 두 번째 황어가 미끼를 물었지만 빠져나갔다. 그런 다음에는 아쉽게도 작은 잉어가 걸렸다. 그 뒤 서양 곤들메기가 연달아 세 마리나 잡혔다. 서양 곤들메기를 잡아서 정말 기뻤다. 아버지가 특히 이 생선을 좋아하기 때문이었다. 이 물고기는 짧은 비늘에 몸통은 통통하고, 커다란 머리통에는 우스꽝스럽게 생긴 하얀 수염이 달려 있고, 눈은 작고 꼬리 부분은 날렵하다. 색깔은 초록과 갈색 사이이며, 물고기를 육지로 건져 올리면 푸르스름한 강철 빛으로 변한다.

그사이 해는 중천에 떴다. 방죽 위쪽의 물거품은 눈처럼 하얗게 빛났고, 물 위로 따스한 공기가 아른거렸다. 하늘을 보니 무크베르크 산 위에 손바닥 크기만 한 눈부신 작은 구름이 떠 있었다. 날이 더워졌다. 한여름 날의 더위를 고요히 떠 있는 작은 구름 조각보다 더 잘 표현하는 것은 없을 것이다. 하늘 중간 높이에 흰 빛으로 조용히 떠 있는 이 구름들은 빛을 가득 머금고 있어 오래 바라볼 수가 없다. 푸른 하늘에나 반짝이는 강물 표면에 이 구름이 보이지 않는다면, 얼마나 더운지 짐작할 수 없을 것이다. 그러나 거품같이 희고 둥그렇게 뭉친 한낮의 항해자인 구름 몇 조각을 보면 갑자기 태양이 불타는 것을 느끼게 되고, 그늘을 찾아 땀이 흐르는 이마를 손으로 훔치게 된다.

한스는 점차 낚싯대를 별로 눈여겨 바라보지 않게 되었다. 약간 피로했다. 어차피 한낮에는 거의 아무것도 잡히지 않는다. 황어 과의 물고기인 크고 늙은 놈들도 이때쯤에는 볕을 쬐기 위해 물 위로 올라온다. 그놈들은 크고 묵직한 몸놀림으로 수면 바로 아래에서 꿈꾸듯 물결을 따라 헤엄을 치다가 때로는 갑자기 눈에 보이지 않는 뭔가에 깜짝 놀라기도 하는데 이 시간에는 낚시 가까이 오지 않는다.

한스는 낚싯줄을 버드나무 가지에 걸어 물속에 담가 놓고 땅바닥에 앉아 녹색 강물을 바라보았다. 서서히 물고기들이 위쪽으로 올라왔다. 거무스름한 등이 하나씩 하나씩 수면으로 나타나기 시작했다. 고요히 천천히 헤엄치면서 따뜻함에 유혹되어 위로 솟아오르는 매력적인 고기떼들. 아마 저 녀석들은 따뜻한 물속이 쾌적할 것이다! 한스는 장화를 벗고 물에 발을 담갔다. 수면의 물은 미지근했다. 잡아 놓은 물고기를 봤다. 커다란 물뿌리개 안에서 헤엄을 치며 그저 이리저리 오가며 조용히 철퍼덕 거리고 있었다. 얼마나 멋진지! 흰색, 갈색, 녹색, 은빛, 옅은 금색, 푸른색과 다른 색들이 움직일 때마다 비늘과 지느러미에서 번쩍거렸다.

아주 고요했다. 다리 위를 지나는 차 소리조차 들리지 않았다. 물방아의 철퍼덕 거리는 소리도 여기서는 그저 아주 아련히 들릴 뿐이었다. 하얀 방죽에서 끊임없이 부드럽게 쏴쏴 거리는 소리만이 조용히, 서늘하고 나른하게 울렸고, 흐르는 물이 뗏목의 말뚝을 스쳐 나지막이 소용돌이치는 소리만 들렸다.

그리스어와 라틴어, 문법과 문체론, 계산과 암기, 불안하고 허겁지겁 몰렸던 길고 길었던 한 해의 고통스러운 소동이 나른하고 따뜻한 시간 속에서 고요히 아래로 가라앉았다. 한스는 머리가 조금 아팠다. 하지만 평소처럼 그렇게 심하지는 않았다. 이제 다시 물가에 앉아 있을 만했다. 방죽에서 흩날리는 거품을 바라보았다. 그리고 눈을 깜빡이며 낚싯줄을 살폈다. 낚싯줄 옆 물뿌리개 안에서 잡힌 고기들이 헤엄치그 있었다. 정말 근사했다. 그러다가 갑자기 자신이 주 시험에 2등으로 합격했다는 생각이 퍼뜩 들었다. 그러자 맨발로 물장구를 치고, 두 손을 호주머니에 넣고 휘파람을 불기 시작했다. 사실 한스는 제대로 휘파람을 불 줄 몰랐다. 그래서 전부터 고민이었고 학교 친구들한테 놀림을 많이 당했다. 이빨 사이로만 불 줄 알았다. 그것도 아주 조용히. 하지만 집에서 혼자 불며 놀기에는 충분했다. 지금은 아무도 한스의 휘파람 소리를 들을 수가 없다. 다른 애들은 지금 학교에 앉아서 지리를 배우고 있다. 한스 혼자만이 자유롭고 학교에 갈 필요가 없는 것이다. 그는 그 애들을 넘어섰다, 이제 그들은 그의 아래에 있다. 그 애들은 정말 한스를 못살게 굴었다. 아우구스트 이외에 그 누구와도 놀지 않았고, 다른 애들의 격렬한 드잡이나 놀이에 아무 재미도 없었기 때문이었다. 그래, 이제 네 녀석들은 내 뒷모습이나 쳐다볼 수 있겠지, 이 바보 같은 녀석들, 고집쟁이들. 한스는 업신여기며 잠시 휘파람을 멈추고 입을 삐죽거렸다. 그런 뒤 낚싯줄을 걷어 올리다가 웃었다. 낚싯바늘에 미끼로 쓴 메뚜기가 하나도 남아 있지 않았기 때문이었다. 상자에 남아 있던 메뚜기를 놔주자 술에 취한 듯 비트적비트적 거리며 짧은 풀 사이로 기어갔다. 근처 제혁 공장은 벌써 점심시간이었다. 밥 먹으러 갈 시간이었다.

점심을 먹으면서 아무도 말을 하지 않았다.

"뭐 좀 잡았니?" 아버지가 물었다.

"다섯 마리요."

"아 그래? 그런데, 다 큰 놈은 될 수 있으면 잡지 마라, 안 그러면 나중에 새끼가 없어져."

그 다음에는 대화가 끊겼다. 정말 더웠다. 식사 후에 곧바로 수영하러 갈 수가 없어 정말 유감이었다. 대체 왜 하면 안돼? 그건 해롭다고 한다! 해롭다는 것은 한스가 더 잘 알았다. 하지 말라고 했지만 자주 그렇게 했기 때문이었다. 하지만 이제는 절대 안 한다. 악동이기에 이미 너무 어른이 되었다. 세상에, 주 시험을 볼 때 사람들이 자신에게 '씨'라는 존칭을 붙이지 않았던가!

정원에 있는 붉은 잎 전나무 아래 한 시간가량 누워 있는 것도 나쁠 건 없었다. 그늘은 충분했고, 책을 읽거나 나비들을 볼 수도 있다. 그렇게 한스는 2시까지 그곳에 누워 있었고, 깜빡 잠이 들 뻔했다. 하지만 이제 수영하러 갈 시간이다! 수영 터가 있는 초원에는 어린 소년들만 몇 명 있었다. 조금 더 큰 아이들은 모두 학교에 있다. 얼마나 고소한지. 천천히 옷을 벗고 물로 들어갔다. 한스는 온기와 냉기를 교대로 즐길 줄 알았다. 어느 정도 수영을 하다가, 잠수를 하고 물장구를 치다가, 강가에 엎드려 물기가 금방 걷힌 피부가 해에 그을리는 것을 느끼기도 했다. 어린 소년들이 존경하듯 그의 주변에 슬금슬금 모여들었다. 그래, 그는 유명인이 된 것이다. 그리고 또 다른 애들과 다르게 생기기도 했다. 생각이 깊은 눈에 이지적인 얼굴, 고상한 머리통이 갈색으로 탄 가느다란 목 위에 자유롭고 우아하게 움직였다. 신체의 다른 부위는 아주 말랐다. 가느다란 팔다리는 무척 연약했고, 가슴과 등은 갈비뼈를 셀 수 있을 정도였으며, 장딴지에는 거의 살이 없었다.

거의 오후 내내 태양과 물 사이를 오고 가며 시간을 보냈다. 4시가 넘자 학교 친구들 대부분이 왁자지껄 떠들며 이쪽으로 급히 달려왔다.

"와, 기벤라트! 좋겠다."

그는 기분 좋게 몸을 쭉 폈다. "응, 그저 그래."

"신학교는 언제 가니?"

"9월이나 되어야 가. 지금은 방학이야."

한스는 애들을 샘나게 만들었다. 뒷전에서 크게 놀려대며 한 아이가 다음과 같이 노래를 해도 꿈쩍도 하지 않았다.

> 만일 내가 그렇게 될 수만 있다면,
> 슐체 리자베트처럼 말야!
> 그녀는 대낮에도 침대에 누워 있는데,
> 난 그렇지 못하다네.

한스는 그냥 웃었다. 그 사이 소년들은 옷을 벗었다. 한 아이가 거침없이 물로 뛰어들었다. 다른 애들은 우선 조심스럽게 물에 들어가 몸을 식혔고, 많은 애들은 먼저 잔디밭에 약간 누워 있었다. 잠수를 잘하는 애를 보고 모두 감탄했다. 겁이 많은 애 하나를 뒤로 넘어지도록 밀어서 물에 빠뜨리자, 아이가 사람 살리라고 외쳤다. 서로들 잡으러 쫓아다니고, 뛰고 수영하고 뭍에 앉아 있는 애들에게 물을 뿌렸다. 첨벙거리는 물소리와 고함소리로 시끌벅적했고, 온 강가는 물에 젖은 하얀 피부의 벌거벗은 몸들로 빛나고 있었다.

한 시간 뒤에 한스는 자리를 떴다. 물고기들이 다시 미끼를 무는 따뜻한 저녁 시간이 되었다. 저녁 식사 때까지 그는 다리에 앉아 낚시를 했지만 한 마리도 못 잡았다. 물고기들이 탐욕스럽게 낚시 쪽으로 왔지만, 매 번 미끼만 빼먹어서 걸린 것은 한 마리도 없었다. 낚싯바늘에 버찌를 달았다. 너무 크고 부드러웠던 것 같다. 나중에 한 번 더 해보기로 했다.

저녁 식사 때, 꽤 많은 친지들이 축하해주러 왔었다는 이야기를 들었다. 한스에게 오늘자 주간 신문을 보여주었다. 거기 '공지사항'에는 다음과 같이 적혀 있었다.

"우리 도시는 이번에 기초 과정 신학교 입학시험에 한스 기벤라트 한 명만 응시생으로 보냈다. 이 학생이 차석으로 시험에 합격했다는 기쁜 소식을 접했다."

한스는 신문을 접어 주머니에 넣고 아무 말도 하지 않았지만 자부심과 환희로 가슴이 터질 것 같았다. 나중에 다시 낚시하러 갔다. 이번에는 낚싯밥으로 치즈 몇 덩어리를 갖고 갔다. 물고기들이 잘 먹기도 하고, 어둠 속에서 물고기 눈에 잘 보이기도 했다.

낚싯대는 내버려 두고 가장 간단한 손낚시를 가져왔다. 그것은 그가 제일 좋아하는 낚시였다. 낚싯대와 찌는 빼고 줄만 손으로 잡는 방법으로, 그냥 줄과 낚싯바늘로만 물고기를 잡는 것이다. 힘은 좀 더 들지만 훨씬 재미있다. 미끼의 아주 미세한 움직임까지 제어할 수 있어 모든 입질과 미끼 삼키는 것을 느낄 수 있고 낚싯줄이 떨리면 물고기가 언제 나타날지 지켜볼 수 있다. 물론 이런 종류의 낚시는 능숙해야 하고, 손가락이 아주 숙련되어야만 하며 첩자처럼 망을 보고 있어야만 한다.

좁고 깊숙이 파인 구불구불한 강 계곡에는 어둠이 빨리 찾아왔다. 강물은 다리 아래로 검게 조용히 흘렀다. 물방아 아래에는 이미 불이 들어왔다. 사람들 말소리와 노랫소리가 다리 위와 골목길을 울렸고, 공기는 약간 후덥지근했으며, 강물에는 거무스름한 물고기가 번번이 휙 하고 허공으로 뛰어 올랐다. 그런 날 저녁에는 물고기들이 이상하게도 흥분하여 지그재그로 이리저리 총알같이 헤엄치다가 허공으로 솟구쳐서 낚싯줄에 부딪치고는 맹목적으로 미끼에 달려든다. 마지막 남은 치즈 조각까지 다 썼을 때는 작은 잉어 네 마리가 잡혀 있었다. 내일 아침 시 목사에게 갖다 줄 생각이었다.

계곡 위쪽에서 따뜻한 바람이 불어 내려왔다. 아주 캄캄했지만 하늘은 아직도 밝은 빛을 머금고 있었다. 완전히 어두워진 소도시에는 교회 탑과 성의 지붕만이 검고 뾰족하게 밝은 하늘을 향해 솟아 있었다. 저 멀리 어디선가 뇌우가 치는 게 분명했다. 때때로 아주 멀리 떨어진 곳에서 약하게 천둥치는 소리가 들렸다.

10시 정각 잠자리에 들자, 오랫동안 느껴 보지 못한 아주 편안한 피곤함과 노곤함이 머리와 온 몸에 몰려들었다. 앞으로 한참 동안 아름답고 자유로운 여름날들이 편안하고 매혹적으로 그의 앞에 놓여 있을 것이다. 빈둥거리고 수영하고 낚시하고 꿈을 꿀 수 있는 그런 날들이. 단 한 가지, 1등이 되지 못한 것 때문에 화가 났다.

아침 일찍 한스는 목사관 현관에 어제 잡은 물고기를 들고 서 있었다. 목사가 서재에서 나왔다.

"아, 한스 기벤라트! 좋은 아침이구나! 축하한다, 정말 축하한다. 그런데 뭘 가져왔니?"

"그냥 물고기 몇 마리예요. 어제 잡았어요."

"아, 좀 보자! 고맙다. 근데 좀 들어오너라."

한스는 낯익은 서재로 들어갔다. 사실 그 방은 보통 목사의 방과는 달랐다. 꽃향기도 담배 냄새도 나지 않았다. 굉장히 많은 책의 책등[13]을 보면 거의 전부가 새 것이었고, 깨끗하게 에나멜이 칠해져 있고 금박이 입혀져 있었다. 일반적으로 목사의 도서실에서 볼 수 있는 색이 바래고, 비틀리고, 벌레 먹고, 곰팡이가 핀 책들이 아니었다. 자세히 보면 잘 정리된 책들의 제목에

---

13. 책을 매어 놓은 쪽의 겉으로 드러난 부분.

서 사라져 가는 세대에 속한 존경받는 구식 목사들이 갖고 있는 것과는 다른 새로운 정신을 알아차릴 수 있다. 일반적으로 목사의 서가에 있는 존경할 만한 훌륭한 책들——즉 뫼리케가 전원시 〈닭 모양의 낡은 풍향기〉[14]에서 아름답게 노래했던 신앙심 깊은 찬송가 가수들 및 벵엘, 외팅어, 슈타인호퍼의 책들——은 여기에는 빠져 있거나 혹은 다량의 현대 작품들 때문에 보이지 않았다. 잡지꽂이, 강대상,[15] 그리고 종이가 널려 있는 커다란 책상을 포함한 이것들 속에서 모든 것이 다 현학적이고 진지해 보였다. 목사는 이 방 안에서 많은 일을 했다. 물론 설교, 교리문답, 성경 시간보다 연구 논문과 학술지를 위한 기고, 자신의 책을 위한 사전 연구를 훨씬 더 많이 했다. 몽상적인 신화와 불안한 예감이 가득한 골똘한 생각은 이 장소에서 추방되었다. 또한 학문의 깊은 입구를 넘어서서 사랑과 동정에 목말라 하는 민중의 영혼에 부합하는 단순하며 열성적인 신학도 여기서는 추방되었다. 그 대신 이곳에서는 성서에 대한 격정적인 비판이 행해졌고 '역사적 그리스도'를 찾으려 했다.

신학에 있어서는 다른 영역과 다를 바가 없었다. 예술인 신

---

14. Eduard Mörike(1804-1874): 독일 슈바벤 출신의 시인. 〈닭 모양의 낡은 풍향기 Der alte Turmhahn〉(1852)라는 전원시에는 아침 해가 목사의 방을 비치는 모습을 서술하면서 슈바벤 출신 신학자들의 책을 언급한다. "저편에 있는 책장에,/거기 양피지와 가죽 안에 적혀 있다/ 맨 먼저 신앙심 깊은 슈바벤의 조상들이./안드레에, 벵엘, 리거,/외팅어도 그곳에서 볼 수 있다."
15. 서서 작업하는 책상으로 책상 면이 비스듬한, 강의 혹은 설교용 책상.

학이 있고, 학문인 신학 혹은 적어도 학문이고자 하는 신학이 있다. 예나 지금이나 그것은 마찬가지이다. 학문적인 사람들은 항상 오래된 포도주를 새로운 가죽부대에 담는 일을 게을리 했다. 그러나 예술가는 여러 가지 외적인 실수를 태평하게 감당하면서 많은 사람들을 위한 위안자이자 기쁨을 주는 사람이 되었다. 이것은 비평과 창조, 학문과 예술 사이의 오래된 불평등한 싸움이다. 이 싸움에서 학문은 별 쓸모는 없었지만 항상 옳다. 예술은 항상 믿음, 사랑, 위안, 아름다움, 영원에 대한 예감의 씨앗을 뿌리며, 늘 풍요로운 땅을 발견한다. 왜냐하면 삶이 죽음보다 강하고, 믿음이 의심보다 강하기 때문이다.

한스는 처음으로 강대상과 창문 사이에 있는 작은 가죽 소파에 앉았다. 시 목사는 지나칠 정도로 친절했다. 정말 친근하게 신학교에 대해, 그리고 그곳에서 어떻게 지내고 공부를 하게 될지 설명해 주었다.

끝으로 그는 다음과 같이 말했다.

"그곳에서 경험하게 될 새로운 일 중에 가장 중요한 것은 신약성서 그리스어 입문이야. 그것을 통해 새로운 세계가 열릴 거다. 할 것도 많고 즐거움도 많지. 처음에는 그 언어 때문에 애 좀 먹을 거다. 그동안 배웠던 아테네풍의 그리스어가 아니라 새로운 정신에 의해 창조된 새로운 말투거든."

한스는 귀를 기울였고 진정한 학문에 접근했다는 자부심을 느꼈다.

시 목사는 이야기를 계속했다.

"물론 규범에 얽매여 이 새로운 세계로 입문할 경우 이 세계가 가진 마력의 많은 부분이 사라지지. 또 아마 신학교에서는 아무것도 못하고 히브리어에만 얽매일 수도 있을 거야. 네가 마음이 있다면 이번 방학 동안에 조금 시작해 볼 수도 있어. 그러면 신학교에서 다른 것을 위해 쓸 수 있는 시간과 힘이 남아 있어 안심이 될 거야. 우리는 누가복음 몇 장을 함께 읽을 수도 있을 것이고, 그럼 넌 언어를 거의 놀이하듯 배우게 될 거야. 너한테 사전을 빌려줄 수도 있어. 매일 한 시간 가량, 최대 두 시간 투자하면 돼. 물론 그 이상은 아니다. 왜냐하면 무엇보다도 지금은 휴식을 즐겨야 하는 게 당연하니까. 물론 이건 그냥 제안이야. 이걸로 너의 멋진 휴가 기분을 망치고 싶지는 않다."

당연히 한스는 동의했다. 사실 이 누가복음 공부 시간은 자유라는 청명한 하늘에 낀 가벼운 구름과 같았다. 하지만 한스는 쉽게 거절할 수가 없었다. 그리고 방학 동안 틈틈이 새로운 언어를 배우는 것은 일이라기보다는 즐거움이었다. 신학교에서 배워야 하는 많은 새로운 것에 살짝 겁이 났었다. 특히 히브리어에.

흡족한 상태로 목사 집을 나와 낙엽송 길을 따라 숲 쪽으로 갔다. 약간의 걱정은 이미 사라졌다. 이 일에 대해 생각하면 할수록 꽤 괜찮은 것 같았다. 이제까지보다 더 열심히 더 지독하게 공부해야만 한다는 것을 알고 있었기 때문이었다. 신학교에 가서도 동료들보다 앞서려면 말이다. 한스는 정말로 남들보다 앞서고 싶었다. 대체 왜? 자신도 몰랐다. 3년 전부터 사람들은 그를 주목하기 시작했다. 교사, 시 목사, 아버지, 그리고 교장도 그를 격려하고 고무했고 긴장시켰다. 그 오랜 시간 내내, 어떤 학급에서도 그는 수석이었다. 이제 최고의 위치에 있는 것, 그 누구도 자신 옆에 있는 것을 허용하지 않는 것, 이것에 자기 스스로도 점점 자부심을 갖게 되었다. 그리고 이제 주 시험에 대한 그 바보 같은 공포도 사라졌다.

물론 휴식을 즐기는 것이 사실 최고로 멋진 일이었다. 이 아침 시간 자신 외에 산책하는 사람이라고는 아무도 없는 이 숲은 정말 말할 수 없이 아름다웠다! 독일 가문비나무가 줄지어 서 있고, 끝없이 넓은 숲 터는 회청색의 잎으로 둥근 지붕을 이고 있었다. 소관목류는 별로 없었다. 있다고 해봐야 그저 여기 저기 굵은 나무딸기 덤불뿐이었다. 대신에 키 작은 월귤나무와 히스가 자라나고 털처럼 부드러운 이끼로 덮인, 몇 시간이고 걸어갈 수 있는 넓은 지역이 있었다. 이슬은 이미 말랐고, 화살처럼 곧은 나무줄기들 사이로 숲 속 아침에서 느껴지는 특이한 답답함이 감돌았다. 햇볕의 따뜻함, 이슬 때문에 생긴 안개, 이끼 향기, 송진과 전나무 침엽과 버섯의 향기와 뒤섞여, 이 답답함은 가벼운 무감각함과 함께 기분 좋게 모든 감각 안으로 파고들었다. 한스는 이끼에 누워 어둡고 빽빽이 뒤엉켜 있는 검은 딸기덤불을 꺾어 들고, 이곳저곳에 딱따구리가 나무 둥치를 쪼는 소리와 질투쟁이 뻐꾸기가 우는 소리를 들었다. 거무튀튀한 가문비나무 꼭대기 사이로 구름 한 점 없는 짙은 푸른색 하늘이 내려다보고 있었다. 셀 수조차 없는 수직의 나무줄기들이 멀리 멀리 이어져 근엄한 갈색의 벽을 만들었고, 여기 저기 햇살의 노란 얼룩이 따뜻하고 눈부시게 이끼에 흩뿌려져 있었다.

사실 한스는 산책을 아주 오래, 적어도 뤼첼 농장까지 아니면 크로쿠스 초원까지 갈 생각이었다. 그런데 지금 이끼에 누워 월귤을 먹으며 느긋하게 하늘을 바라보고 있는 것이다. 그렇게 피곤했다는 사실에 자신도 놀라워하기 시작했다. 전에는 서너 시간 걷는 것은 아무것도 아니었다. 별떡 일어나 꽤 긴 구간을 걸어 보기로 결심했다. 그리고 수백 즐음 정도 걸었다. 그러나 어떻게 그렇게 되었는지도 모르게, 그곳에서 다시 이끼에 누워 휴식을 취했다. 계속 누워서 눈을 깜박이며 나무줄기와 우듬지, 초록빛 땅바닥을 이리저리 두리번거렸다. 이 공기가 그렇게 피곤하게 만든 것이다!

점심 무렵 집으로 오자 다시 머리가 아팠다. 눈도 아팠다. 숲 속 경사면에서는 태양이 정말 이글이글 타올랐었다. 오후 절반 정도는 기분이 썩 좋지 않은 상태로 집 주변을 돌아다니며 앉아 있다가, 헤엄을 치고 나서야 다시 머리가 맑아졌다. 이제 시 목사에게 갈 시간이었다.

가는 길에 작업장 창가 옆에 세 발 의자에 앉아 있던 구둣방 주인 플라이크 씨가 그를 보고는 불렀다.

"얘야, 어디 가니? 얼굴 보기 힘들구나?"

"지금 목사님께 가야 해요."

"아직도? 주 시험은 끝났잖니."

"네, 이제 또 다른 것 차례예요. 신약이에요. 근데 신약이 그리스어로 쓰였는데, 전에 배운 거랑은 영 딴판인 그리스어예요. 지금 그걸 배워야만 해요."

구둣방 주인은 모자를 목 뒤로 훌떡 넘기더니, 넓은 이마에 골똘히 생각하는 듯 깊은 주름을 지었다. 그는 긴 한숨을 쉬었다.

그러더니 낮은 소리로 말했다. "한스, 얘기를 좀 해줘야겠구나. 그동안은 주 시험 때문에 가만히 있었지만 이제는 경고를 해야겠다. 잘 알아둬라, 시 목사는 무신론자야. 그는 성서가 잘못되었고 거짓이라며 널 속일 거다. 그 사람이랑 신약을 읽는다면 너는 믿음을 잃을 거다. 어째서 그렇게 되는지도 모를 거야."

"근데요, 플라이크 아저씨, 전 그냥 그리스어 공부를 하는 거예요. 신학교에 가면 어차피 배워야만 해요."

"그래 넌 그렇게 말하겠지. 하지만 네가 경건하고 양심적인 선생한테서 성경을 배우는 것과, 사랑의 하나님을 더 이상 믿지 않는 사람한테서 배우는 건 다른 문제야."

"그렇겠지요, 하지만 목사님이 정말 하나님을 믿지 않는 건지 아무도 모르잖아요."

"무슨 말이냐, 한스, 유감스럽지만 사람들은 그걸 알고 있어."

"그럼 제가 어떻게 해야 하나요? 가겠다고 이미 약속했는데요."

"그렇다면 물론 가야지, 그건 당연한 일이야. 하지만 목사가 성경은 인간이 만든 것이고 거짓이며 성령에서 나온 것이 아니라고, 성경에 대해 그렇게 말하거든 나한테 와서 그것에 대해 얘기해 보자. 그럴 거지?"

"네, 플라이크 아저씨. 하지만 분명히 그렇게 나쁘지는 않을 거예요."

"알게 될 거다. 내말 명심해!"

시 목사는 아직 집에 오지 않아, 한스는 서재에서 기다렸다. 금박으로 된 책 제목들을 보는 동안 구둣방 아저씨와의 대화가 생각났다. 그리고 사람들이 목사와 새로 유행하는 사상에 대해 그렇게 말하는 것은 이미 여러 번 들었다. 그런데 이제 처음으로 긴장과 흥미를 느끼며 자신이 이 일에 연루된 것 같은 생각이 들었다. 하지만 이 일에 대해 구둣방 주인처럼 그렇게 중요하고 놀랍게 여기지는 않았다. 오히려 그는 여기서 오래되고 거대한 비밀을 파고들 수 있는 가능성을 예감했다. 저학년 때에는 신의 편재, 영혼의 체류, 악마와 지옥에 대한 궁금증 때문에 상상력의 나래를 펴며 생각에 골몰했다. 하지만 이 모든 것은 혹독하고 부지런하게 보낸 최근 몇 년 동안 다 사그라져 버렸다. 학교에서 배운 기독교 믿음은 그저 구둣방 아저씨와 대화를 할 때만 가끔씩 개인 생활 몇 가지에 적용시키기 위해 깨어나고는 했다. 구둣방 아저씨를 시 목사와 비교하자 미소가 절로 나왔다. 구둣방 아저씨가 힘든 세월 동안 터득한 혹독할 정도의 단호함을 소년은 이해할 수가 없었다. 게다가 플라이크 씨는 분별이 있기는 하지만 단순하고 편협한 사람으로, 득실한 체하는 탓에 여러 사람한테 놀림을 받았다. 기도하는 형제들의 모임에서 그는 엄격한 심판관 형제로서, 또 대단한 성서 해석자인 양 행동했다. 또 여러 마을에서 기도 시간을 갖기도 했다. 그러나 보통은 그냥 소시민 수공업자였고 모든 다른 사람들처럼 꽉 막힌 사람이었다. 반대로 시 목사는 세련되고 언변이 능란 사람이었고 설교자였으며 그 밖에도 성실하고 엄격한 학자였다. 한스는 존경하는 마음으로 책들을 올려다보았다.

시 목사가 곧 집에 돌아와 프록코트를 벗고, 대신 검은색의 가벼운 실내용 웃옷을 걸친 뒤에 그리스어로 된 누가복음의 본문을 주더니 읽어보라고 했다. 라틴어 수업 시간과는 완전히 달랐다. 두 사람은 그저 몇 문장만 읽고, 이 문장을 정말 꼼꼼하게 번역했다. 그런 뒤 스승은 평범한 예문에서 이 언어가 갖고 있는 독특한 정신을 능란하고 유창하게 전개했고, 이 책이 만들어진 시기와 방법에 대해 말했다. 단 한 시간 안에 학습과 독서의 아주 새로운 개념을 소년에게 알려주었다. 한스는 각 구절과 단어에 어떤 수수께끼와 과제가 숨어 있는지, 아주 옛날부터 학자와 사상가와 연구자들이 이 문제를 풀기 위해 얼마나 노력을 했는지 어렴풋이 알 것 같았고, 자기 자신도 이 수업 시간에 진리 탐구자의 대열에 들어선 듯했다.

한스는 목사가 빌려준 사전과 문법책을 받아와, 저녁 내내 집에서 공부에 몰두했다. 이제 진정한 연구로 향하는 길이 얼마나 많은 연구와 지식의 산을 넘어 이어지는지 알았고, 장애를 뚫고 이 길을 갈 것이며 계획대로 실행해 나갈 준비가 되어 있었다.

며칠 동안은 이 새로운 존재에 얽매여 한스는 꼼짝도 할 수 없었다. 그는 매일 저녁 시 목사에게로 갔다. 날마다 진정한 학문은 더욱 아름답고 어려우면서도, 더욱더 노력할 가치가 있는 것처럼 여겨졌다. 이른 아침 시간에는 낚시를 갔고, 오후에는 수영을 하러 갔고, 그 외에는 집 밖으로 잘 나오지 않았다. 주 시험의 걱정과 승리감 속에 가라 앉아 있던 명예심이 다시 깨어나 그를 잠시도 가만두지 않았다. 동시에 독특한 감정이 그의 마음속에 솟아나기 시작했다. 고통은 아니었다. 맥박이 빨라지고 격하게 흥분되어 힘이 솟구치는, 성급하게 승리감에 도취한 활동과 격렬한 진취 욕망이었다. 물론 나중에는 두통이 몰려왔다. 그러나 그렇게도 멋진 열정이 지속되는 한은 독서와 연구는 급속도로 진척되었다. 전에는 15분이나 걸렸던 크세노폰의 문장 중에서도 가장 어려운 것을 힘들이지 않고 읽었다. 사전은 거의 필요 없었고, 어려운 쪽들을 명확하게 이해하면서 빠르고 즐겁게 휙휙 넘겼다. 이렇게 고양된 연구 열정과 인식의 목마름에 의기양양한 자의식이 결합되었다. 마치 학교와 교사와 학창시절은 이미 오래 전에 뒤로 하고, 벌써 자신의 길에 들어서서 지식과 능력의 정점을 향해 가는 것 같은 그런 자부심이 들었다.

이제 다시 이런 기분이 엄습함과 동시에 밤에는 자주 깨고 이상할 정도로 선명한 꿈을 꾸며 선잠을 잤다. 밤에 약간의 두통을 느끼며 잠에서 깨어 다시 잠이 들지 못할 때면 초조함이 앞으로 계속 나아가라고 그를 몰아댔다. 그러나 모든 또래들에 비해 자신이 얼마나 앞섰는지, 그리고 교사와 교장이 일종의 존경은 물론 경탄까지 하며 자신을 바라보았던 것을 생각하자 우월감에 가득한 자부심이 느껴졌다.

자신이 일깨운 멋진 명예심을 관리하고, 그것이 자라는 것을 보는 것은 교장에게는 내면의 기쁨이었다. 선생은 심장도 없고 고루하며 영혼이 없는 소인배라고 말해서는 안 될 것이다! 아니다. 오랫동안 아무 성과 없이 자극만 받았던 한 아이의 재능이 갑자기 드러날 때, 한 소년이 나무칼과 고무 새총과 활과 다른 유치한 놀이를 집어 치울 때, 그 소년이 앞으로 나아가려 노력하기 시작할 때, 뺨이 포동포동한 버릇없는 아이가 힘든 공부로 인해 예민하고 진지하며 거의 금욕적인 소년으로 되어 갈 때, 그리고 그의 얼굴이 점점 나이 들어가고 정신적이 되어 가고, 그의 눈길이 점점 깊어지고 목표 지향적이 되며, 그의 손이 더 희고 조용해질 때, 이를 바라보는 교사의 영혼은 기쁨과 자부심에 웃게 된다. 교사의 의무와 국가가 그에게 위임한 소명은 어린 소년에게서 자연의 거친 힘과 욕망을 제어하고 없애 버린 뒤, 그 자리에 조용하고 절제된 그리고 국가가 인정하는 이상을 심어 주는 것이다. 이제는 만족하는 시민이자 열심히 노력하는 공무원이 된 많은 사람들은 학교의 이러한 노력이 없었더라면 아마 펄펄 날뛰는 개혁자나 혹은 아무런 성과 없이 사색만 하는 몽상가가 되었을 것이다! 한스의 내면에는 뭔가가, 뭔가 거친 것, 비규율적인 것, 교양 없는 것이 있었다. 그것이 이제 깨져 버린 것이다. 이제 꺼져서 사라져야만 하는 위험한 불꽃이. 인간은 자연이 그를 창조한 대로 예측할 수 없고, 이해할 수 없으며,

위험한 무엇이다. 인간은 알려지지 않은 산에서 불어 내려온 바람이며 길도 질서도 없는 원시림이다. 원시림의 나무를 쳐내어 빛이 들어오게 하고, 깨끗이 치우고, 억지로 속박해야 하듯, 학교는 자연스러운 인간을 부수고, 굴복시키고, 억지로 속박해야 한다. 학교의 과제는 정부 측에서 승인한 기본 원칙에 따라 인간을 사회의 유용한 일원으로 만들고 그의 안에 있는 특성을 일깨우는 것이다. 이와 같은 특성은 끝으로 병영에서의 세심한 훈육에 의해 성공적으로 마무리된다.

이 어린 기벤라트는 얼마나 멋지게 발전했는가! 그는 어슬렁거리거나 노는 것을 거의 스스로 알아서 그만 두었고, 이제 수업 시간 중에 바보스럽게 웃지도 않았고, 정원 가꾸기, 토끼 키우기와 따분한 낚시질 같은 취미도 고쳐졌다.

어느 날 저녁 교장 선생님은 개인적으로 기벤라트의 집을 방문했다. 아첨하는 아버지에게서 정중하게 벗어난 뒤에 한스의 방으로 들어가 누가복음을 공부하고 있는 소년은 발견했다. 교장은 다정하게 한스에게 인사를 건넸다.

"멋지구나, 기벤라트, 벌써 또 열심이구나! 그런데 왜 나한테 오지 않았니? 매일 기다렸는데."

"벌써 가려고 했어요." 기벤라트가 사과를 했다. "하지만 적어도 멋진 물고기 한 마리는 갖다 드리고 싶었어요."

"물고기? 무슨 물고기?"

"그러니까, 잉어나 뭐 그런 거요."

"아 그래. 그렇구나, 낚시 다시 하니?"

"네, 그저 조금만요. 아버지가 허락하셨어요."

"흠, 그래. 재미있니?"

"네, 그럼요."

"좋아, 아주 좋아, 네가 성실하게 공부해서 얻은 방학이지. 혹시 이제는 뭔가 더 공부할 생각이 좀 있니?"

"그럼요, 교장 선생님, 당연하죠."

"네가 하고 싶지 않은데 억지로 강요하고 싶지는 않아."

"물론 하고 싶어요."

교장은 몇 번 깊은 한숨을 쉬더니 가느다란 수염을 쓰다듬으며 의자에 앉았다.

"봐라, 한스, 사실은 이래. 막 아주 좋은 성적으로 주 시험을 치룬 뒤에 가끔 갑작스러운 타격이 오기도 하는 것을 오랜 경험으로 알고 있다. 신학교에 가면 몇 가지 새로운 학과를 배우게 될 거야. 그런데 방학 동안에 선행 학습을 한 학생들이 꼭 몇 명 있어. 주 시험에서 썩 좋지 않은 성적을 받은 학생들이 바로 그런 애들이야. 그 애들은 방학 동안 월계관에 취해서 푹 쉬었던 학생들 덕분에 순식간에 정상으로 올라가지."

교장은 다시 한숨을 쉬었다.

"여기 학교에서 일등하는 것은 정말 쉬웠지. 하지만 신학교에 가면 다른 동료들을, 정말 재능이 있거나 아주 부지런한 사람들을 보게 될 거야. 그 애들을 쉽게 앞지를 수가 없어. 이해하지?"

"그럼요."

"그래서 이번 방학에 선행 학습을 조금 하면 어떨까 제안하는 거다. 물론 적당히! 넌 지금 충분히 쉴 권리가 있고 의무도 있어. 하루에 한두 시간이면 적당할 것 같다고 생각했는데. 이렇게 하지 않으면 궤도에서 쉽게 이탈하고, 나중에 다시 제자리를 찾으려면 몇 주가 걸리기도 해. 넌 어떻게 생각하니?"

"전 준비가 다 됐어요, 교장 선생님, 선생님께서 그렇게 호의를 베풀어주신다면……"

"좋아. 신학교에서는 히브리어 다음으로 호메로스가 새로운 세계를 열어 줄 거다 우리가 지금 단단히 기초를 쌓아 놓으면 나중에 두 배의 즐거움과 이해력으로 그걸 읽을 거야. 호메로스의 언어, 즉 호메로스 특유의 멜로디와 가사와 함께 고대 이오니아 방언은 뭔가 아주 독특하고 독창적이지. 이 시를 정말로 즐기려면 부지런하고 꼼꼼해야 해."

한스는 당연히 이 새로운 세계에 진입할 준비가 기꺼이 되어 있어 최선을 다하겠다고 약속했다.

하지만 예상치 못한 어려움이 뒤따랐다. 교장은 헛기침을 하더니 다정하게 말을 이어갔다.

"솔직히 말해서 네가 수학도 몇 시간 공부했으면 정말 좋겠다. 네가 계산을 못하는 사람은 절대 아니지만, 지금까지 늘 수학은 네가 잘하는 과목은 아니었어. 신학교에서는 대수학과 기하학도 시작할 거야. 그래서 수업 준비를 좀 하는 것이 좋을 것 같은데."

"네, 교장 선생님."

"나한테 배우는 건 늘 환영이다. 그건 너도 잘 알고 있겠지. 네가 유능한 사람이 되어 가는 걸 보는 건 나의 당연한 의무야. 하지만 수학은 아버지께 부탁해서 선생님께 개인 수업을 듣게 해 달라고 하는 것이 좋은 거다. 아마 일주일에 서너 번이면 될 거야."

"네, 교장 선생님."

이제 또 다시 공부에 물이 올랐다. 한스는 때때로 한 시간 낚시를 가거나 산책을 갈 때 또 다시 마음이 무거웠다. 수학 교사는 하필 한스가 늘 수영하러 가는 시간에 수업을 했다.

한스는 열심히 했지만 대수학 시간은 즐겁지가 않았다. 뜨거운 한낮에 목초지 근처로 수영 하러 가는 대신 교사의 푹푹 찌는 방으로 가, 먼지투성이에 모기가 윙윙대는 공기 속에서 지친 머리와 건조한 목소리로 a 더하기 b, a 빼기 b를 건성으로 말하고 있는 것은 괴로웠다. 뭔가 마비시키는 것 그리고 압박하는 것이 공기 중에 떠돌았고, 이 공기는 좋지 않은 날에는 절망과 좌절로 뒤바뀔 수도 있었다. 한스는 수학이 상당히 특별하다고 생각했다. 수학이 폐쇄되고 이해하기 어렵다고 생각하는 학생들도 있지만 한스는 그렇지 않았다. 그는 가끔씩 훌륭하고 아주 재치 있는 답을 찾기도 해서 수학에 재미를 붙였다. 수학은 오류와 속임수가 없고, 주제에서 벗어나거나 기대에 어긋나게 주변 영역을 건드릴 가능성도 없어 마음에 들었다. 똑같은 이유에서 그는 라틴어도 매우 좋아했다. 이 언어는 명료하고 확실하며 한 가지 뜻만 가지며 거의 의심의 여지가 없기 때문이다. 그러나 계산할 때는 모든 답이 정확하더라도 뭔가 올바른 것이 드러나지는 않는다. 수학 공부와 학습 시간은 평평한 국도를 걸어가는 것과 같이 생각되었다. 항상 앞으로 전진하고, 매일 뭔가를, 어제는 아직 몰랐던 것을 이해하지만, 절대 산에는 도달하지 못한다. 갑자기 확 트인 전망이 열리는 산에는.

교장 집에서의 시간은 훨씬 활발하게 진행되었다. 하지만 시 목사는 교장이 생기발랄한 호메로스의 언어에서 이끌어 내는 것보다, 신약성경의 변형된 그리스어에서 뭔가 훨씬 매력적이고 멋진 것을 만들어 낼 수 있는 능력이 있었다. 그러나 처음의 난관을 통과하면 놀라움과 즐거움이 솟구치고 뿌리칠 수 없을 정도로 계속 유혹을 받는 것은 결국 호메로스였다. 가끔 한스는 은밀하고 아름답게 울리는, 그러나 이해하기 어려운 시 앞에서 전율이 날 정도의 초조함과 긴장감으로 가득한 채 앉아 있었다. 그런 때는 고요하고 맑은 정원을 열어 줄 열쇠를 마음만큼 빨리 사전에서 찾아낼 수가 없었다.

이제 또 다시 숙제가 넘쳤다. 한스는 다시 수많은 밤을 과제에 몰두해서 깊은 밤까지 책상에 앉아 있었다. 한스의 아버지 기벤라트 씨는 아들의 이런 근면함을 자랑스럽게 바라보았다. 그의 우둔한 머릿속에는 많은 편협한 사람들의 이상, 즉 자신의 줄기에서 한 가지가 뻗어 자기가 막연한 존경심으로 사모하는 높은 곳으로 쭉쭉 뻗어 자라는 것을 보겠다는 생각이 어렴풋이 자리 잡고 있었다.

방학 마지막 몇 주 동안 교장과 시 목사는 갑자기 또 다시 눈에 띄게 부드럽고 사려 깊어졌다. 그들은 소년에게 산책을 가도록 권했다. 수업을 중단하고는, 인생의 새로운 길을 생기 있고 상쾌하게 들어서는 것이 얼마나 중요한지 강조했다.

한스는 몇 번 더 낚시를 했다. 두통이 아주 심해, 푸르른 초가을 하늘을 반사하고 있는 강가에 멍하니 앉아 있었다. 왜 여름 방학을 그렇게 기뻐했었는지 알 수가 없었다. 이제 방학은 다 지나, 전혀 다른 삶과 공부가 시작될 신학교에 들어가는 것이 오히려 기뻤다. 낚시에 마음이 없어서 그런지 물고기를 한 마리도 못 잡았다. 아버지가 그걸 놀려대자, 아예 낚시를 그만두고는 낚싯줄을 다시 다락방 상자에 넣어 두었다.

방학 끝 무렵에서야 비로소 몇 주 동안이나 구둣방 주인 플라이크 씨에게 가지 않은 게 문득 생각났다. 지금도 그를 방문하려면 억지로 마음을 내야만 했다. 저녁이었다. 아저씨는 양쪽 무릎에 어린아이를 한 명씩 앉히고 거실 창가에 앉아 있었다. 창문을 활짝 열어 놓았는데도 가죽과 구두약 냄새가 집 전체에 배어 있었다. 한스는 수줍게 아저씨의 거칠고 넓은 오른손을 잡고 악수를 했다.

"그래, 어떠니?" 아저씨가 물었다. "목사님 댁에서는 열심히 했니?"

"네, 매일 그곳에 가서 많이 배웠어요."

"뭘?"

"주로 그리스어요, 그렇지만 그 밖에 많은 다른 것도요."

"그런데 나한테는 오고 싶지 않았니?"

"오고 싶었어요, 플라이크 아저씨. 하지만 그럴 시간이 없었어요. 매일 목사님 댁에서 한 시간, 교장 선생님 댁에서 두 시간, 그리고 일주일에 네 번 수학 선생님한테 가야 했어요."

"지금은 방학인데도? 그건 말도 안 돼는 일이야!"

"저도 모르겠어요. 선생님들 생각이 그래요. 그리고 저한테는 공부가 어렵지도 않고요."

"그럴 수도 있겠구나." 플라이크 씨는 이렇게 말하면서 소년의 팔을 잡았다. "공부는 그렇다고 치고, 팔이 왜 이러니? 얼굴도 너무 말랐구나. 아직도 머리가 아프니?"

"가끔요."

"그건 말도 안 돼는 일이야, 한스. 게다가 그건 죄악이기도 해. 네 나이에는 충분히 공기를 마시고 움직이고 제대로 쉬어야만 해. 대체 뭘 위해 방학이 있는 거냐? 방에 쪼그리고 앉아 있거나 계속 공부하기 위해서는 아니지. 넌 피부와 뼈밖에 없구나!"

한스는 웃었다.

"그래, 넌 반드시 난관을 뚫고 나가야만 하지. 하지만 지나친 건 좋지 않아. 그리고 목사님 댁에서의 공부는, 그건 어떻게 됐니? 그분이 뭐라고 하디?"

"많은 걸 말씀하셨지만, 전혀 해가 되지 않는 거였어요. 그분은 아는 게 엄청나게 많아요."

"성서를 모욕하는 말은 절대 안 했겠지?"

"네, 단 한 번도요."

"좋아. 왜냐하면 말이다, 영혼에 해를 입는 것보다는 차라리 육체가 열 번 망가지는 게 낫기 때문이야! 넌 나중에 목사가 되려고 하잖아. 그건 고귀하고도 힘든 직분이야. 게다가 그 직분은 너희 대부분의 젊은이들과는 다른 사람들을 필요로 하지. 아마 너는 거기에 딱 맞는 사람일 게다. 언젠가는 영혼을 도와주고 가르치는 사람이 될 거야. 진심으로 그렇게 되길 바라고 그것을 위해 기도할 생각이다."

그는 일어서더니 소년의 어깨에 힘 있게 두 손을 올려놓았다.

"잘 지내라, 한스, 그리고 바르게 살아라! 하나님께서 너를 축복하시고 지켜 주시길, 아멘."

엄숙한 표현과 기도, 그리고 표준어로 말하는 것에 소년은 가슴이 답답하고 불편했다. 시 목사는 작별할 때 이런 식으로 하지 않았다.

준비와 작별 인사로 며칠이 정신없이 빠르게 지나갔다. 침구, 양복, 속옷과 책으로 가득한 상자 하나는 이미 부쳤고, 이제 여행 가방 하나를 챙겨서 서늘한 아침에 아버지와 아들은 마울브론을 향해 길을 나섰다. 고향을 떠나는 것 그리고 아버지의 집을 나와 낯선 학교로 가는 것은 참 이상하고도 슬픈 기분이었다.

3장

시토[16] 교단 소속의 마울브론 대수도원은 주의 서북쪽, 숲이 울창한 여러 언덕과 작고 고요한 호수들 사이에 자리 잡고 있었다. 아름답고 고풍스러운 건물들은 넓고 견고하며 보존이 잘 되어 있었다. 내부와 외부가 모두 화려해서 아주 매력적인 거주지로 보였으며, 수세기 동안 조용하고 아름다운 초록빛 주변 환경과 함께 성장하여 조화롭고 친밀하게 하나가 될 정도로 잘 어

---

16. Citeaux: 시토는 프랑스 프로방스 알프코트다쥐르 지방 코트도르 주의 디종 남쪽에 있는 마을로 유명한 시토 수도원이 있는 곳이다. 1098년에 몰렘 대수도원장인 성 로베르투스가 세운 이 수도원은 주로 12세기에 활동했던 성직자이자 신비주의자인 성 베르나르 드 클레르보의 활동을 통해 유럽 전역에 수도원을 가진 시토 수도회의 본거지가 되었다. 지금은 고딕식 회랑의 일부와 18세기에 지은 건물 몇 채만 남아 있어 시토 수도원의 화려했던 과거를 말해 주고 있으나, 프랑스 혁명을 거치는 동안 수도원은 거의 다 파괴되었고 거주인도 많이 줄어들었다. 1898년에 수도원이 시토 수도회에 반환되면서 이 교단의 대참사회가 다시 건물들을 차지했다.

울렸다. 수도원을 방문하는 사람은 높은 담을 열어 주는 그림같이 아름다운 문을 지나 넓고 아주 고요한 장소에 들어서게 된다. 그곳에는 샘물이 솟고, 근엄한 고목들이 서 있으며, 양 옆으로는 여러 채의 오래된 석조 건물이 있다. 후방에 보이는 교회 본당 정면의 아름다운 현관은 파라다이스라고 불리는데, 후기 로마네스크 양식으로 타의 추종을 불허할 만큼 우아하고 매력적이다. 교회의 거대한 지붕에는 바늘처럼 뾰족하니 익살스럽게 생긴 작은 탑이 있다. 그렇게 작은 탑에 어떻게 종이 매달려 있는지 이해가 가지 않았다. 수도원 안뜰을 둘러싸고 있는 보존이 잘 된 회랑 역시 아름다운 건축물로, 샘가의 멋진 예배당은 마치 이 건물의 값진 장식물처럼 보였다. 아주 고상한 십자형의 둥근 아치로 된 성직자 식당, 그 외에 기도실, 대화실, 일반인 식당, 수도원장 거처와 두 개의 교회들이 방대하게 잇달아 늘어서 있다. 그림같이 아름다운 담, 발코니, 문, 정원, 물방아, 주택들이 육중한 옛 건축물들을 쾌적하고 밝게 에워싸고 있다. 넓은 앞뜰은 고요히 텅 빈 채 잠에 빠져 나무 그늘과 노닥거리고 있다. 점심시간 이후 시간에만 이 위로 덧없는 무상한 삶이 다가온다. 한 무리의 젊은이들이 수도원에서 나와, 이 넓은 장소 여기저기로 퍼져 잠시 몸을 움직이고 소리를 지르고 웃고 떠들며, 공놀이도 조금 하다가 이 시간이 지나면 순식간에 흔적도 없이 담 뒤로 사라져 버리는 것이다. 바로 이 장소에서 이미 수많은 사람들은 이곳은 유용한 삶과 기쁨을 위한 장소라고, 이곳에서 틀림없이 뭔가 생동적인 것, 행복한 것이 자라날 수 있을 것이라고, 이곳에서 성숙하고 선량한 인간들이 기쁜 생각을 하고 아름답고 밝은 작품을 창조해 낼 것이 분명하다고 생각했었다.

벌써 오래 전에 사람들은 세상과 동떨어진 곳, 언덕과 숲 뒤에 숨어 있는 이 멋진 수도원을 프로테스탄트 신학교 학생들에게 내어 주었다. 예민한 젊은 감수성을 아름다움과 고요함으로 감싸려는 의도에서였다. 동시에 이곳에서는 젊은이들이 도시와 가족생활이 주는 산만한 영향에서 벗어나고, 일상생활의 해로운 눈길에서 보호되었다. 그것은 젊은이들에게 수년 간 중요한 모든 부전공과 함께 히브리어와 그리스어 수업을 인생의 목표로 보여주고, 젊은 영혼의 모든 갈증을 순수하고 이상적인 연구와 향유에 전념시킴으로써 가능했다. 여기에 또 중요한 요소는 기숙사 생활, 자기 발전을 위한 필요, 소속감이었다. 때문에 학생들의 생활비와 학비를 지원해 주는 재단은 생도들이 특별히 정신적인 아이들이 되도록 애썼다. 바로 이 정신 때문에 아이들은 훗날에도 언제든지 이 학교 학생이었다는 것이 드러날 것이다. 그것은 일종의 정교하고 확실한 낙인이었다. 간혹 이곳을 빠져나가려는 거친 아이들은 예외지만, 슈바벤의 신학교를 나온 사람들에게서는 평생 이런 특징이 눈에 띤다.

이 수도원 학교에 들어 올 때 아직 어머니가 살아 있던 사람은 평생 그 시절을 감사와 미소가 절로 나오는 감동을 느끼며 기억한다. 한스 기벤라트는 이 경우에 속하지 않아 아무런 감동도 없이 덤덤했다. 그러나 다른 아이들의 어머니들을 볼 수 있었고 그들로부터 특별한 인상을 받았다.

기숙사 방이라고 하는 곳은 벽장으로 꽉 채워진 커다란 복도로 사방에 상자와 바구니들이 널려 있었고, 부모들과 같이 온 소년들은 소지품을 풀고 정리하느라 바빴다. 각자는 번호가 붙은 장을 배정받았고 공부방에도 번호가 붙은 책장을 할당받았다. 아들들과 부모들은 바닥에 무릎을 꿇고 앉아 짐을 풀었고, 조교가 제후처럼 그들 사이를 서성거리며 이 사람 저 사람에게 친절한 충고를 해주었다. 모두 가방에서 꺼낸 양복들을 펴고, 속옷들은 접고, 책은 차곡차곡 쌓아 놓고, 장화와 슬리퍼를 가지런히 세워 놓았다. 가져온 중요한 물건은 모두 동일했다. 가져올 수 있는 속옷의 최소 숫자와 기타 생활 용품 중 꼭 필요한 것이 규정되었기 때문이다. 자신의 이름이 새겨진 양철 세숫대야를 꺼내어 세면장에 세워 놓고, 해면과 비누통, 빗과 칫솔을 그 옆에 놓았다. 이 외에 그들은 등잔 하나, 석유통 하나, 식사 도구 한 벌을 가져왔다.

소년들은 모두 굉장히 바쁘고 흥분했다. 아버지들은 미소를 지으며 도와주려 했다. 그러다가 가끔 회중시계를 들여다보기도 하고, 상당히 지루해서 슬쩍 그만두려고 했다. 그러나 어머니들은 온 정성을 다해 일을 했다. 양복과 속옷을 하나하나 집어 들어 조심스레 살펴보고는 가능한 한 깨끗하고 사용하기 쉽게 장롱에 집어넣었다. 경고, 조언, 사랑도 곁들였다.

"새 속옷들은 특히 조심해 다뤄, 3마르크 50페니히[17]나 들었어."

---

17. 과거 독일의 화폐 단위. 1마르크는 100페니히.

"빨랫감은 4주마다 기차로 보내라, 급하면 우편으로 보내고. 검은 모자는 일요일에만 쓰는 거야."

뚱뚱하고 편안하게 생긴 어떤 여인은 높은 상자 위에 앉아서 아들에게 단추 다는 법을 알려주고 있었다.

또 다른 곳에서는 "집이 그리우면, 언제든지 편지 써. 크리스마스까지는 그렇게 길지 않아."라는 소리가 들렸다.

예쁘장하고, 아직도 상당히 젊은 여인은 아들의 꽉 찬 장롱을 훑어보면서 쌓아 놓은 속옷들과 재킷과 바지를 살뜰한 손길로 어루만졌다. 그렇게 하고 난 뒤에는 아들을, 어깨가 넓고 뺨이 포동포동한 소년을 쓰다듬기 시작했다. 아들은 창피해서 당혹스럽게 웃으면서 손길을 피하고는, 약해 보이지 않으려고 두 손을 바지 호주머니에 찔렀다. 아들보다 어머니가 더 이별을 힘들어 하는 것 같았다.

다른 아이들의 상황은 반대였다. 그 애들은 바쁘게 움직이는 어머니들을 그저 멍하니 바라보고 있었다. 그냥 다시 집에 갔으면 꼭 좋겠다는 얼굴이었다. 사실 거의 모두 이별을 두려워했다. 사람들 앞에서 감정을 들킬까 봐 부끄러워하는 마음과 처음 남자가 된 것 같은 반항적인 자존심이 심각하게 갈등을 일으켰다. 이런 와중에 사랑과 애착이 점점 강해지는 것을 느끼고 있었다. 펑펑 울고 싶은 아이들도 많았지만, 억지로 태연한 얼굴을 하고 마치 아무렇지도 않은 듯 행동했다. 이를 보고 어머니들은 미소를 지었다.

거의 모든 학생들은 짐 상자에서 필수품 외에도 몇 가지 사치 용품이나, 조그만 주머니에 든 사과, 훈제 소시지, 작은 바구니에 든 과자류나 그와 유사한 것들을 꺼냈다. 많은 애들이 스케이트를 가져왔다. 키가 작고 영리하게 생긴 소년이 햄을 덩어리째 가져온 것을 보자 모두 굉장히 놀랐다. 소년은 그것을 감추려고 들지도 않았다.

누가 집에서 곧바로 왔으며, 누가 이미 이전에 집에서 멀리 떨어진 사립학교나 하숙에서 지냈었는지 쉽게 구분할 수 있었다. 그러나 집을 떠나 본 적이 있던 학생들도 흥분하고 긴장한 기색이 역력했다.

기벤라트 씨는 능숙하고 노련하게 아들의 짐 푸는 것을 도와주었다. 대부분의 다른 사람들보다 빨리 이 일을 끝내고는 한스와 잠시 지루하게 서 있다가 어쩔 줄 모르며 방 안을 서성댔다. 경고하고 교훈을 주는 아버지들과 위로하며 조언을 해주는 어머니들과 불안하게 귀를 기울이고 있는 아들들이 사방에 보이자, 그도 한스에게 삶의 길에서 도움이 될 말을 몇 마디 해주는 것이 적당하다고 생각했다. 오래 생각을 하고는 말없는 아들 곁으로 마지못해 슬금슬금 다가갔다. 그러더니 갑자기 장엄한 어투의 미사여구를 퍼부어 댔다. 한스는 놀라서 조용히 이 말을 듣고 있었다. 그러나 옆에 서 있던 목사가 아버지의 충고를 재미있어 하며 미소 짓고 있는 것을 보자 부끄러워서 아버지를 옆으로 잡아끌었다.

"그럼 그럴 거지, 가족에게 명예를 안겨 줄 거지? 그리고 윗사람 말을 잘 들을 거지?"

"네, 그럼요." 한스가 대답했다.

아버지는 아무 말도 않고 한시름 놓은 듯 한숨을 내 쉬었다. 그는 슬슬 지루해지기 시작했다. 한스도 상당히 쓸쓸한 마음이 들었다. 불안한 호기심에 창밖으로 고요한 수도원 안뜰의 회랑을 내려다보았다. 회랑에는 고풍스럽고 세상을 등진 듯한 품위와 정적이 감돌았다. 여기 위층의 소란스러운 아이들의 삶과 이상한 대조를 이뤘다. 한스는 다른 동급생들을 수줍게 관찰하기도 했다. 그들 중 아는 애는 한 명도 없었다. 슈투트가르트에서 함께 주 시험을 보았던 아이는 괴핑엔에서 배운 세련된 라틴어에도 불구하고 합격하지 못한 것 같았다. 어디에서도 그 소년을 찾지 못했다. 이 일에 대해서는 별로 오래 생각하지 않고 한스는 미래의 동료들을 쳐다보았다. 아이들의 준비물은 종류나 숫자는 같았지만, 도시 출신과 농민의 아들을, 부잣집과 가난한 집을 쉽게 구분할 수 있었다. 물론 부잣집 아이들은 거의 신학교에 오지 않는다. 그 이유는 부분적으로는 부모의 자부심 혹은 보다 깊은 판단, 혹은 아이들의 재능과 관계가 있었다. 그러나 자신들의 수도원 시절을 회상하면서 자식들을 마울브론으로 보내는 교수나 고위 관리들도 꽤 많았다. 그래서 40명의 소년들이 입은 검은 양복에서 천이나 재단이 다른 것을 알 수 있었다. 행동 방식, 사투리와 태도에서 아이들은 더 확실히 구분되었다. 뻣뻣한 팔다리에 비쩍 마른 슈바르츠발트 출신 소년들, 알프[18]

---

18. Alb: 라인 강과 도나우 강의 분수계(分水界)를 이루는 슈바넨 알프, 유라산맥의

지역에서 온 건장한 소년들, 태도는 자유분방하고 경쾌하며 옅은 금발에 입이 크고 활발한 저지독일 출신의 소년들, 끝이 뾰족한 장화를 신고, 세련된 언어인 척하지만 형편없는 사투리를 쓰는 예의바른 슈투트가르트 출신 아이들. 이 학생들 중 대략 5분의 1은 안경을 썼다. 슈투트가르트에서 온 가냘프고 거의 우아하기까지 한 응석받이 학생은 뻣뻣하고 세련된 펠트 모자를 쓰고 있었다. 이 평범하지 않은 장식이 이미 첫날부터 학생들 중 대담한 녀석들에게 훗날 놀림과 폭력을 행사할 마음을 품게 했다는 사실은 몰랐다.

예리한 관찰자라면 이 허약한 무리들을 보고, 주에서 뽑힌 아이들이 괜찮은 인재라는 사실을 인정할 것이다. 주입식 교육을 받았다는 것을 곧바로 알아차릴 수 있는 평범한 아이들도 있었지만, 감수성이 예민한 소년이나 반항적일 정도로 강해 보이는 소년도 있었다. 이들의 매끈한 이마 뒤에는 보다 높은 삶이 아직 절반은 꿈속에 놓여 있는 것 같았다. 어쩌면 이 아이들 중 몇몇은 약고 고집불통인 슈바벤사람 특유의 두뇌를 가졌을지도 모른다. 이러한 두뇌를 가진 사람들은 시간이 지나면 지날수록 거대한 세계 한가운데로 파고 들어가, 항상 어딘지 모르게 건조하고 고집스러운 자신의 사상을 새롭고 강력한 체계의 중심으로 만들었다. 슈바벤 지역은 잘 교육된 신학자들을 세상에 내놓았을 뿐만 아니라, 전통적으로 철학적 사변 능력이 있다는

중부 산악 지대.

것에 자부심을 갖고 있었기 때문이었다.[19] 이미 수차례 훌륭한 예언자나 혹은 이단자가 배출되었다. 이 풍요로운 주는 정치적으로는 위대한 전통 뒤편에 놓여 있지만, 적어도 신학과 철학과 같은 정신적인 영역에서는 여전히 세상에 확실한 영향력을 행사하고 있었다. 이와 함께 민중들에게는 예전부터 아름다운 형식이나 꿈꾸는 듯한 문학을 즐기는 성향이 내재되어 있어서, 가끔씩 괜찮은 시인이나 문학가가 배출되기도 했다.

마울브론 신학교의 시설이나 관례는 외형적으로 보면 슈바벤적인 것을 찾아볼 수 없었다. 도리어 수도원 시절부터 남아 있던 라틴어 이름에 그리스 로마식의 명칭이 많이 첨가되어 있었다. 학생들이 나뉘어 배치된 방들은 포룸, 헬라스, 아테네, 스파르타, 아크로폴리스라는 이름이었다. 가장 작은 마지막 방의 이름은 게르마니아였는데, 게르만적 현재에서 로마 그리스적 환상을 만들어 낼 수도 있다는 근거를 제시하는 것 같았다. 그러나 이것도 외형적으로만 그랬고, 실제로는 히브리적 이름이 더 잘 어울렸을지도 모른다. 그래서 아주 재미있는 우연일지도 모르는데, 아테네 방에는 가장 마음이 넓고 제일 말을 잘하는 학생들 대신에 올곧고 답답한 아이들 몇몇이 배정되었고, 스파르타에는 전사와 고행자가 아니라 유쾌하고 거만한 학생들이 들어갔다. 한스 기벤라트는 아홉 명의 동료들과 함께 헬

---

19. 슈바벤 출신의 신비주의자 야콥 뵈메, 신학자인 벵엘과 외팅어 등을 말한다. 헤겔, 셸링과 같은 철학자도 슈바벤 출신이다.

라스에 들어갔다.

　그날 밤 처음으로 아홉 명과 함께 서늘하고 삭막한 공동 침
실에 들어가 좁은 학생 침대에 눕자 이상한 기분이 밀려왔다.
천장에는 커다란 석유 등잔이 매달려 있었고, 그 붉은빛 아래
서 옷을 벗자 10시 15분에 조교가 불을 껐다. 이제 모두 나란히
누웠다. 침대 두 개 사이마다 있는 작은 의자에는 옷이 쌓여 있
고, 기둥에는 아침 종을 치기 위한 줄이 늘어져 있었다. 두세 명
의 소년들은 이미 서로 알고 있어, 소리를 낮추어 얼마간 속닥
거렸지만 곧 조용해졌다. 다른 아이들은 모르는 사이였다. 모두
약간 기가 질려 죽은 듯 조용히 침대에 누워 있었다. 잠이 든 아
이들의 깊은 숨소리가 들렸다. 어떤 아이는 잠을 자면서 팔을
약간씩 움직여 아마로 된 이불이 바스락거렸다. 아직 깨어 있
는 애들은 아주 조용히 있었다. 한스는 오랫동안 잠이 들지 못
했다. 옆 침대에 누운 아이의 숨소리에 귀를 기울였다. 잠시 후
하나 건너에 있는 침대에서 이상하게 겁을 먹은 소리가 들렸다.
그곳에 누운 아이는 이불을 머리에 뒤집어쓰고 울고 있었다. 멀
리서 들려오는 듯한 나지막한 울음소리는 한스의 마음을 이상
하게 격동시켰다. 한스는 집은 그립지 않았다. 하지만 집에 있
는 자신의 조용하고 작은 방이 생각났다. 거기에다가 불확실한
새 환경과 많은 동료들에 대한 희미한 두려움이 밀려왔다. 아직
한밤중은 아니었지만, 이제 침실에 깨어 있는 사람은 아무도 없
었다. 소년들은 줄무늬 베개에 얼굴을 묻고 잠이 들었다. 슬픈
아이도 뻔뻔스러운 아이도, 쾌활한 아이도 소심한 아이도, 모두

똑같이 달콤하고 깊은 휴식과 망각에 빠졌다. 고풍스러운 뾰족 지붕, 탑, 발코니, 고딕식의 작은 뾰족탑, 흙벽과 뾰족한 아치형 의 복도 위로 창백한 반달이 떠올랐다. 달빛은 추녀 돌림띠와 문지방에 머물다가 고딕식 창문과 로마네스크 양식 문 위로 흘 러들었고, 수도원 안뜰 회랑에 있는 크고 고상한 분수의 수반 위에서 희미한 금빛으로 어른거렸다. 몇 가닥의 노란 띠와 빛의 얼룩이 세 개의 창문을 통해 헬라스 방 침실에도 비쳐 들어와, 언젠가 수도자들에게 그랬듯이 잠이 든 소년들의 꿈 곁에 그렇 게 다정하게 머물렀다.

다음날 예배당에서 엄숙한 입학식이 거행되었다. 교사들은 프록코트를 입고 서 있었다. 신학교 교장이 인사말을 했고 학 생들은 생각에 잠겨 의자에 몸을 구부리고 앉아 있다가 이따금 뒤쪽 멀찌감치 앉아 있는 부모를 몰래 곁눈질 했다. 어머니들은 만감이 교차하는 듯 미소를 띠며 아들들을 바라보았고, 아버지 들은 몸을 꼿꼿이 세우고 교장의 연설을 주의 깊게 들으며 진 지하고 결연한 모습을 보여주었다. 자부심과 기특한 마음과 아 름다운 희망에 그들의 가슴은 부풀었다. 그래서 오늘 금전적 이 득과 자식을 맞바꾸어 팔아넘겼다는 생각을 하는 사람은 단 한 명도 없었다. 끝으로 이름이 차례차례 불리자 학생들이 줄을 지 어 나갔다. 교장은 악수로써 이들을 맞아 주었고 확약을 받았 다. 이로써 학생은 행실이 바를 경우 삶이 끝날 때까지 국가의 보살핌을 받을 것이며 일자리가 보장되었다. '혹시 이들이 거저 이것을 얻을 수 있지는 않을까'라는 생각을 가진 사람은 아무도 없었다. 아버지들도 마찬가지였다.

학생들에게는 아버지와 어머니와 작별을 해야 하는 순간이 훨씬 더 진지하고 감동적이었다. 부모들 일부는 걸어서, 일부는 우편마차로, 또 다른 사람들은 서둘러 구한 여러 종류의 탈 것을 이용하여 뒤에 남은 아들들의 시야에서 사라졌다. 손수건이 오랫동안 부드러운 9월의 대기 속에서 흔들리더니 드디어 숲이 떠나는 사람들을 가려 버렸다. 아들들은 생각에 빠져 조용히 수도원으로 되돌아 왔다.

"자, 이제 부모님들이 가셨구나." 조교가 말했다.

이제야 아이들은 우선 같은 방 동료들끼리 서로 제대로 눈을 마주치며 친분을 쌓기 시작했다. 잉크병에 잉크를 채우고, 램프에는 석유를 붓고, 책과 공책을 정돈하면서 새로운 방을 편안하게 만들려고 애썼다. 그러면서 서로를 호기심 어린 눈으로 바라보고 이야기를 시작했다. 고향과 지금까지 다녔던 학교를 묻고 똑같이 진땀을 뺐던 주 시험을 기억했다. 방에 하나밖에 없는 책상 주변에는 잡담을 나누는 무리가 만들어지고, 여기저기에서 소년의 밝은 웃음소리가 터져 나왔다. 저녁이 되자 같은 방에 거주하는 아이들은 함께 항해를 마친 승객들보다도 훨씬 더 서로에 대해 잘 알게 되었다.

한스와 함께 헬라스 방에 묵게 된 9명의 소년들 중에 4명은 개성이 강했고 나머지는 선량한 중간축에 속했다. 우선 오토 하르트너는 슈투트가르트 교사의 아들로서 재능이 있고 조용하며 자신이 있고 나무랄 데 없이 처신했다. 어깨가 넓고 튼튼한 몸에 옷도 잘 입었고 확실하고 유능한 행동으로 방에 있는 아이들의 눈길을 끌었다.

그 다음으로 알프스의 작은 마을 면장의 아들인 카를 하멜. 이 아이를 파악하는 데는 꽤 시간이 걸렸다. 모순으로 가득했고 겉으로 보이는 냉담함에서 절대 벗어나지 않았기 때문이었다. 그러다가 어떤 때는 열정적이고, 자유분방하고 폭력적이기도 했다. 그러나 이런 행동은 결코 오래가지 않았고 곧 자신 안으로 기어 들어가 버렸다. 그 아이가 조용한 관찰자인지 아니면 그저 위선자인지 대체 알 수가 없었다.

이 소년보다는 덜 복잡하지만 인상적인 학생은 헤르만 하일너로 슈바르츠발트의 좋은 가문 출신이었다. 사람들은 이미 첫날부터 이 학생이 시인이거나 아름다운 정신의 소유자라는 것을 알 수 있었다. 주 시험에서 작문을 6각운으로 맞춰 썼다는 이야기도 있었다. 소년은 말하기를 좋아했고, 생기발랄했으며, 아름다운 바이올린도 한 대 갖고 있었고 자신의 존재를 겉으로 드러내려고 하는 것 같았다. 이런 성향은 미성숙한 소년다운 감상과 경박함이 뒤섞인 탓이었다. 그러나 별로 눈에 띄지는 않지만 심오함도 내면에 지니고 있었다. 육체적으로나 정신적으로 나이보다 훨씬 발달했고, 이미 자신만의 길을 실험하며 가고 있었다.

헬라스 방에서 가장 특이한 소년은 에밀 루치우스였다. 빛바랜 금발 머리에 속을 알 수 없는 작은 소년으로 늙은 농부처

럼 고집스럽고 부지런하고 무미건조했다. 아직 덜 자란 체격이
나 외모에도 불구하고 소년의 인상을 풍기지 않았다. 온 몸에
서 뭔가 어른과 같은 느낌이 났다. 이제 더 이상 외모가 변하
지 않을 것만 같았다. 이미 첫날, 다른 애들은 지루해 하며 수다
를 떨거나 적응하려고 노력하고 있는 동안, 이 소년은 조용하
고 침착하게 문법책에 고개를 숙이고 앉아 있었다. 엄지로 두
귀를 틀어막고는 마치 잃어버린 시간을 만회하려 듯 열심히 공
부를 했다.

사람들은 차츰 차츰 이 이상하고 얌전한 녀석의 술책을 알
아차렸고 그에게서 아주 노련한 구두쇠와 이기주의자의 모습
을 발견했다. 그래서 그가 이러한 악덕을 완벽하게 실행하는 것
에 대해 일종의 존경을 표하거나, 그냥 참아 주었다. 그는 교활
하게 절약하고 이득을 내는 방법을 알고 있었다. 그의 빈틈없는
방법이 점차 노출되자, 모두 경탄해 마지않았다. 이것은 아침
일찍 기상하면서부터 시작되었다. 루치우스는 세면장에 제일
먼저 혹은 제일 나중에 나타났다. 다른 아이들의 수건이나 비누
같은 것을 사용하고 자기 것은 아끼기 위해서였다. 그 결과 그
는 수건을 항상 2주 혹은 그 이상 비축할 수 있었다. 하지만 수
건은 매주 새로 갈아야 했다. 월요일 오전마다 수석 조교가 검
사를 했다. 따라서 매주 월요일 아침에는 루치우스도 깨끗한 수
건을 번호가 매겨진 자기 자리에 걸어 놓았다. 그러나 점심 휴
식 시간에 다시 걷어 깔끔하게 접어서는 상자에 도로 집어넣고
그 대신 아껴 쓰던 낡은 수건을 다시 제자리에 걸어 놓았다. 그

의 비누는 단단해서 별로 쓸모가 없는 대신 몇 달이나 갔다. 그러나 에길 루치우스는 절대 외모가 흐트러지지 않았고 항상 말끔했다. 숱이 적은 금발은 꼼꼼하게 가르마를 타서 빗어 넘겼고, 셔츠와 양복은 최상의 상태로 조심스레 다루었다.

세면장에서 이제 아침 식사로 넘어가 보자. 아침 식사로는 커피 한 잔, 각설탕 한 조각과 빵 하나였다. 대부분의 아이들에게는 충분하지 않았다. 젊은이들은 8시간 자고 나면 보통 아침에 배가 몹시 고프기 때문이다. 그러나 루치우스는 이것으로 만족했다. 그는 매일 배당되는 설탕을 먹지 않고 절약해서, 설탕 두 개에 일 페니히 혹은 25개에 공책 하나를 맞바꿀 고객을 찾아냈다. 저녁에는 비싼 석유를 절약하기 위해 다른 사람이 켜 놓은 등잔의 빛에 의지해 공부하는 것도 마다하지 않았다. 이런 것을 그냥 스스로 터득했다. 그런데 그 아이는 가난한 집 출신이 아니라 아주 유복한 환경 출신이었다. 대개 아주 가난한 집 아이들은 살림살이를 하거나 절약하는 것을 잘 못한다. 오히려 가진 것을 다 써 버리고 저축할 줄을 모른다.

에밀 루치우스는 물건을 소유하거나 손으로 잡을 수 있는 재물에만 이런 방식을 펼친 것이 아니었다. 할 수 있으면 정신의 영역에서도 이득을 보려고 했다. 이 점에서도 아주 영리해서 모든 정신적 소유물은 상대적 가치밖에 없다는 것을 절대 잊지 않았다. 그래서 미리 공부해 두면 나중에 시험을 볼 때 좋은 결과를 얻을 수 있는 과목만 정말 열심히 했고, 그 밖의 과목은 욕심내지 않고 적당히 중간 성적 정도를 받는 것만으로 만족했다.

자신의 학습과 그 결과를 항상 동료들의 성적과 비교해서 평가했다. 두 배의 지식을 갖고 2등을 하기 보다는 절반의 지식으로 1등을 하려는 것 같았다. 그래서 밤에 동료들은 여러 가지 오락, 게임, 독서에 빠져 있을 때, 이 소년은 조용히 자리에 앉아 공부를 했다. 다른 애들이 내는 소음에 전혀 방해받지 않았다. 오히려 가끔 전혀 부러워하지 않고 만족하는 듯한 눈으로 그들을 바라보기까지 했다. 만일 다른 애들도 모두 공부를 한다면 그의 노력이 쓸모없게 되기 때문이었다.

이 부지런한 노력가가 보여주는 모든 교활함이나 요령에 대해 아무도 나쁘게 생각하지 않았다. 그러나 도를 넘거나 이기적으로 행동하는 사람이 다 그렇듯 그도 곧 어리석은 짓을 하고 말았다. 수도원의 모든 수업은 무료라서, 이것을 이용해서 바이올린 수업을 받을 생각을 하게 되었다. 그가 약간의 예비 수업을 받았거나, 좋은 귀나 재능이 있었더라면, 아니면 음악에 즐거움이라도 느꼈더라면 좋았을 것을! 하지만 그는 라틴어나 셈하기를 익히듯 바이올린을 배울 수 있을 것이라고 생각했다. 나이가 들면 음악이 도움이 되고, 음악을 하는 사람은 인기가 있고 유쾌하다고 들은 적이 있었다. 어쨌든 돈은 들지 않았다. 신학교는 바이올린 수업도 받을 수 있도록 해주었기 때문이었다.

음악 교사 하스는 루치우스가 바이올린을 배우겠다고 왔을 때 머리털이 곤두서는 것 같았다. 이미 성악 수업을 통해 루치우스를 알고 있었기 때문이었다. 루치우스가 부른 노래는 모든 학생들을 즐겁게 했지만, 교사는 절망에 빠뜨렸다. 교사는 소년이 바이올린 배우는 것을 말리려 했다. 그러나 잘못된 상대를 만났다. 루치우스는 얌전하고 겸손하게 웃으면서 자신의 권리를 내세우면서 음악을 배우고 싶은 마음을 억누를 수가 없다고 설명했다. 그래서 결국 연습용 바이올린 중 가장 나쁜 것을 갖고 일주일에 두 번 수업을 들었고 매일 30분간 연습을 했다. 처음 연습을 한 이후 같은 방에 있는 친구들은 이번이 처음이자 마지막이고, 앞으로 이 엄청난 소음을 금지한다고 선언해 버렸다. 이후 루치우스는 바이올린을 들고 수도원 여기저기를 헤매며 연습할 구석을 찾으러 다녔다. 그곳에서 삑삑 긁어 대고 쥐어짜며 찍찍대는 이상한 소리가 울려 나와 근처에 있는 사람들을 위협했다. 시인 하일너는 이것을, 학대받은 낡은 바이올린이 도와 달라며 모든 벌레 먹은 구멍에서부터 절망스럽게 간청하는 소리를 내는 것이라고 했다. 발전이 없자 심기가 불편한 음악 교사는 날카로워지고 거칠어졌고, 루치우스는 더욱더 절망적으로 연습에 매달렸다. 지금까지는 늘 자족적인 표정을 짓던 그의 소매상인과 같은 얼굴에는 주름이 잡혔다. 그것은 정말 비극이었다. 왜냐하면 결국 교사가 루치우스는 전혀 재능이 없다고 단언하면서 앞으로의 수업을 거부했고, 배움에 욕심은 있으나 놀림을 받은 이 소년은 이번에는 피아노를 선택해서, 녹초가되어 조용히 포기할 때까지 또 길고 성과 없는 몇 달을 고통스럽게 보냈기 때문이었다. 그러나 훗날 사람들이 음악에 대해 말할 때면, 자신도 이전에 피아노와 바이올린을 배운 적이 있었는데 유감스럽게도 피치 못할 사정으로 이 아름다운 예술과 점차 멀어졌다고 슬쩍 말하곤 했다.

헬라스 방에서는 익살스러운 학생들 덕분에 재미있는 상황이 자주 벌어지곤 했다. 문학가인 하일너도 우스운 장면을 많이 만들어 냈다. 카를 하멜은 조소적인 인물과 익살스러운 관찰자의 역할을 했다. 다른 애들보다 한 살 많아서 어느 정도 우월한 입장이었지만, 이것을 존중받을 만한 역할을 하는 데 사용하지는 않았다. 그는 변덕스러웠고, 일주일마다 싸움판에서 자신의 육체의 힘을 시험하고 싶은 욕구를 느꼈다. 그럴 때면 그는 거칠었고 거의 잔인하기까지 했다.

한스 기벤라트는 놀라서 이를 관망했고, 선량하고 조용한 동료로서 묵묵히 자기 길을 갔다. 한스는 부지런했다. 거의 루치우스만큼이나 부지런해, 하일너를 제외한 방 친구들의 존경을 받았다. 하일너는 천재적 경박함을 자신의 목표로 삼았다. 때로는 한스를 야심가라고 놀렸다. 기숙사 학생들이 저녁에 드잡이하며 싸우는 게 드문 일은 아니었다. 그러나 전반적으로 볼 때 나이에 맞는 급속한 발전을 하고 있는 많은 아이들은 서로를 마음에 들어 하고 있었다. 이제 아이들은 자신들이 정말 어른이 된 듯 느끼려고 애썼다. 아직 익숙하지 않은 "당신"이라는 호칭으로 교사들이 자신들을 불러 주는 것에 대해, 학술적 진지함과 훌륭한 행동을 함으로써 그런 칭호를 받아 마땅한 듯 보이려 노력했다. 그래서 마치 막 대학에 입학한 대학생이 고등학교를 되돌아보듯, 그들은 갓 졸업한 라틴어 학교를 그렇게 건방지고 동정하듯 회상했다. 그러나 때때로 이 가식적인 품위를 뚫고 소년

본래의 모습이 튀어나와 제멋대로 행동하려 들었다. 그러면 침실은 다시 발을 구르는 소리와 소년들의 거친 욕설로 가득했다.

공동생활 첫 주가 지난 뒤에 소년들의 무리는 마치 침전하는 화학적 혼합물처럼 변했다. 그 속에서 흔들리는 연기와 거품들은 둥글게 뭉쳤다가 다시 흩어지고 다른 형태를 이루어 결국 몇 개의 단단한 형성물이 되었다. 이런 모습을 관찰하는 것은 이러한 기관의 교장이나 교사에게는 교육적이면서도 유쾌한 일이었을 게다. 처음의 수줍음을 극복하고, 모두 서로 충분히 사귀고 난 뒤에 술렁거리며 서로를 찾기 시작했고, 그룹이 모이고, 우정과 혐오감이 드러났다. 같은 고향 출신이거나 이전에 학교 친구였던 아이들이 한데 뭉치는 일은 드물었다. 도시 출신은 농부의 아들에게로, 고지대 출신은 저지대 출신에게로, 다양성과 보완을 원하는 은밀한 욕구에 따라 대부분은 새로운 친구들에게 눈길을 돌렸다. 젊은이들은 망설이며 서로 탐색했다. 서로 유사하다고 생각하면서 동시에 분리되고자 하는 마음도 드러났다. 이러면서 많은 소년들의 마음속에는 처음으로 어린아이의 잠에서부터 인격 형성의 싹이 돋아났다. 뭐라 표현할 수 없는 애정과 질투 어린 자잘한 일들이 벌어졌고, 이는 우정의 관계나 단호하고 반항적인 적대감으로 발전해서, 경우에 따라서는 다정한 태도와 친구들의 산책으로 혹은 격한 레슬링이나 주먹다짐으로 끝났다.

한스는 이러한 야단법석에 겉으로는 전혀 가담하지 않았다.

카를 하멜이 분명하고 열정적으로 우정을 표시했을 때는 깜짝 놀라 뒤로 물러났다. 하멜은 그런 뒤 곧 스파르타 방의 학생과 친구가 되었다. 한스는 혼자였다. 강력한 감정이 그리움으로 가득한 색채로 그려진 우정의 나라를 황홀하게 지평선 위에 보여주었고, 조용한 욕구와 함께 그를 그곳으로 끌어당겼다. 하지만 수줍음이 그를 억눌렀다. 어머니 없이 엄하게 어린 시절을 보내는 동안 누군가에게 기대는 능력이 제대로 크지 못했고, 겉으로 드러나는 열정에 특히 겁을 먹었다. 거기에 소년다운 자부심과 불쾌한 명예심도 더해졌다. 그는 루치우스와는 달랐다. 정말로 지식을 얻으려고 노력했다. 그러나 한스 역시 루치우스처럼 공부와 멀어지게 하는 모든 것과 거리를 두려고 했다. 그렇게 해서 부지런히 책상에 붙어 앉아 있었지만, 다른 아이들이 친구와의 사귐을 기뻐하고 있는 모습을 보면 질투와 동경에 빠지기도 했다. 카를 하멜은 적당한 친구가 아니었다. 그 어떤 다른 학생이 찾아와 힘 있게 끌어 다녔더라면, 한스는 기꺼이 따라나섰을 것이다. 마치 수줍은 소녀처럼 누군가 자기를 데리러 오기를, 자신보다 더 강하고 더 용기 있는 사람이 자신을 낚아 채 데려가 행복하게 해주기를 앉아서 기다렸다.

이런 걱정거리와 함께 수업에 다시 말해 히브리어 시간에 할 일이 너무 많아서 젊은이들은 첫 학기를 정신없이 보냈다. 마울브론을 에워싸고 있는 수많은 작은 호수와 연못에는 희끄무레한 늦가을의 하늘, 시들어 가는 물푸레나무, 자작나무, 떡갈나무와 긴 황혼이 반사되었다. 초겨울 축제의 마지막 폭풍이 한숨 쉬고 기뻐하며 아름다운 산림 사이를 휩쓸었고, 벌써 여러 차례 서리가 약하게 내렸다.

정서가 풍부한 헤르만 하일너는 마음이 맞는 친구를 사귀려고 했으나 성과는 없었다. 이제 날마다 외출 시간이면 조용히 숲 속을 거닐었다. 특히 숲 속의 호수, 갈대숲으로 둘러싸이고, 우듬지가 시들어 가는 고목들이 가지를 드리운 우울한 갈색 작은 연못을 좋아했다. 이 슬프도록 아름다운 숲의 한 귀퉁이는 꿈꾸는 청년을 강력하게 끌어당겼다. 여기서 조용한 호수에 꿈꾸듯 나뭇가지로 원을 그릴 수도 있고, 레나우[20]의 시 〈갈대의 노래〉를 읽을 수도 있었다. 키가 작은 골플 속에 누워서 죽음과 허망함이라는 가을 주제에 대해 생각할 수도 있었다. 낙엽과 앙상한 나무 우듬지가 쏴쏴 거리는 소리가 우울한 화음을 더해 주었다. 그러면 그는 종종 주머니에서 작은 검은 공책을 꺼내 연필로 시 한두 줄을 적어 넣었다.

시월 말 어느 흐릿한 점심시간에 한스 기벤라트가 혼자 산책을 하다가 동일한 장소에 도착했을 때도 하일너는 이러고 있었다. 하일너는 작은 수문의 좁은 널빤지 다리에 앉아서 무릎에는 작은 공책을 놓고 생각에 잠겨 뾰족한 연필을 입에 물고 있었다. 옆에는 책 한 권이 펼쳐져 있었다. 한스는 천천히 하일너 곁으로 다가갔다.

---

20. Nikolaus Lenau(1802-1926): 오스트리아 작가.

"안녕, 하일너! 뭐 하니?"

"호메로스 읽어. 그런데 너는, 기벤라트?"

"그게 아닌 것 같은데. 네가 뭐 하고 있는지 벌써 알고 있어."

"그래?"

"그럼. 너 시를 쓰고 있었잖아."

"그렇게 생각해?"

"당연하지."

"이리 앉아!"

기벤라트는 하일너 옆 널빤지에 앉아, 물 위쪽에 다리를 흔들며, 이쪽저쪽에서 갈색 나뭇잎 하나가 그리고 또 하나가 조용하고 서늘한 대기 속에서 빙빙 돌며 떨어져 소리 없이 갈색의 수면에 떨어지는 것을 쳐다보았다.

"여기는 황량하구나." 한스가 말했다.

"응, 응."

둘은 물 위로 뻗은 널빤지 다리에 길게 등을 대고 누웠다. 그래서 가을로 물든 주변 풍경들 중에서 나무 우듬지 하나 머리 위로 보이지 않고, 대신 구름의 섬이 조용히 떠다니는 엷은 청색 하늘이 눈에 들어왔다.

"구름 참 예쁘구나!" 하일너가 한숨을 쉬었다. "저런 구름이면 얼마나 좋을까?"

"그러면?"

"그러면 우린 저 위에서 숲을 넘고 마을을 넘고, 읍과 주를 지나 돛배를 타고 가겠지, 멋진 항해여행을 하듯이. 너 배 본

적 없지?"

"응, 하일너. 근데 너는?"

"물론 봤어. 아 그렇지, 네가 그런 것에 대해서는 알 리가 없지. 그저 배우고 노력하고 들고 파는 것만 할 수 있겠지!"

"그러니까 너 날 얼간이 취급하는 거냐?"

"그렇게 말하지는 않았다."

"난 네가 생각하는 것처럼 그렇게 멍청하지 않아. 근데 배에 대해 더 말해 봐."

하일너는 돌아눕다가, 하마터면 물에 빠질 뻔했다. 이제는 엎드려 팔꿈치로 괴고 양손으로 턱을 받치고는 이야기를 계속했다.

"라인 강에서 그런 배를 봤어. 방학 동안에. 한 번은 일요일이었는데 배에서 음악이 연주되었어. 밤이었고 색색의 등불이 빛났어. 빛이 수면 위에 반사되었지. 우리는 음악을 들으며 강을 따라 배를 타고 갔어. 어른들은 라인 포도주를 마셨고, 소녀들은 하얀 옷을 입고 있었어."

한스는 귀 기울여 들으면서 대꾸는 하지 않았다. 눈을 감고 음악을 연주하며 붉은 등을 달고 흰옷을 입은 소녀들을 태우고 여름밤을 항해하는 배를 그려보았다. 하일너는 말을 계속했다.

"그래, 그때는 지금과 달랐어. 여기 누가 그런 걸 알겠어? 지루한 인간과 위선자만 있어! 지칠 때까지 악착같이 공부하고 히브리어 알파벳 외에 더 고상한 것은 모르지. 너도 다르지 않아."

한스는 아무 말도 하지 않았다. 이 하일너는 이상한 인간이었다. 꿈꾸는 자이고 시인이었다. 한스는 벌써 여러 번 하일너에 대해 놀라워한 적이 있었다. 모두가 알고 있듯이 하일너는 공부를 별로 안 했다. 그럼에도 불구하고 많은 것을 알고 있었고 훌륭한 대답을 할 줄 알았다. 그러면서도 또 이런 지식을 깔보았다.

그는 비꼬듯 말했다. "지금 우리는 호메로스를 읽잖아. 오디세이가 마치 요리책이라도 되는 것처럼 말이야. 한 시간에 두 행을 읽고, 그런 다음에는 구역질이 날 때까지 단어 하나하나 다시 곱씹고 연구하지. 그러나 시간이 끝날 때면 항상 이런 소리를 들어. '여러분 보셨죠, 이 시인이 얼마나 섬세하게 이것을 사용했는지. 여러분은 여기서 시적 창작의 비밀을 살펴본 것입니다!' 불변화사와 부정과거 둘레에 그렇게 소스를 친 것뿐이야. 숨이 막히지 않게. 이런 식으로라면 나는 호메로스 전체를 도둑맞게 될 거야. 대체 고대 그리스적인 것이 우리랑 무슨 상관이야? 우리들 중 누군가 그리스적으로 좀 살아보려고 시도해 봐. 그러면 그 애는 쫓겨날 거야. 거기다 우리 방 이름은 헬라스야! 정말 웃기는 거지! 왜 '쓰레기통'이나 '노예 우리' 아니면 '실크해트'라고 부르지 않을까? 고전적인 것은 모두 다 사기야."

하일너는 허공에 침을 뱉었다.

"너 조금 전에 시 쓰고 있었지?" 이제 한스가 물었다.

"그래."

"뭐에 대한 거야?"

"여기, 호수와 가을에 대해서."

"보여줘!"

"아냐, 아직 다 못 썼어."

"그럼 다 쓰면?"

"그래, 그러지 뭐."

두 사람은 일어나 천천히 수도원으로 돌아왔다.

파라다이스 현관 앞을 지나갈 때 하일너가 물었다.

"저거, 너 저게 얼마나 아름다운지 생각해본 적이라도 있니? 강당, 활 모양의 창문, 회랑, 식당, 고딕식과 로마네스크식, 모든 것이 풍부하고 정교한 예술 작품이야. 이 매력이 무엇을 위한 걸까? 목사가 되어야만 하는 36명의 불쌍한 소년들을 위해서지. 국가는 돈이 많아."

한스는 오후 내내 하일너 생각을 했다. 대체 어떤 인간일까? 한스가 느끼는 걱정과 소망이 하일너에게는 없었다. 하일너는 자기의 생각과 언어가 있었고, 보다 열성적이며 자유롭게 살고 있으며, 진기한 고뇌에 빠져 있었고, 주변의 모든 것을 다 무시하는 듯했다. 그는 오래된 기둥이나 벽 틈의 아름다움을 이해했다. 그리고 자신의 영혼을 시에 반영하고, 상상에서부터 독특하고 허망한 삶을 구성해 내는 은밀하고 특별한 예술을 행하고 있었다. 그는 재치 있고 자유분방했으며, 한스가 일 년 동안 하는 것보다 더 많은 농담을 매일 했다. 그는 우울했고 자신의 슬픔을 마치 낯설고 진기하며 멋진 일인 듯 즐기는 것 같았다. 이날 저녁 하일너는 방에 있는 모두에게 그의 다양하고 눈에 띄는 존재의 한 면을 알도록 해주었다. 같은 방 학생 중의 하나인 떠버리에 속이 좁은 오토 벵어가 하일너와 싸움을 시작한 것이다. 잠깐 동안 하일너는 침착했고, 재치 있었고, 우월한 듯했다. 그러다가 갑자기 따귀를 갈기기 시작했고, 곧바로 두 적대자는 서로 달라붙어 한 덩이가 되어 미친 듯 뒤엉켜 싸웠다. 마치 조종수가 없는 배처럼 부딪치고 반쯤 원을 그리기도 하고, 격하게 움직이기도 하면서 헬라스 방을 헤매며 벽에 부딪치고 의자 위로 넘어졌다가 바닥에 뒹굴고, 둘 다 아무 말도 없이 씩씩거리고 침을 튀기며 거품을 물고 싸웠다. 동료들은 비판적인 얼굴을 하고 관망하면서 서 있다가, 한 덩이가 된 두 사람을 피하며 자신들의 다리와 책상, 등잔 등을 보호하면서 즐거운 긴장감 속에서 싸움이 끝나기를 기다렸다. 몇 분 뒤 하일너는 힘겹게 몸을 일으켜 상대방에게서 벗어나더니 숨을 헐떡이며 서 있었다. 그는 상처투성이로 보였다. 충혈된 눈에 셔츠의 깃은 뜯겨졌고 바지 무릎에 구멍이 났다. 상대방은 다시 공격을 가하려고 했다. 그런데 하일너는 팔짱을 기고 서서는 거만하게 말했다. "난 그만 둘래. 그러니까 때려." 오토 벵어는 욕을 하며 가 버렸다. 하일너는 자기 책상에 기대서더니 스탠드램프를 돌려놓고 손을 바지 주머니에 찔러 넣었다. 뭔가 생각하려는 듯 보였다. 갑자기 그의 눈에서 눈물이 쏟아졌다. 한 방울 한 방울 그러더니 점점 더 많이. 그것은 엄청난 일이었다. 왜냐하면 우는 것은 의심할 여지없이 신학교 학생들에게는 가장 치욕적인 일이었기 때문이었다. 그러나 그는 그것을 감추려고 들지 않았다. 방을 나가지 않고, 창백해진 얼굴을 램프 쪽으로 향한 채 조용히 서 있었다. 그는 눈물을 닦으려 하지 않았고 주머니에서 손을 빼려들지도 않았다. 다른 아이들이 그를 에워싸고는 호기심과 악의를 갖고 바라봤다. 결국 하르트너가 그의 앞으로 가서 말했다. "야, 하일너, 너 창피하지도 않아?"

울고 있던 하일너는 천천히 주위를 살펴보았다. 마치 깊은 잠에서 깨어난 사람 같았다.

그러더니 큰 소리로 비꼬듯이 말했다. "창피하다고—너희들한테? 아니라네, 여보게."

그는 얼굴을 닦고 기분 나쁜 듯 웃더니 자기 램프를 불어 끄고는 방을 나갔다.

한스 기벤라트는 이 모든 장면이 벌어지는 동안 자기 자리에 앉아 그저 감탄하고 놀라 하일너를 곁눈질로 보고 있었다. 15분 뒤에 그는 용기를 내어 사라진 친구를 따라갔다. 하일너가 어둡고 추운 침실의 낮은 창문턱에 꼼짝 않고 앉아 회랑을 내려다보고 있는 게 보였다. 뒤쪽에서 보니 그의 어깨와 영리해 보이는 좁은 머리가 독특할 정도로 진지하고 소년답지 않게 보였다. 한스가 다가가 창가에 멈춰 설 때도 그는 미동도 하지 않았다. 그리고 조금 뒤에 얼굴도 돌리지 않고 낮은 목소리로 물었다.

"무슨 일이야?"

"나야." 한스가 주저하며 말했다.

"왜 그러는 데?"

"아무것도 아냐."

"그래? 그럼 다시 가면 되겠네."

한스는 마음이 상해서 정말로 돌아가려 했다. 그때 하일너가 그를 잡았다.

"가지 마." 일부러 농담하는 듯한 어조로 말했다. "그런 뜻으로 말한 건 아니야."

둘은 이제 서로 얼굴을 바라보았다. 아마 이 순간 처음으로 서로의 얼굴을 진지하게 바라보았을 것이다. 소년다운 매끈한 외모 뒤에 나름대로의 독특함을 가진 특이한 인간의 삶과 그들 방식대로 드러나는 특별한 영혼이 들어 있는 것은 아닌가 하는 상상을 해보려 했다.

헤르만 하일너가 천천히 팔을 뻗어 한스의 어깨를 잡더니, 서로의 얼굴이 아주 가까워질 때까지 끌어당겼다. 그런 뒤 한스는 갑자기 하일너의 입술이 자기 입에 닿는 것을 느끼고는 말할 수 없이 놀랐다.

심장이 아주 이상하게 답답하니 두근거렸다. 컴컴한 침실 안에서 함께 있는 것, 이 갑작스러운 입맞춤은 뭔가 모험적이고, 새로우며 어쩌면 위험할지도 모르는 것이었다. 지금 들키면 얼마나 놀라운 일일까 하는 생각이 들었다. 다른 아이들은 이 입맞춤을 조금 전에 하일너가 울었던 것보다 훨씬 더 웃기고 부끄러운 일로 생각할 것이라는 확신이 들었기 때문이었다. 한스는 아무 말도 할 수가 없었다. 피가 머리 꼭대기로 쏠렸다. 가능하면 여기서 도망치고 싶었다.

만일 어떤 어른이 이 귀여운 장면을 보았더라면, 그는 아마 이 장면에서, 부끄러운 듯 우정을 표현하는 이 서투르고 수줍은 애정 표현에서, 진지하고 마른 두 소년의 얼굴에서 은밀한 기쁨을 느꼈을 것이다. 소년들의 얼굴은 귀엽고 희망에 가득했으며, 아직 어느 정도는 유년기의 매력이, 어느 정도는 청년기의 소심하면서도 아름다운 고집이 살짝 드러났다.

소년들은 점차 공동생활에 익숙해졌다. 서로를 잘 알고, 한 사람이 다른 사람에 대해 확실하게 알거나 상상을 갖고 있었고, 다수의 우정 관계가 맺어졌다. 함께 히브리어 단어를 공부하는 친구들도 있었고, 함께 그림을 그리거나 산책을 가거나 아니면 실러[21]를 읽는 친구들도 있었다. 라틴어를 잘하지만 계산을 잘 못하는 아이들은 라틴어를 잘 못하지만 계산을 잘 하는 아이들과 모였다. 공동 작업의 결실을 목표로 모인 것이다. 일종의 계약이나 공동재산 소유와 같은 다른 종류에 기반을 둔 우정도 있었다. 그래서 햄을 많이 갖고 있어 부러움을 샀던 소년은 상자 바닥 가득 맛있는 사과를 갖고 있는 슈탐하임 출신의 정원사 아들에게서 자신을 보충할 또 다른 절반을 발견했다. 어느 날 햄을 먹고 있다가 목이 말랐던 그는 정원사 아들에게 사과를 달라 하고, 대신 자신의 햄을 주었다. 그들은 함께 앉아서 조심스럽게 대화를 나누었다. 햄은 다 먹어 치워도 곧바로 보충이 되고,

---

21. Friedrich Schiller(1759-1805): 독일의 극작가, 시인, 문학 이론가.《떼도둑》,《발렌슈타인》,《마리아 슈투아르트》,《빌헬름 텔》과 같은 희곡으로 많이 알려져 있다.

사과 소유자도 봄까지 아버지의 창고에 있는 것을 먹을 수 있기 때문에, 견고한 관계가 이뤄졌다. 이 관계는 이상적이고 열정적으로 맺어진 그 어떤 동맹보다도 오래 지속되었다.

혼자 지내는 아이들은 소수였다. 그중에는 당시 아직도 예술에 대한 열렬한 사랑에 불타고 있던 루치우스도 끼어 있었다.

또 어울리지 않는 쌍도 있었다. 그중에서도 가장 어울리지 않는 쌍은 헤르만 하일러와 한스 기벤라트였다. 경박한 사람과 조심성 있는 사람, 시인과 노력파의 만남이었다. 사람들은 둘 다 영리하고 재능 있다고 평가했지만, 하일너는 천재라는 반쯤 조롱 섞인 명성을 듣고 있었고, 한스는 모범생이라는 평을 들었다. 그러나 아이들은 이 두 사람에게 별 관심을 두지 않았다. 각자 모두 자신의 우정을 중히 여겼고 거기에 몰두했기 때문이었다.

이런 개인적인 관심과 경험에 몰두하는 동안 학생들이 학교에 마음을 덜 쓴 것은 아니었다. 오히려 학교는 커다란 악장이며 리듬이었다. 이것 옆에서 루치우스의 음악이나 하일너의 시, 사귐과 싸움, 가끔씩 벌어지는 몸싸움은 그저 모두 사소한 개별 오락으로서 심심풀이로 이어졌을 뿐이었다. 특히 히브리어가 할 게 많았다. 여호와의 특이하고도 오랜 언어, 까다롭고 메말랐으나 여전히 신비롭게 살아 있는 이 나무는 낯설고, 마디가 울퉁불퉁하게, 불가사의한 형태로 소년들 눈앞에서 자랐고, 놀라운 가지들을 통해 이목을 끌고 특이한 색깔과 향의 꽃을 통해 아이들을 놀라게 했다. 그 언어의 가지와 텅 빈 구멍과 뿌리 안에는 수천 살 먹은 유령이 무시무시하게 혹은 친절한 모습으로 진을 치고 있었다. 굉장히 무서운 용, 순진하고 사랑스러운 동화, 주름이 져서 진지하고 메말라 보이는 노인, 아름다운 소년, 고요한 눈빛의 소녀 혹은 싸움질하는 여인 들이. 루터 성경에서는 멀리서 꿈결같이 울리던 것이, 이제 거칠고 진실한 언어 속에서 피와 목소리를, 오래되어 느리지만 질기고도 섬뜩한 생명을 얻었다. 적어도 하일너에게는 그렇게 생각되었다. 그는 매일 매시간 모세 5경[22]을 저주했다. 하지만 모든 단어를 알고 읽으면서 한마디도 실수하지 않는 많은 진득한 학습자보다 훨씬 더 많이 이 안에서 삶과 영혼을 찾아냈다.

이와 함께 신약도 공부했다. 신약은 부드럽고 밝고 내면적이었다. 언어는 모세 5경의 그것보다는 연륜이나 깊이, 풍부함이 덜 했지만, 젊고 열정적이며 환상적인 정신으로 가득했다.

그리고 오디세이. 마치 희고 포동포동한 인어의 팔처럼 힘차고 낭랑하게 울리며 강하면서도 일정하게 흐르는 시행으로부터, 때로는 강력하게 파괴하는 듯한 거친 필체 속에서 이제는 사라져 버린 행복하고 좋았던 삶에 대한 지식과 예감이 떠올랐다. 확실하고도 손에 잡힐 듯, 때로는 그저 꿈이고 아름다운 예감인 듯 몇 마디 말과 시행에서 흐릿하게 가물거리며.

---

22. 구약성서 중 창세기, 출애굽기, 레위기, 민수기, 신명기를 말한다.

오디세이 옆에서는 크세노폰이나 리비우스 같은 역사학자들은 자취를 감추거나 아니면 흐릿한 빛으로 겸손하게 거의 빛을 잃고 서 있을 뿐이었다.

한스는 친구에게는 거의 모든 것이 다르게 보인다는 사실을 알고 놀랐다. 하일너에게는 추상적인 것이란 존재하지 않았다. 스스로 상상할 수 없거나 환상의 색채로 그려낼 수 없는 것은 하나도 없었다. 그렇게 되지 않을 경우 그 어떤 것에도 의욕도 보이지 않고 방치해 버렸다. 그에게 수학은 교활한 수수께끼로 가득한 스핑크스와 같았다. 그 차갑고 사악한 눈길은 자신의 희생양들을 꼼짝도 못하게 사로잡았다. 그래서 하일너는 이 괴물을 멀찌감치 피해버렸다.

두 소년의 우정은 별난 관계였다. 하일너에게 있어서는 기쁨이며 사치이고, 편안함 혹은 변덕이기도 했다. 하지만 한스에게는 때로는 자부심을 갖고 지킨 보물이기도 했고, 때로는 감당하기 어려운 커다란 짐이기도 했다. 지금까지 한스는 저녁 시간은 늘 공부하는 데 보냈다. 이제는 거의 매일 하일너가 공부하다 지치면 한스에게 와서 책을 치워 버리고는 시간을 빼앗았다. 결국 한스는 친구가 정말 좋았지만 매일 저녁 그가 오는 것을 두려워하게 되었고, 아무것도 놓치지 않기 위해서 정해진 자습 시간에 두 배나 더 열심히 허둥지둥 공부했다. 그러나 그의 이런 노력에 하일너가 이론적으로 싸움을 걸기 시작한 것은 더욱 괴로운 일이었다.

"그건 날품팔이 짓이야. 넌 모든 일을 좋아서 자발적으로 하는 게 아니라, 선생님이나 부모님이 두려워서 하는 것뿐이잖아. 1등을 하거나 2등을 하면 뭐가 좋은데? 난 20등이야. 그래도 너희들 노력파보다 멍청하지 않아." 이런 식이었다.

한스는 하일너가 교과서를 어떻게 다루는지 처음 보았을 때도 깜짝 놀랐다. 언젠가 한스는 책을 강의실에 놓고 와서, 다음 지리 시간을 준비하기 위해 하일너의 지도책을 빌린 적이 있었다. 그때 지도 책장마다 연필로 마구 갈겨쓰고 그림을 그려서 더럽혀 놓은 것을 보고는 소름이 끼칠 정도였다. 피레네 반도의 서쪽 해안은 그로테스크한 옆얼굴로 변해 있었다. 코는 포르토에서 리스본까지 길게 늘어졌고, 피니스떼르 곶 지역은 곱슬곱슬한 머리카락 장식으로 그려 놓았다. 반면 성 빈텐트 곶은 얼굴 가득 난 수염 끝이 멋지게 늘어진 뾰족한 모습으로 그렸다. 어느 쪽을 펴도 그런 식이었다. 지도 뒷면 백지에는 풍자화가 그려져 있었고, 대담한 익살도 적어 놓았다. 잉크 자국도 빠지지 않았다. 한스는 책을 신성한 것이나 보물처럼 다루어 왔다. 그래서 이 대담함이 성전 모독으로 생각되기도 했고, 범죄적으로 여겨지기도 했지만, 숭고한 영웅적 행위 같기도 했다.

친구에게 있어 착한 기벤라트는 그저 편안한 장난감이나 집에서 키우는 고양이 정도일지도 모른다고 생각할 수도 있다. 한스 자신도 때로 그런 생각이 들었다. 그러나 하일너는 한스에게 집착했다. 한스가 필요했기 때문이었다. 하일너는 마음을 털어 놓을 수 있고, 자신의 말을 들어주고 감탄해 줄 사람이 꼭 있어야만 했다. 학교와 삶에 대해 혁명적인 연설을 할 때 조용히 갈

망하듯 귀 기울여 줄 사람이 필요했다. 우울할 때면 그를 위로 해 주고 그 무릎에 머리를 기대고 누울 수 있는 사람도 필요했다. 그런 성향을 가진 모든 사람이 그렇듯 이 젊은 시인은 터무니없는, 약간은 어리광부리듯 하는 우울증의 발작에 빠져들었다. 그 이유는 지금 어린 시절의 정서와 조용히 헤어지고 있기 때문이고, 일부는 목적도 없이 넘쳐흐르는 힘과 예감과 욕망 탓이기도 했으며, 부분적으로는 어른이 되어 가는 동안의 이해할 수 없는 어두운 충동 때문이기도 했다. 이런 발작에 사로잡히면 동정 받고 애무 받고 싶은 병적인 욕구를 느꼈다. 그는 이전에는 어머니의 사랑을 듬뿍 받던 아이였다. 그러나 지금, 아직 여성의 사랑을 구할 만큼 충분히 성숙하지 않은 상태에서는 순종적인 친구가 위안을 주는 역할을 하고 있는 것이다.

하일너는 저녁에 자주 더없이 불행한 모습으로 한스에게로 와서는 공부를 못하게 하고 함께 침실로 가자고 졸랐다. 침실의 추운 로비나, 천장이 높고 어두워지는 예배실에서 그들은 나란히 이리저리 거닐거나 오슬오슬 한기를 느끼며 창틀에 앉았다. 그러면 하일너는 하이네를 읽는 서정적 청년답게 온갖 고통스러운 한탄을 늘어놓았고, 조금은 어린애 같은 슬픔의 구름에 휩싸였다. 한스는 이런 슬픔을 제대로 이해할 수 없었지만, 깊은 인상을 받아 때로는 이에 전염되기도 했다. 감성적인 문학 애호가 하일너는 특히 우울한 날씨에는 발작을 일으켰다. 늦가을의 비를 머금은 구름이 하늘을 우울하게 덮고, 달이 그 구름 뒤에서 칙칙한 베일과 갈라진 틈으로 내려다보며 제 궤도를 가는 저녁이면 거의 언제나 그의 비탄과 한숨은 최절정에 달했다. 그러면 하일너는 오시안[23]적 분위기에 도취되고 몽롱한 비애에 빠졌다. 이러한 비애는 한숨, 수다, 시가 되어 아무 죄도 없는 한스에게로 쏟아졌다.

이런 슬픈 장면에 가슴이 답답해지고 들볶인 채, 한스는 남은 시간 동안 허겁지겁 공부에 몰두했다. 그러나 공부는 점점 더 어려워졌다. 예전의 두통이 재발해도 별로 놀라지 않았다. 하지만 아무것도 하지 않으며 피곤한 시간을 보내는 일이 점점 더 잦아졌다. 필수적인 공부를 하기 위해서도 자신을 채찍질해야만 했다. 이것 때문에 걱정이 태산 같았다. 사실 이 특별한 친구와의 우정이 자신을 탈진시키고, 자신의 존재 중 이제까지 건드려지지 않았던 부분을 병들게 만든다는 것을 한스는 희미하게 느끼고 있었다. 그러나 하일너가 우울하고 슬퍼하면 할수록 그가 더 안쓰럽게 느껴졌고, 친구에게 없어서는 안 되는 존재라는 의식이 한스를 더욱 다정하고 의기양양하게 만들었다.

게다가 한스는 이 병적인 우울은 그저 과도하고 불건전한 충동의 분출일 뿐, 자신이 진심으로 감탄하고 있는 하일너의 천성이 아니라는 것을 잘 알고 있었다. 친구가 자작시를 낭독해주거나, 시인의 이상에 대해 이야기하거나, 아니면 실러나 셰익

---

23. Ossian: 핀 매컴헤일과 그가 이끄는 군대에 관한 전설을 다룬 아일랜드 게일어 서정시 및 서사시. 오시안이라는 이름은 페니언 전설을 노래한 대표적 음유시인 오이신 (Oisín)의 이름을 따른 것이다.

스피어의 독백을 격정과 과장된 동작을 섞어 연기할 때면, 그가 한스에게는 결핍된 마적 능력의 힘으로 허공으로 날아올라 신적인 자유와 불타는 열정 속에서 떠돌며, 호메로스에 나오는 신의 전령사처럼 날개 달린 발바닥으로 자신이나 자신과 같은 사람들로부터 떨어져 하늘을 떠도는 것 같았다. 그때까지 한스는 시인의 세계에 대해 잘 몰랐고 별로 중요하게 여기지도 않았다. 이제 그는 처음으로 아름답게 흐르는 단어와 미혹적인 상들과 감미로운 운율의 도취적 힘을 아무런 저항 없이 느꼈으며, 새롭게 열린 세계에 대한 존경은 친구에 대한 감탄과 뒤섞여 희귀한 감정으로 자라났다.

그러는 동안 폭풍이 몰아치며 어두컴컴한 11월의 날들이 왔다. 이때는 등불 없이 공부할 수 있는 시간이 그리 많지 않았다. 그리고 칠흑같이 어두운 밤들이 왔다. 밤이면 우르릉거리는 어마어마한 구름덩어리를 폭풍이 어두운 산꼭대기로 몰아댔고, 고풍스럽고 견고한 수도원 건물에 한숨 쉬듯 혹은 싸우듯 들이쳤다. 이제 나뭇잎은 모두 졌다. 모든 나무숲의 제왕이라 할 수 있는 거대한 떡갈나무들만이 울퉁불퉁한 가지를 펼친 채 시든 나뭇잎이 붙어 있는 우둠지를 흔들어 다른 모든 나무보다 더 시끄럽고 투덜대듯 쏴쏴 소리를 냈다. 하일너는 완전히 침울해졌다. 최근에는 한스 곁에 앉아 있는 대신 멀리 떨어진 연습실에서 혼자 미친 듯이 바이올린을 연주하거나 친구들에게 싸움을 걸었다.

어느 날 저녁 하일너는 연습실에 갔다가, 노력파 루치우스가 악보대 앞에서 연습을 하고 있는 것을 발견했다. 하일너는 화가 나서 돌아갔다가 30분 뒤에 다시 왔다. 그러나 루치우스는 여전히 연습 중이었다.

"이제 그만하지." 하일너는 비난을 퍼부었다. "너 말고도 연습하고 싶은 사람들이 있단 말이야. 네가 긁어 대는 소리는 정말 참을 수가 없어."

루치우스는 물러나려 하지 않았고, 하일너는 난폭해졌다. 루치우스가 조용히 다시 연주를 계속하자, 하일너는 악보대를 발로 넘어뜨렸다. 그러자 악보가 방 안에 날렸고 악보대에 루치우스의 얼굴이 맞았다. 루치우스는 악보를 집으려고 몸을 구부렸다.

"교장 선생님께 말할 거야." 그가 단호하게 말했다.

"그래." 하일너는 화가 나서 소리를 질렀다. "내가 덤으로 발길질도 해줬다고 곧장 가서 일러바쳐라." 그러면서 곧바로 행동에 옮기려고 했다.

루치우스는 옆으로 펄쩍 뛰어 도망쳐 문으로 갔다. 하일너가 그의 뒤를 쫓았다. 몇 개의 현관과 강의실을 거쳐 계단과 복도를 지나, 수도원 양 옆으로 뻗은 건물 중 가장 멀리 떨어진 곳까지 격하고 소란스러운 추격전이 벌어졌다. 그곳에는 조용하고 기품 있는 분위기가 감도는 속에 교장의 거처가 있었다. 하일너는 교장의 연구실 바로 앞에서야 도망자를 따라잡았다. 이 도망자는 연구실의 문을 이미 두드렸고 문을 여는 순간, 아까

말한 대로 발길질을 당해 문을 뒤로 닫을 사이도 없이 폭탄처럼 지배자의 성소로 뛰어 들어갔다.

이것은 듣도 보도 못한 사건이었다. 다음날 아침 교장은 젊은이들의 도덕적 타락에 대해 멋진 설교를 했고, 루치우스는 생각에 잠겨 동의하면서 경청했다. 하일너는 감금이라는 무거운 처벌을 받았다.

"수년 동안 여기서 이런 처벌이 내려진 적은 없었다. 자네가 10년이 지난 뒤에도 이 일을 기억하도록 하겠다. 너희들에게 이 하일너를 무서운 본보기로 삼을 것이다." 교장은 하일너를 보며 호통을 쳤다.

모든 학생들이 소심하게 하일너를 곁눈질했다. 그는 창백한 얼굴로 반항적으로 그곳에 서서 교장의 눈길을 피하지 않았다. 많은 학생들은 속으로 그에게 감탄했다. 그러나 훈계가 끝나 모두 시끌벅적 복도를 메우며 나갈 때, 마치 나병환자처럼 그를 피하며 혼자 남겨 놓았다. 이제 그의 편을 들려면 용기가 필요했다.

한스 기벤라트도 그렇게 하지 않았다. 하일너의 편을 들어주는 것이 의무였을 것이다. 자신도 이것을 잘 알고 있었다. 한스는 자신의 비겁함 때문에 고통스러웠다. 슬프고 부끄러워 창가에 몸을 숨기고 고개를 들 엄두도 못 냈다. 친구를 찾아가 봐야겠다는 마음이 간절했다. 눈에 띄지 않고 그를 찾아가 볼 수 있다면 정말 좋았을 것이다. 그러나 엄중한 금고 처벌을 받은 학생은 수도원에서는 오랫동안 일종의 낙인이 찍힌 것과 같았다. 이제부터 그는 특별히 감시를 받게 되고, 그와 교제하는 것은 위험하고 나쁜 평판을 얻게 된다는 것을 모두 알고 있었다. 국가가 베풀어주는 은혜에 맞게 학생들은 지독하게 엄격한 규율을 따라야만 했다. 그것은 이미 입학식 때의 거창한 연설에서 드러났었다. 한스도 이런 사실을 알고 있었다. 그는 우정의 의무와 야심 사이의 싸움에서 졌다. 이제 한스의 이상은 발전하는 것, 시험에서 좋은 성적을 내는 것, 주어진 역할을 다 하는 것이었다. 그러나 낭만적이거나 위험한 역할은 아니었다. 그렇게 그는 소심하게 방구석에 틀어박혀 있었다. 지금이라도 그곳에서 걸어 나와 과감하게 하일너에게 갈 수도 있었다. 그러나 시간이 지나면서 그것은 점점 더 힘들어졌고, 생각한 것보다 빨리 그의 배신은 기정사실이 되어 버렸다.

물론 하일너는 이것을 알아차렸다. 이 열정적인 소년은 사람들이 자신을 피하는 것을 느꼈고 이해했다. 하지만 한스는 믿었다. 지금 겪는 고통과 분노와 함께 이제까지의 무의미한 비참함이 공허하고 우습게 여겨졌다. 하일너는 잠깐 기벤라트 곁에 멈춰 섰다. 창백하고 오만한 모습으로 나직이 말했다.

"넌 비열한 겁쟁이야, 기벤라트, 쳇!" 그러고는 나직이 휘파람을 불며 바지 주머니에 손을 찌른 채 가 버렸다.

젊은이들에게 또 다른 전념해야 할 생각과 할 일이 있어 다행이었다. 이 사건이 일어나고 며칠 뒤 갑자기 폭설이 내렸다. 그러더니 청명하고 추운 겨울 날씨가 시작되어, 눈싸움을 하고 스케이트를 탈 수 있었다. 또 이제 모두는 크리스마스와 방학이 코앞으로 다가왔다는 것을 문득 알아차리고 여기에 대해 이야기의 꽃을 피웠다. 하일너에게는 별로 관심을 두지 않았다. 그는 반항적으로 고개를 바싹 치켜들고 오만한 얼굴로 조용히 여기저기 배회했다. 아무 하고도 말을 하지 않고, 자주 공책에 시를 썼다. 검은색 방수포로 된 그 공책의 겉장에는 "어느 수도사의 노래"라고 적혀 있었다.

떡갈나무, 오리나무, 너도밤나무와 버드나무에는 서리와 얼어붙은 눈이 섬세하고 환상적인 모습으로 매달려 있었다. 연못에는 영하의 기온 속에서 투명한 얼음이 빠지직 소리를 냈다. 회랑으로 둘러싸인 마당은 조용한 대리석 정원처럼 보였다. 축제와 같은 즐거운 흥분이 방마다 넘쳐흘렀다. 크리스마스를 기다리는 기쁨은 더할 나위 없이 근엄한 두 명의 교사들에게까지 온화함과 유쾌한 흥분의 빛이 살짝 감돌게 했다. 교사와 학생 중에서 크리스마스에 관심이 없는 사람은 아무도 없었다. 하다 못해 하일너의 긴장되고 비참한 모습도 조금 덜 한 듯 보이기 시작했다. 루치우스는 방학 때 어떤 신발과 책을 집에 가져갈까 궁리 중이었다. 집에서 온 편지들에는 기대에 부풀게 하는 멋진 것들이 적혀 있었다. 가장 원하는 것이 무엇인지 묻는 질문, 빵이나 과자를 굽는 날에 대한 이야기, 곧 다가올 깜짝 놀랄 일에 대한 암시, 다시 만날 기쁨 등.

방학을 맞아 집으로 떠나기 전에 학생들과 특히 헬라스 방은 즐거운 작은 사건 하나를 경험했다. 제일 큰 방인 헬라스에서 열릴 크리스마스 저녁 파티에 교사진을 초대하기로 결정한 것이다. 축하 연설, 시 낭송 두 편, 플루트 독주, 바이올린 이중주가 준비되었다. 이제 프로그램에 재미있는 오락 하나가 꼭 추가되어야만 했다. 아이들은 서로 의논하고, 토론하고 제안을 내고 조율했지만 의견의 일치를 보지 못했다. 그때 카를 하멜이 에밀 루치우스의 바이올린 독주가 가장 재미있을 거라고 거들었다. 그래서 이 의견이 채택되었다. 간청하기도 하고, 약속도 하고, 협박하기도 해서 결국 아이들은 이 불행한 음악가가 협력하게끔 만들었다. 이제 정중한 초대를 담아 교사들에게 보내질 프로그램에는 특별한 순서가 들어가게 되었다. "고요한 밤. 바이올린을 위한 노래. 에밀 루치우스 연주, 실내악의 거장." 마지막 칭호는 멀리 떨어진 음악실에서 그가 열심히 연습한 것 때문에 붙여졌다.

교장, 교사, 복습 교사와 조교들이 초대되어 파티에 참석했다. 머리를 말끔하게 빗은 루치우스가 하르트너에게서 빌린 연미복과 검은 바지를 다려 입고 살짝 겸손한 미소를 띠고 등장하자, 음악 교사의 이마에서 땀이 솟기 시작했다. 루치우스가 몸을 굽혀 인사하자 이미 큰 웃음을 부탁하는 것과 같은 효과를 불러일으켰다. 그의 손가락 아래서 연주되는 "고요한 밤" 노래는 감동적인 한탄, 고뇌의 한숨을 쉬듯 고통스러운 노래가 되었다. 그는 두 번이나 노래를 처음부터 다시 시작했다. 멜로디를 갈가리 찢어 놓고 토막을 내며 발로 박자를 맞추면서, 마치 혹한의 날씨에 숲에서 일하는 사람처럼 연주를 했다.

교장은 음악 교사를 향해 밝게 고개를 끄덕였다. 그러나 음악 교사는 분노로 얼굴이 창백해져 있었다.

루치우스는 세 번째로 연주를 다시 시작했다. 하지만 이번에도 연주를 멈추고 바이올린을 내리고는 청중을 향해 몸을 돌려 사죄를 했다.

"잘 안 되는군요. 하지만 저는 겨우 지난 가을부터 바이올린을 배우기 시작했습니다."

"잘 했네, 루치우스." 교장이 큰 소리로 말했다. "우리는 자네의 노력에 감사하네. 그냥 계속 익히게나. 험난한 길을 거쳐야 별에 다다른다네!"

12월 24일에는 새벽 3시부터 침실마다 시끌벅적함과 생기가 넘쳤다. 유리창에는 섬세한 이파리 모양의 성에가 두껍게 끼었고, 세숫물은 꽁꽁 얼어붙었다. 살을 에는 듯한 매서운 혹한의 바람이 수도원 마당을 휩쓸었지만, 아무도 상관하지 않았다. 식당에는 커피를 담아 놓은 커다란 통들에서 김이 무럭무럭 올랐다. 곧 외투와 목도리로 칭칭 동여맨 학생들이 날도 밝기 전에 무리를 지어 희미하게 빛나는 하얀 눈 덮인 들판을 지나고 적막한 숲을 통과해 멀리 떨어진 기차역을 향했다. 모두 시끌벅적 떠들고 농담을 하며 크게 웃었다. 그러면서 가슴속은 각자 은밀한 소망, 기쁨과 기대로 가득했다. 그들은 주 전체에서, 도시나 마을이나 한적한 농장이건, 크리스마스 장식을 한 따뜻한 방에서 부모, 형제자매가 자신들을 기다리고 있다는 것을 알고 있었다. 대부분의 학생들에게는 먼 곳에 있다가 집으로 돌아가서 맞는 첫 번째 크리스마스였다. 이들은 사람들이 사랑과 자부심으로 자신들을 기다린다는 것을 알고 있었다.

아이들은 눈 덮인 숲 한가운데 있는 작은 기차역에서 무시무시한 추위 속에서 기차를 기다렸다. 이렇게 서로 마음이 맞고, 붙임성 있고, 즐겁게 함께 있었던 적은 없었다. 하일너만 혼자 입을 다물고 있었다. 기차가 오자 그는 동료들이 모두 기차에 오르기를 기다렸다가 혼자서 다른 칸에 탔다. 다음 기차역에서 기차를 갈아타면서 한스는 그를 다시 한 번 보았다. 잠깐 일어났던 수치심과 후회의 마음도 고향에 간다는 기쁨에 곧 묻혀버리고 말았다.

집에서는 아버지가 미소를 띠고 만족한 얼굴로 그를 맞이했고, 잘 차려진 선물 탁자가 그를 기다리고 있었다. 기벤라트네 집에는 제대로 된 크리스마스 축제는 없었다. 노래와 축제에 대한 열광도, 어머니도, 크리스마스트리도 없었다. 아버지 기벤라트는 축제를 즐기는 법을 알지 못했다. 하지만 아들이 자랑스러웠고, 이번에는 선물을 사는 데 돈을 아끼지 않았다. 한스도 다른 것은 익숙하지 않아, 부족한 것을 못 느꼈다.

사람들은 한스의 외모가 나빠졌다고 생각했다. 너무 마르고 창백했다. 그래서 수도원 음식이 형편없냐고 물었다. 그는 아니라고 펄쩍 뛰었고 잘 지낸다고 확인해 주며 단지 가끔 머리가 아플 뿐이라고 했다. 시 목사도 젊은 시절 두통을 겪었기에 여기에 대해 위로를 했다. 이것으로 모든 것은 별 문제없이 지나갔다.

강은 매끄럽게 얼어붙었고, 크리스마스 공휴일 동안에는 스케이트 타는 사람들로 북적댔다. 한스는 거의 온종일 밖에 있었다. 새 양복을 입고 머리에는 녹색 신학교 모자를 썼다. 선망의 대상이 되는 보다 높은 세계로 들어가, 이전에 함께 학교를 다녔던 친구들이 따라오지 못할 만큼 성장한 것이다.

4장

경험에 비춰 보면, 수도원에서 4년을 보내는 동안 신학교 각 학
년마다 한 명 혹은 몇 명은 사라지고는 했다. 때로는 누군가 죽
어서 장송곡과 함께 땅에 묻히거나 친구들에 의해 고향으로 운
구되기도 했고, 때로는 제멋대로 도망치거나 특별한 죄를 지어
퇴학당하기도 했다. 아주 드물게, 단지 상급반에서만 발생하는
일이기는 하지만, 가끔은 어쩔 줄 모르는 청년이 젊음의 고뇌에
서 벗어나기 위해 단 한 방의 총알로, 혹은 물에 뛰어 들어 간단
하고 어두운 탈출구를 찾는 경우도 있었다.

한스 기벤라트의 학년에서도 몇몇 동료들이 사라졌다. 이들
모두가 헬라스 방에 있던 학생이라는 점은 이상한 우연이었다.

이 방 학생 중에는 겸손한 금발 소년도 있었다. 이름은 힌딩
어였는데 힌두라는 별명으로 불렸다. 알고이 지역 소수 개신교
가 사는 마을의 양복점 주인의 아들이었다. 조용한 학생이어서,

사라지고 난 뒤에야 사람들의 입에 약간 오르내렸을 뿐이다. 그것도 그리 많이는 아니었다. 그는 인색한 실내악의 거장 루치우스와 책상을 나란히 썼다. 그래서 그나마 다른 학우들에 비해 루치우스와 조금 더 친밀하고 조심스러운 교제를 했을 뿐, 달리 친구는 없었다. 힌딩어가 없어지고 난 뒤에야 헬라스 방 아이들은 자신들이 그를 좋아했다는 것을 깨달았다. 까다롭지 않고 선한 이웃으로서, 가끔 이 방의 격앙된 생활 속의 안식처로서.

1월 어느 날 그는 로스바이어 호수로 스케이트를 타러 가는 무리를 따라갔다. 스케이트가 없어 그저 구경만 할 생각이었다. 곧 몸이 꽁꽁 얼어 들어와 몸을 덥히려고 호숫가 주변을 발을 구르며 뛰어다녔다. 그러다가 달리게 되었고 조금 멀리 들판으로 뛰어가다가 또 다른 작은 연못에 도착했다. 그곳은 따뜻하고 힘차게 솟는 샘 때문에 얼음이 얇게 얼어 있었다. 그는 갈대를 헤치고 그쪽으로 발을 들여놓았다. 바로 그곳에서, 거의 호숫가 가까이에서, 그렇게 작고 그렇게 가벼웠던 그는 얼음 속으로 빠졌다. 잠깐 동안 몸부림도 치고 소리도 질렀다. 그러나 아무도 모르는 사이에 어둡고 차가운 물속으로 가라앉았다.

두시 정각, 첫 오후 수업이 시작될 때야 비로소 그가 없다는 사실을 알았다.

"힌딩어는 어디 있나?" 복습 교사가 물었다.

아무도 대답하지 않았다.

"헬라스 방을 찾아보게!"

그러나 그곳에도 그의 흔적은 없었다.

"아마 늦는가 보군. 빼놓고 수업을 시작하자. 74쪽, 7행. 그런데 다시는 이런 일이 없기를 바란다. 시간은 꼭 지키도록!"

시계가 3시를 치고 여전히 힌딩어가 보이지 않자, 교사는 걱정이 되어 교장에게 연락을 했다. 교장이 몸소 교실에 와서 으스대듯 질문을 하고는 조교와 복습 교사의 인솔 아래 학생 10명을 보내 힌딩어를 찾도록 했다. 나머지 학생은 받아쓰기 연습을 했다.

4시 정각에 복습 교사가 노크도 없이 강의실에 들어와 교장에게 귓속말을 했다.

"조용!" 교장이 명령했다. 학생들은 꼼짝 않고 의자에 앉아 잔뜩 기대에 차서 교장을 뚫어지게 바라보았다.

교장이 조용히 말을 이었다. "여러분들의 동료 힌딩어가 연못에 빠진 것 같다. 이제 여러분들도 수색을 도와야만 하겠다. 마이어 선생님이 여러분을 인솔할 테니 정확하게 지시한 대로 따르고 절대 제멋대로 행동하지 말도록."

놀라 속삭이면서 교사를 선두로 수색에 나섰다. 밧줄과 각목과 막대기를 들고 마을에서 온 몇몇 남자들이 서둘러 가는 학생 무리에 합류했다. 날씨는 끔찍하게 추웠고 해는 이미 숲 가장자리에 걸려 있었다.

드디어 소년의 뻣뻣하게 굳은 자그마한 시신이 발견되어, 갈대를 베어 낸 곳에 둔 들것에 놓였을 때는 이미 깊은 어둠이 깔렸다. 신학교 학생들은 소심한 새들처럼 겁을 먹고 빙 둘러서서 시신을 응시하며, 얼어서 파래진 곱은 손가락을 문질러 댔다. 물에 빠져 죽은 동료가 그들 눈앞에서 실려 가고, 아무 말 없이 눈 덮인 들판을 따라가자 그제야 그들의 억눌린 영혼에 갑자기 두려움이 엄습했고 노루가 천적의 냄새를 맡듯 끔찍한 죽음의 냄새를 맡았다.

슬픔에 잠기고 추위에 꽁꽁 언 무리 속에서 한스 기벤라트는 우연히 이전의 친구 하일너와 나란히 걷게 되었다. 둘은 들판의 울퉁불퉁한 곳에 걸려 비틀거렸기 때문에, 동시에 옆에 있는 것을 서로 알아차렸다. 한스는 죽음을 목격하여 압도당했고, 그 순간 모든 이기심의 무상함을 확신했을지도 모른다. 어쨌든 그는 뜻하지 않게 그렇게 가까이에서 친구의 창백한 얼굴을 보자 형언할 수 없는 깊은 고통을 느끼며, 갑작스러운 충동에 친구의 손을 잡았다. 하일너는 무의식적으로 손을 빼고 기분이 상해 눈길을 돌리고 동시에 다른 곳을 찾아서 행렬의 맨 뒷줄로 사라져 버렸다.

그러자 모범생 한스의 심장은 고통과 부끄러움으로 쿵쿵 뛰었다. 얼어붙은 들판 위를 비척거리며 계속 걸어가는 동안 얼어서 새파래진 뺨 위로 눈물이 흐르고 또 흐르는 것을 막을 수가 없었다. 그는 절대 잊을 수 없고 어떤 후회로도 개선할 수 없는 죄와 실수가 있다는 것을 알았다. 눈앞에 양복점 주인의 아들이 아니라 친구 하일너가 높이 들려진 들것에 누워 있고 자신의 배신에 고통과 분노를 마음에 담은 채 다른 세계로, 성적도 시험도 성공도 중요하지 않고 오직 양심의 순수함이나 순결함만이 가치가 있는 곳으로 가 버리는 것 같은 생각이 들었다.

그사이 일행은 국도에 도착했고, 이제 서둘러 수도원으로 돌아왔다. 그곳에서 교장을 선두로 모든 교사들이 죽은 힌딩어를 맞았다. 아마 살아 있다면 이러한 예우를 받는 것은 생각하는 것만으로도 두려워 도망쳤을 것이다. 교사들은 죽은 학생을 살아 있는 학생과는 전혀 다른 눈으로 바라본다. 그들은 잠시 모든 삶에 대해, 그리고 모든 청춘의 가치에 대해, 그것들은 다시는 돌이킬 수 없는 것이라는 것에 대해 생각하게 된다. 평소에는 그렇게 자주 조심성 없이 학생들의 가슴에 해를 가하지만.

그날 저녁과 그 이후 며칠 간 눈에 보이지 않는 시체가 있다는 사실이 마치 마법처럼 영향을 끼쳐, 모두의 행동과 말을 부드럽게 만들었고, 진정시키기도 했으며, 베일로 덮어버렸다. 그래서 이 짧은 기간 동안에는 싸움과 분노, 소음, 웃음이 자취를 감췄다. 마치 잠깐 수면 아래로 사라져, 언뜻 보면 아무것도 살지 않는 듯 물을 잔잔하게 만들어 버리는 인어처럼. 익사한 친구에 대해 말을 할 때면, 학생들은 항상 그의 이름 전체를 불러 주었다. 죽은 사람을 힌두라는 별명으로 부르는 것은 예의가 아니라는 생각이 들었기 때문이었다. 전에는 눈에 띄지도 않고 입에 오르내리지도 않은 채 무리 속에서 보이지 않던 조용한 힌두는 이제 거대한 수도원 전체를 자신의 이름과 죽음으로 가득 채웠다.

두 번째 날에 힌딩어의 아버지가 도착해서, 아들이 누워 있는 작은 방에 몇 시간이나 혼자 머물렀다. 그런 뒤 교장에게 차를 대접받고 '사슴' 여관에 묵었다.

그런 뒤 장례식이 있었다. 관은 침실에 안치되었고, 알고이에서 온 힌딩어의 아버지가 그 옆에 서서 모든 것을 지켜보았다. 그는 정말 재단사처럼 생겼다. 대단히 마르고 여위었으며, 초록빛이 도는 검은 프록코트에 좁고 초라한 바지를 입었고 손에는 낡은 예식용 모자를 들고 있었다. 그의 작고 마른 얼굴은 우울하고 슬프고 허약해 보였다. 마치 바람 속에 있는 1크로이처짜리 싸구려 촛불처럼 그렇게 초라했다. 그는 교장과 교사들에게 끊임없이 당혹감과 존경을 표했다.

운구할 사람들이 관을 들기 직전 마지막 순간에 슬픔에 젖은 이 작은 남자는 다시 앞으로 나와 머뭇머뭇 당혹스러워 하며 애정 어린 몸짓으로 관 뚜껑을 어루만졌다. 그러고는 눈물을 감추려고 애를 쓰며 어쩔 줄 모르며 서 있었다. 마치 한겨울의 앙상한 작은 나무처럼 커다랗고 고요한 방 한가운데에 체념한 채, 그렇게 고독하고 절망스럽게 서 있어서 그의 고통을 모두 느낄 수 있었다. 목사가 그의 손을 잡아 주며 곁에 서 있었다. 그런 뒤 그는 엄청나게 휘어진 실크해트를 쓰고 맨 앞에 서서 관을 따라갔다. 계단을 내려가고 수도원 마당을 거쳐 오래된 문을 지나, 눈 덮인 하얀 들판을 지나 교회 묘지의 낮은 담으로 향했다. 학생들이 무덤가에서 합창을 하는 동안, 지휘를 하는 음악 교사로서는 화가 나게도, 대부분 박자를 맞추는 교사의 손이 아니라 바람 속에 외롭게 서 있는 자그마한 재단사를 보고 있었다. 그는 암울하게 추위에 떨면서 눈 속에 서서는 고개를 숙인 채 목사, 교장, 수석 학생의 추도사를 들었다. 합창하고 있는 학생들에게 멍하니 고개를 끄덕이고, 때로는 왼손으로 상의 옷자락에 감춰 놓은 손수건을 조심스레 잡기도 했지만 정작 꺼내지는 않았다.

"만일 저분 자리에 우리 아빠가 서 있다면 어떨까 하는 생각이 저절로 들더라." 나중에 오토 하르트너가 말했다. 그러자 모두가 동의했다. "그래 나도 똑같은 생각을 했어."

나중에 교장이 힌딩어의 아버지와 함께 헬라스 방으로 왔다. "여러분들 중 죽은 사람과 특별히 친했던 사람 있나?" 교장이 방 안을 둘러보며 말했다. 처음에는 아무도 나서지 않았다. 힌딩어의 아버지가 불안하고 가련한 눈길로 젊은이들의 얼굴을 쳐다보았다. 그러자 루치우스가 앞으로 나섰다. 힌딩어의 아버지는 그의 손을 잠시 꼭 잡았다. 하지만 무슨 말을 해야 할지 몰랐다. 그러더니 이내 절망스럽게 고개를 끄덕이고는 방을 나갔다. 그러고는 곧 길을 떠났다. 집에 도착해서 아내에게 아들 카를이 어떤 곳에 묻혔는지 알려줄 때까지 하루 종일 눈 덮인 겨울 땅을 지나 기차를 타고 가야만 했다.

수도원에서는 다시 마력이 풀렸다. 교사들은 다시 학생들을 야단쳤고, 문은 다시 큰 소리를 내며 닫혔으며, 사라진 헬라스 방의 학생에 대해서는 별로 생각하지 않았다. 몇몇은 그 슬픈 일이 발생한 호숫가에 오래 서 있다가 감기에 걸려 병실에 누워 있거나 펠트슬리퍼를 신고 목에 수건을 감고 돌아다녔다. 한스 기벤라트는 목이나 발에 아픈 곳은 없었지만, 그 불행한 날

이후 더 진지하고 나이 들어 보였다. 그의 내면에서 무엇인가가 달라졌다. 소년에서 청년이 되었고 동시에 그의 영혼은 다른 세계로 옮겨갔다. 이 세계에서 그의 영혼은 겁먹고 두려워하며 여기저기 떠돌았고 아직 안식처를 찾지 못했다. 죽음에 대한 두려움도 착한 힌두에 대한 슬픔 탓도 아니었다. 그저 하일너에 대한 그의 죄의식이 갑자기 깨어났기 때문이었다.

하일너는 다른 두 학생과 함께 병실에 누워 뜨거운 차를 마셨다. 힌딩어의 죽음에서 받은 인상을 정리하고 나중에 시를 쓸 때 도움이 될 것들을 준비할 시간이 있었다. 그러나 그는 이것을 별로 중요하게 생각하는 것 같지 않았다. 오히려 비참하고 고통스러워 보였으며, 옆 침대에 있는 다른 친구들과 단 한마디도 주고받지 않았다. 구금 처벌을 받은 이후 그에게 강요된 고독은 감성적이고 자주 누군가에게 말을 해야만 하는 그의 기질에 상처를 입혀 고통스럽게 만들었다. 교사들은 그를 불만족해하는 혁명적 인물로 치부하고 엄격하게 감독했다. 학생들은 그를 피했다. 조교는 그를 비꼬는 듯한 친절함으로 대했다. 그의 정신적 친구인 셰익스피어와 실러, 레나우는 그를 에워싸고 있는 억압적이고 굴욕적인 세계와는 달리 훨씬 더 강력하고 너그러운 세계를 보여주었다. 처음에는 그저 은둔자와 같은 우울한 정조를 가졌던 하일너의 시집 《수도사의 노래》는 차츰 수도원, 교사, 동료 학생들에 대한 고통스럽고 적개심에 가득한 시 모음집으로 변했다. 하일너는 자신의 고독 속에서 괴로운 순교자의 즐거움을 찾았다. 자신이 이해받지 못한다고 느꼈지만, 속으로는 만족해하면서 가혹할 만큼 모멸적인 수도사의 시를 쓰며 자신이 유베날리스[24]인 듯 생각했다.

장례식 이후 일주일이 지나자 병실에 같이 있던 두 학생은 회복되었고 하일너 혼자만 남아 있었다 그때 한스가 하일너를 찾아 왔다. 한스는 수줍은 듯 인사를 하고 의자를 침대 쪽으로 끌어당겨 앉아서 하일너의 손을 잡았다. 하일너는 불쾌해 하며 벽 쪽으로 몸을 돌렸다. 아주 무뚝뚝하게 보였다. 그러나 한스는 물러나지 않았다. 그는 잡은 손을 꽉 쥐고는 이전의 친구에게 자기를 보라고 강요했다. 하일너는 화를 내며 입을 삐죽거렸다.

"대체 뭘 원하는 거야?"

한스는 잡은 손을 놔주지 않았다.

"내 말 좀 들어." 그가 말했다. "그때 난 겁쟁이여서 너를 못 본 척했어. 하지만 내가 어떤지 너도 알잖아. 학교에서 상위권에 있는 것, 어디서건 완전히 일등이 되는 게 내 굳은 결심이었어. 너는 출세주의자냐 하는 행동이라고 했는데, 네 말이 맞아. 하지만 그건 나한테는 일종의 이상이었어. 난 그보다 더 좋은 것은 알지 못했거든."

---

24. Decimus Junius Juvenalis(60년 경-127년 이후): 1세기 후반에서 2세기 초반에 활동한 고대 로마의 시인. 도미티아누스 황제를 비롯해 수많은 황제들과 로마의 귀족들 및 당시의 사회상에 대해 통렬하면서도 유쾌한 풍자시로 유명하다. 당시의 라틴 문학은 물론 후대의 풍자 작가들에 많은 영향을 끼쳤다

하일너는 눈을 감고 있었지만, 한스는 계속 말을 이었다. "좀 봐, 정말 미안해. 네가 다시 한 번 내 친구가 되어 줄 마음이 있는지는 모르겠어. 하지만 용서는 해주었으면 해."

하일너는 아무 말 없이 눈을 감고 있었다. 그의 내면에 깃든 모든 선하고 기쁜 것들이 친구를 향해 웃고 있었지만, 지금은 가련하고 고독한 사람을 연기하는 데 익숙해서 적어도 당분간은 그런 가면을 얼굴에 쓰고 있었다. 한스는 물러서지 않았다.

"그래 줘야만 해, 하일너! 더 오래 네 주변을 맴도느니 차라리 꼴찌가 되겠어. 네가 원한다면 다시 친구가 돼서 다른 사람들한테 우리가 그들을 필요로 하지 않다는 걸 보여주자."

그러자 하일너는 꽉 잡은 친구의 손에 마주 힘을 주며 눈을 떴다.

며칠 뒤 하일너도 침대와 병실을 떠났다. 수도원에는 새롭게 맺어진 우정에 대해 적잖은 동요가 일었다. 그러나 이제 두 사람에게 놀라운 한 주 한 주가 다가 왔다. 특별한 사건이 일어난 것은 아니다. 그러나 서로에게 소속되었다는 이상할 만큼 행복한 기분, 묵언의 은밀한 의견일치로 가득한 시간이었다. 몇 주 간의 헤어짐이 둘을 변화시켰다. 한스는 더 정답고 따뜻하고 열정적이 되었다. 하일너는 더 힘차고 남성다운 특성을 가졌다. 지난 시간 서로를 몹시 그리워했기 때문에, 재결합은 마치 커다란 체험이며 훌륭한 선물과도 같았다.

조숙한 두 소년은 알 수 없는 수줍음으로 우정 속에서 첫사랑의 달콤한 비밀의 뭔가를 맛보았다. 그 동맹에는 그들의 성숙해 가는 남성성의 거친 매력이 있었다. 또한 학우들 모두를 무시하는 반항심을 씁쓸한 양념으로 갖고 있었다. 그들은 하일너는 좋아하지 않았고, 한스는 도무지 이해가 되지 않았다. 그들도 많은 우정을 맺고 있었지만, 당시 도두는 아직 소년들의 순진한 놀이에 불과했다.

한스가 점점 더 진심으로 기뻐하며 우정에 매달릴수록, 학교는 그로부터 점점 더 멀어졌다. 새로운 행복감이 새 포도주처럼 그의 피와 생각을 타고 힘차게 흘렀다. 이런 감정 옆에서 리비우스[25]와 호메로스는 중요성과 광채를 잃었다. 그러나 교사들은 이제까지 흠 없는 학생이었던 기벤라트가 문제 학생으로 변해 가고, 수상쩍은 하일너의 나쁜 영향에 굴복하는 것을 놀라바라보았다. 청년기의 초기 단계에 있는 조숙한 소년들의 기질에서 나타나는 기이한 현상보다 더 교사들을 놀라게 하는 것은 없다. 애당초 하일너의 어떤 천재적 기질에 교사들은 섬뜩한 느낌을 받았었다. 천재와 교사 무리 사이에는 예전부터 깊은 심연이 확고하게 자리 잡고 있었다. 천재성을 가진 누군가가 학교에 들어오면 교사들은 애초부터 질색을 했다. 그들에게 있어 천재란 자신들에게 존경을 표하지도 않고, 14살에 담배를 피우기 시작하고, 15살에는 사랑에 빠지며, 16살에는 술집에 가고, 금지

---

25. Titus Livius(기원전 64/59-기원후 17): 살루스티우스, 타키투스와 함께 로마의 위대한 3대 역사가로 손꼽히는 인물. 그의 《로마사》는 당대에 이미 고전이 되었으며, 18세기에 이르기까지 역사 서술의 방식과 원칙에 큰 영향을 미쳤다.

된 책을 읽으며, 뻔뻔스러운 글을 쓰고, 때로 교사들을 조롱하듯 노려보고, 비망록에 선동가와 금고 처분 후보자로 기록되는 그런 종류의 못된 학생들이었다. 교사로서는 자기 반에 한 명의 천재보다는 멍텅구리 몇 명이 있는 것이 더 나았다. 잘 살펴보면 교사가 옳다. 그의 임무는 유별난 성향을 가진 사람이 아니라, 라틴어 잘 하는 사람, 계산을 잘 하는 사람, 선량한 소시민을 양성하는 것이기 때문이었다. 그러나 누가 상대편으로부터 더 많이 더 힘든 일을 당하는가, 선생이 소년들로부터 아니면 반대로? 둘 중 누가 더 폭군이고 더 귀찮게 구는 사람인가? 누가 더 자신의 영혼과 삶의 다른 면에 더 많은 손상과 더럽힘을 입었는가? 자신의 청년 시절을 분노와 수치심으로 되돌아보지 않고는, 이를 판단할 수 없을 것이다. 그러나 이것은 우리 일이 아니다. 우리에게는 위안이 있다. 즉 진짜 천재들은 거의 늘 상처가 치유되고, 학교에 반항하여 훌륭한 일을 해내는 인물이 된다. 또 훗날 그들이 죽은 뒤 아득한 옛날의 유쾌한 명성에 휩싸이면, 다른 세대의 학생들에게 그들의 교사로부터 멋진 인물로 그리고 고귀한 예로 설명되는 그런 사람이 되는 것이다. 이렇게 이 학교 저 학교에서 법칙과 정신 사이의 싸움은 되풀이된다. 국가와 학교가 해마다 새롭게 나타나는 심오하고 가치 있는 정신을 가진 청년들의 뿌리를 자르려고 끊임없이 애쓰는 것을 우리는 항상 반복적으로 본다. 훗날 우리 민족의 보물을 풍부하게 해 준 사람들을 보면 항상 선생들이 특히 미워한 학생들, 자주 처벌을 받은 학생들, 도망친 학생들, 학교에서 쫓겨난 학생들이었다. 그러나 많은 학생들은 고요한 반항 속에서 병들어 갔고 사라졌다. 그들의 수가 얼마나 되는지 누가 알겠는가?

교사들은 나쁜 일을 예감하자마자, 오래된 훌륭한 학교 기본 원칙에 따라 특이한 이 두 젊은이에 대해서 사랑 대신 엄격함을 두 배로 강화했다. 히브리어를 가장 열심히 공부하기 때문에 한스를 자랑스러워 한 교장만이 그를 구하기 위해 서툰 시도를 했다. 그는 한스를 집무실로 오도록 했다. 과거에 그 방은 수도원장이 사용하던 집의 그림같이 아름답고 멋진 구석방으로, 근방 크니틀링엔 출신인 파우스트 박사가 이곳에서 엘핑어 포도주를 즐겼다는 전설도 있다. 교장은 나쁜 사람은 아니었다. 식견과 실용적인 분별도 부족하지 않았다. 학생들에게 정말 친절한 호의를 베풀기도 해서, 즐겨 반말을 썼다. 그의 치명적인 결점은 지독한 허영심이었다. 그래서 자주 교단에서 허풍스러운 곡예를 했다. 그리고 자신의 힘과 권위가 조금이라도 의심받는다고 생각되면 이를 참지 못했다. 어떤 이의도 견디지 못했고, 어떤 실수도 용납하지 않았다. 따라서 줏대가 없거나 말이 없는 학생들은 그와 정말 잘 지낼 수 있었다. 하지만 당차고 정직한 아이들은 그게 어려웠다. 왜냐하면 반항의 기미를 조금만 비쳐도 벌써 교장이 화를 냈기 때문이었다. 그는 격려의 눈길과 칭찬하는 말투로 아버지와 같은 친구의 역할을 탁월하게 잘해냈다. 그리고 지금 그런 역할을 하고 있었다.

"자리에 앉게, 기벤라트." 수줍은 듯 들어선 한스와 힘차게 악수를 한 뒤에 친절하게 말했다.

"자네랑 좀 이야기를 하고 싶네. 근데 너라고 해도 되겠지?"

"그럼요, 교장 선생님."

"기벤라트, 성적이 최근 약간 떨어진 건 너도 잘 알고 있을 거야. 적어도 히브리어에서는. 지금까지는 학교에서 제일 히브리어를 잘 하는 학생이었다고 할 수 있어. 갑자기 성적이 떨어져서 정말 유감이다. 혹시 히브리어에 이제 재미를 못 느끼는 거냐?"

"아, 아녜요, 교장 선생님."

"그럼 생각해봐! 뭔가 생각이 날 거야. 혹시 다른 과목에 특별히 관심이 있는 것은 아닐까?"

"아뇨, 교장 선생님."

"정말 아니야? 그래, 그럼 우리 다른 원인을 찾아봐야만 하겠구나. 원인을 찾는 데 도와줄 수 있겠니?"

"모르겠어요……. 숙제는 늘 했는데요."

"물론, 물론 그랬지. 하지만 이런저런 것 사이를 정확히 구분해야지. 당연히 숙제는 했지. 그게 네 의무이기도 했으니까. 하지만 전에는 더 많은 것을 했어. 어쩌면 더 열심이었는지도 모르지. 어쨌든 공부에 더 많은 관심을 보였어. 갑자기 열정이 줄어든 이유가 뭔지 궁금해. 아픈 것은 아니지?"

"아뇨."

"혹시 두통이 있니? 아주 건강해 보이지는 않는구나."

"네, 자주 머리가 아파요."

"하루 일과가 너무 벅차니?"

"아, 아뇨. 전혀 그렇지 않아요."

"아니면 개인적으로 책을 너무 많이 읽니? 솔직히 말해 봐!"

"아뇨, 책은 거의 안 읽어요, 교장 선생님."

"그럼 정말 알 수가 없구나. 뭔가 문제가 있어야만 되는데. 열심히 노력하겠다고 약속하겠니?"

한스는 권력자가 내민 오른손에 자신의 손을 얹었다. 교장은 진지하면서 온화한 얼굴로 그를 바라보았다.

"그럼 좋아, 그럼 됐어. 그저 지쳐서 힘이 빠지지만 마라, 안 그러면 수레바퀴 아래 깔리게 돼."

교장은 한스의 손을 꽉 쥐었다. 한스는 안도의 숨을 쉬며 문으로 향했다. 그때 교장이 다시 불렀다.

"뭐 좀 더 물어보자, 기벤라트. 하일너랑 친하게 지내지, 그렇지?"

"네, 아주 친해요."

"다른 사람보다 더 친한 것 같은데. 아닌가?"

"아뇨, 맞아요. 제 친구예요."

"어떻게 그렇게 됐지? 너희들은 원래 상당히 기질이 다른데."

"저도 모르겠어요. 어쨌든 지금은 친구예요.'

"내가 네 친구를 썩 마음에 들어 하지 않는 것 알고 있을 거야. 그 애는 불평이 많고 불안한 인물이야. 재주가 있기는 한 것 같더라. 하지만 아무것도 하지 않고, 너한테 좋은 영향을 주지는 않아. 그 친구에게서 멀어지면 좋을 것 같다. 어떻게 생각하니?"

"그럴 수는 없어요, 교장 선생님."

"할 수 없다고? 그래 어째 그런가?"

"제 친구이기 때문이에요. 그렇게 간단히 친구를 버릴 수는 없어요."

"음. 하지만 다른 학생들과 더 많은 교류를 가질 수는 있겠지? 하일너의 나쁜 영향에 물든 건 자네 혼자뿐이야. 결과는 보는 바와 같아. 뭐가 너를 그 애한테 집착하게 만드는 거냐?"

"저도 모르겠어요. 하지만 우리는 서로 좋아해요. 친구를 버리는 것은 비겁하다고 생각해요."

"그래, 그래. 자, 강요하지는 않겠다. 하지만 네가 조금씩 그 친구로부터 멀어지길 바란다. 그랬으면 좋겠다. 그러면 정말 좋겠어."

마지막 말에서 조금 전에 보여주었던 온화함은 더 이상 찾아볼 수도 없었다. 한스는 이제 가도 되었다.

그때부터 한스는 다시 공부를 파고들기 시작했다. 그러나 이제는 전처럼 빠르게 진척되지 않았다. 그저 아주 뒤처지지만 않으려고 억지로 따라갈 뿐이었다. 부분적으로는 우정 때문에 그렇다는 것을 본인도 알았다. 하지만 우정 때문에 손해를 입거나 방해가 된다고 생각하지는 않았다. 오히려 우정 속에서 놓쳐버린 모든 것을 보상해 주는 보물, 이전의 무미건조한 의무적 존재와는 비교도 안 되는 고양되고 따뜻한 삶을 발견했다. 마치 사랑에 빠진 사람 같았다. 위대한 영웅의 행동도 할 수 있을 것 같은 기분이었다. 하지만 매일의 지루하고 보잘 것 없는 일은 그렇지 않았다. 그래서 늘 절망스러운 한숨을 내쉬며 자신을 속박했다. 하일너는 적당히 공부해서, 가장 필요한 것만 재빨리 습득했다. 하지만 한스는 하일너처럼 할 줄 몰랐다. 친구가 거의 매일 저녁 남는 시간을 빼앗는 바람에 한스는 아침에 한 시간 일찍 일어나느라 애를 썼다. 말 그대로 적과 씨름하듯 히브리어 문법과 씨름을 했다. 사실 호메로스와 역사 시간이 재미있었다. 어둠 속에서 더듬어 나가는 듯한 느낌으로 호메로스의 세계를 이해해 나갔고, 역사 속 영웅들이 점점 이름과 숫자이기를 거부하며, 이글거리는 눈으로 가까이에서 쳐다보고 있었다. 그들은 살아 있는 붉은 입술을 가졌고 모두 자신 만의 얼굴과 손을 갖고 있었다. 누구는 붉고 두툼하고 거친 손을, 누구는 조용하고 차갑고 돌과 같은 손을, 또 다른 사람은 뜨겁고 실핏줄이 비치는 가느다란 손을.

그리스어로 된 복음을 읽을 때도 마찬가지로 한스는 때때로 그곳에 등장하는 인물들이 너무나 생생하고 가까이 있는 것 같아 놀라고 압도당했다. 특히 마가복음 6장에서 예수가 제자들과 함께 배에서 내릴 때가 그랬다. "그들이 예수를 곧바로 알아보고 그리로 달려 가니라." 이 대목에서는 한스도 인간의 아들 예수가 배에서 내리는 것을 보았고 그를 곧바로 알아보았다. 몸이나 얼굴에서 알아본 것이 아니다. 그의 눈과 손짓에서 알아봤다. 사랑이 담긴 그의 눈은 고결하고 장려한 깊이를 지녔고, 가늘고 아름다운 갈색 손으로 조용히 이쪽으로 오라는 듯, 혹은 초대한다는 듯, 환영한다는 듯 손짓했다. 그 손은 섬세하면서도 강한 영혼으로 만들어졌고, 그것들이 깃들어 있는 듯 보였다. 출렁이는 물가와 무거워진 작은 배의 뱃머리가 잠깐 눈앞에 떠오르더니 모든 장면이 마치 한겨울의 입김처럼 사라졌다.

점점 더 그런 종류의 일들이 반복되었다. 책 속에서 어떤 인물 혹은 사건의 한 부분이 간절히, 다시 한 번 더 살아나 생생한 눈 속에서 자신의 눈길이 비치기를 갈망하면서 튀어나오기도 했다. 한스는 이런 것을 받아들이고 놀라워했다. 홀연히 떠올랐다가 항상 다시 사라져 버리는 이러한 현상을 보면서 자신이 심오하고 특이하게 변해 간다고 느꼈다. 마치 자신이 검은 땅을 유리처럼 꿰뚫어 보는 것 같았다. 혹은 하나님이 자신을 바라보고 있는 것 같기도 했다. 이런 멋진 순간은 청하지도 않았는데 찾아왔다가, 서운해 할 겨를도 없이 사라져 버렸다. 마치 뭔가 낯설고 신적인 것에 휩싸여 있어 말을 걸거나 머물라고 강요할 수 없는 순례자나 친절한 손님처럼.

한스는 이런 경험을 혼자만 마음에 담아 두고, 여기에 대해서는 하일너에게도 한마디도 하지 않았다. 하일너의 이전 우울증은 이번에는 불안하고 예민한 기질로 바뀌어 수도원, 교사, 학우, 날씨, 인간의 삶과 신의 존재에 대해 비판을 가했다. 때로는 싸움을 걸기도 하고 느닷없이 멍청한 장난질을 치기도 했다. 이전에 한 번 고립된 채 다른 모든 이들과 대립된 적이 있었기에, 경솔한 자만심으로 이 대립을 완전히 반항적이고 적대적인 관계로 만들려고 애썼다. 기벤라트는 말릴 생각도 없이 이러한 관계에 휩쓸려 들어갔다. 결과 두 친구는 남의 눈에 띄었고, 시기를 받으며 마치 외딴 섬처럼 학우들과 동떨어져 있었다. 한스는 이런 상황에 대해 점차 불편함이 덜 느껴졌다. 그저 교장만 없었으면 했다. 교장한테는 막연하게 두려움이 느껴졌다. 전에는 교장의 총아였지만, 이제는 교장한테 냉대를 받았고 눈에 띄게 의도적인 무시를 당했다. 교장의 전문 분야인 히브리어에 대해서는 점차 모든 흥미를 잃었다.

몇 달이 지나지 않아, 변화 없는 몇몇을 제외하고 40명의 아이들은 육체와 정신이 달라졌다. 이러한 것을 바라보는 것은 흥미로웠다. 많은 학생들은 몸집에 비해 키가 부쩍 자랐다. 그래서 함께 자라지 않은 옷 밖으로 팔과 다리가 길쭉하니 희망차게 삐져나왔다. 얼굴에는 사라져 가는 소년의 모습과 주저하며 뽐내기 시작하는 남성성 사이의 모든 명암이 드러났다. 하지만 발달 시기의 각진 형태는 아직 나타나지 않았다. 구약 공부가 적어도 일시적으로나마 그들의 매끄러운 이마에 남성다운 진지함을 부여했다. 포동포동한 뺨을 가진 소년은 이제 아주 드물었다.

한스의 모습도 변했다. 키나 비적 마른 모습은 하일너와 비슷했지만, 한스가 훨씬 나이 들어 보였다. 이전에는 섬세하니 투명하게 보이던 이마 주변이 뚜렷해졌고, 눈은 깊숙이 들어갔고, 얼굴은 병약한 빛을 띠었으며 팔다리와 어깨는 뼈가 앙상하니 말랐다.

학교 성적에 스스로 불만이 커 갈수록, 한스는 하일너의 영향 아래서 점점 더 모질게 학우들과 거리를 두었다. 이제는 모범생이자 미래의 최우등생으로서 학우들을 깔 볼 이유가 없어졌기 때문에, 교만은 정말 어울리지 않았다. 그러나 남들이 그 점에 대해 눈치를 주거나 속으로 그렇게 느껴 괴로울 때면, 그들을 용서하지 않았다. 특히 나무랄 데 없는 하르트너와 건방진 오토 벵을러와 여러 번 싸움을 했다. 어느 날 오토 벵을러가 또 다시 한스를 비웃고 화나게 하자, 한스는 자신을 잃고 폭발하여 대답 대신 주먹을 날려 버렸다. 지독한 주먹 다툼이 일어났다. 벵을러는 겁쟁이였지만, 나약한 상대 정도는 쉽게 끝장낼 수 있어, 한스를 무지막지하게 두들겨 팼다. 하일너는 자리에 없었다. 다른 아이들은 느긋하게 바라보며 한스가 징벌 당하는 것을 즐겼다. 한스는 멍투성이가 되도록 두들겨 맞았다. 코에서 피가 났고 모든 갈비뼈가 욱신거리며 아팠다. 부끄러움과 고통과 분노로 날밤을 샜다. 친구에게 이 일에 대해 아무 말도 하지 않았다. 그리고 이때부터 한스는 단호하게 관계를 끊고 같은 방을 쓰는 아이들과 말 한마디 섞지 않았다.

봄 무렵, 비가 내리는 오후와 비가 내리는 일요일이 많아지고 해 넘어가는 시간이 길어진 때문인지 수도원의 삶에 새로운 형태와 움직임이 나타나기 시작했다. 아크로폴리스 방에 피아노를 잘 치는 학생 한 명과 두 명의 플루트 연주자가 있어 두 번의 정기 음악의 밤이 열렸고, 게르마니아 방에서는 희곡 독서회가 열렸다. 몇몇 어린 경건주의자들은 성경 반을 결성해서 매일 밤 주석과 함께 칼프의 성경[26]을 한 장씩 읽어 나갔다.

하일너는 게르마니아 방의 독서회 회원이 되려고 했지만 거절당했다. 그는 화가 나서 죽을 지경이었다. 복수로 이번에는 성경 반으로 갔다. 여기서도 그를 원하지 않았지만, 억지로 들어가서 대담한 연설과 신앙심 없는 비꼬는 말로 이 겸손한 소모임의 경건한 대화에 반목과 불화를 일으켰다. 이런 장난도 곧 싫증이 났다. 하지만 꽤 오랫동안 말투에는 성서적이고 비꼬는 듯한 어조가 깃들어 있었다. 그러는 동안 이번에는 그렇게 눈길을 끌지 못했다. 학생들은 지금 뭔가를 계획하고 세우려는 풍조에 완전히 빠져 있었기 때문이었다.

재능 있고 재치 있는 스파르타 방 학생이 가장 입에 오르내렸다. 이 학생은 우선 개인적인 명성을 얻고 싶어 했다. 그 다음으로는 기숙사 방에 뭔가 활기를 주고, 온갖 재치 있는 장난을 통해 단조로운 학교생활에 여러 가지 기분 전환을 맛보게 하려고 했다. 둔스탄이란 별명을 가진 그는 화젯거리를 만들고 확고한 명성을 얻을 수 있는 기발한 방법을 찾아냈다.

어느 날 아침, 학생들은 침실에서 나오자 세면실 문에 종이 한 장이 붙여져 있는 것을 발견했다. 거기에는 '스파르타로부터의 2행시 6개'라는 제목 아래 특이한 학우 몇몇이 선택되어 그

---

26. 칼프는 헤세의 고향이다. 1832년 이 도시에 칼프 출판협회라는 이름으로 설립되었다가, 1920년 슈투트가르트로 옮긴 칼프 출판사는 신학 전공서적 및 교과서를 주로 출판한다. 헤세의 아버지 요하네스 헤세는 1893년 이 출판사의 대표를 맡았다.

들의 멍청함, 어리석은 짓, 우정이 2행시로 익살스럽게 풍자되어 있었다. 기벤라트와 하일너도 한 방 맞았다. 이 작은 집단에 엄청난 흥분이 일었다. 아이들은 극장의 입구에서 그러듯 세면실 문 앞으로 몰려갔다. 이 무리는 마치 여왕벌이 막 날려고 하는 벌 떼처럼, 웅얼대고 서로 밀치며 수근 댔다.

다음날 아침 모든 문은 격언시와 풍자시, 대답과 동의, 새로운 공격으로 도배질이 되어 있었다. 애초에 이런 장난을 시작한 사람은 여기에 다시 참가할 정도로 멍청하지는 않았다. 헛간에 불쏘시개를 집어던지는 목표는 달성했고, 이제 손을 비비며 구경만 했다. 며칠 동안 거의 모든 학생들이 풍자시 전쟁에 참가했다. 모두 2행시를 구상하며 생각에 잠겨 이리저리 돌아다녔다. 이런 일에 아무 상관도 않고 늘 하던 대로 공부에 매진한 사람은 아마 루키우스뿐이었을 것이다. 결국 어떤 교사가 알아차려, 이 흥분되는 장난질을 금했다.

영리한 둔스탄은 자신이 만들어 낸 월계관에 머물지 않고, 그사이 결정타를 준비하고 있었다. 이제 그는 자신의 신문 제1호를 발간했다. 아주 작은 크기의 초고 용지에 등사로 찍은 것으로, 이를 위해 몇 주 전부터 소재를 모았다. 〈호저〉[27]라는 제목

27. 포유류 쥐 목 호저 과에 속한 동물. 몸길이는 약 70센티미터이며, 부드러운 털과 뻣뻣한 털, 가시 털이 빽빽이 나고, 목에 긴 갈기가 있다. 위험이 닥치면 털을 곤두세우고 꼬리털을 흔들어 소리를 내면서 뒤를 향하여 돌진한다. 가시 털이 적의 몸에 꽂히면 몸에서 빠져 적의 근육 속으로 파고든다. 주로 밤에 활동하며 식물을 먹는다. 아프리카, 아시아 서남부, 유럽 남부 등지에 분포한다. 학명은 Hystrix cristata이다

의 이 신문은 일종의 풍자 신문이었다. 성경 여호수아 편의 저자와 마울브론 신학교 학생 사이의 우스꽝스러운 가상의 대화는 창간호의 걸작이었다.

엄청난 성공이었다. 둔스텐은 이제 굉장히 바쁜 편집장이자 출판자의 표정과 태도를 취했다. 수도원에서 마치 옛 베니스 공화국의 유명한 작가 아레티노[28]처럼 비난과 칭송이 교차하는 명성을 즐기고 있었다.

헤르만 하일너가 열정적으로 편집에 참여하고, 이제 둔스탄과 함께 예리하고 신랄한 검열관 역할을 하자, 모두 놀라움을 금치 못했다. 하일너에게는 그런 일을 위한 풍자나 독설이 부족하지 않았다. 거의 4주간 이 작은 신문은 수도원 전체를 긴장시켰다.

기벤라트는 친구가 하고 싶은 대로 내버려 두었다. 그 자신은 함께 하고 싶은 마음도 없었고 재능도 없었다. 하일너가 최근 그렇게 자주 저녁 시간을 스파르타에서 보낸다는 사실도 처음에는 전혀 알아채지 못했다. 왜냐하면 요즘 다른 일에 몰두하고 있었기 때문이었다. 그는 종일 활기 없이 넋 나간 사람처럼 이리저리 돌아다녔고, 아무런 흥미도 없이 느릿느릿 공부를 했다. 한 번은 리비우스를 공부하는 시간에 아주 이상한 일이 일어났다.

---

28. Pietro Aretino(1492-1556): 르네상스 시대의 이탈리아 작가.

번역을 시키려고 교사가 한스의 이름을 불렀다. 한스는 그냥 앉아 있었다.

"대체 이게 무슨 일인가? 왜 일어나지 않는 건가?" 교사가 화가 나서 외쳤다.

한스는 꼼짝도 안 했다. 의자에 몸을 곧추 세우고 앉아서 고개를 약간 수그린 채 눈은 반쯤 감고 있었다. 이름을 부르자 꿈에서 반쯤 깨어나기는 했지만, 교사의 목소리가 아주 멀리서 들리는 것 같았다. 옆자리에 앉은 친구가 옆구리를 쿡쿡 찌르는 것도 느꼈다. 하지만 상관없는 일이었다. 한스는 다른 사람들에 둘러싸였고, 다른 손들이 그를 어루만졌으며, 다른 목소리가 그에게 말을 걸었다. 가까이서 나직하고 깊은 목소리가. 그것은 말이 아니라 그저 깊고 부드럽게 마치 샘물 소리처럼 그렇게 쏴쏴 거렸다. 수많은 눈들이 그를 쳐다보았다. 낯설고 불안한 예감을 품고 있는 크고 빛나는 눈들이. 어쩌면 로마 시민들의 눈일지도 몰랐다. 리비우스에서 막 읽었던 그 시민들. 어쩌면 그가 꿈꾸었거나 혹은 언젠가 그림에서 봤던 낯선 인간들의 눈일지도 몰랐다.

"기벤라트!" 교사가 소리쳤다. "자고 있는 건가!"

한스는 천천히 눈을 뜨고 놀란 듯 선생의 얼굴을 바라보며 고개를 저었다.

"잤구먼! 아니면 어떤 문장을 할 차례인지 말할 수 있겠나? 자?"

한스는 손가락으로 책을 가리켰다. 어디 할 차례인지 잘 알고 있었다.

"그러면 이제 일어서겠나?" 교사가 비꼬듯 말했다. 한스는 일어섰다.

"대체 뭘 하고 있는 건가? 날 좀 보게."

한스는 교사를 바라보았다. 교사는 이 눈길이 마음에 들지 않은 것 같았다. 이상한 듯 고개를 저었기 때문이다.

"어디 아픈가, 기벤라트?"

"아닙니다, 선생님."

"자리에 앉게. 그리고 수업이 끝난 뒤 내 방으로 오게."

한스는 자리에 앉아 리비우스 책으로 몸을 숙였다. 정신이 또렷했고 모든 것이 이해되었다. 하지만 동시에 많은 낯선 인물들이 멀리 안개 속으로 완전히 사라질 때까지 그의 내면의 눈은 따라가고 있었다. 그들은 천천히 아주 멀리 사라져 가면서도 여전히 그 빛나는 눈으로 한스를 바라보았다. 이러는 동안 교사의 목소리가 들려왔고 번역을 하는 학우들의 목소리, 교실에서 들리는 모든 작은 소음들이 점점 가까이 들리더니, 드디어 평소 때처럼 그렇게 생생하고 실제적으로 느껴졌다. 의자와 교단, 칠판은 평소 그 자리에 있었고, 벽에는 나무로 만든 커다란 컴퍼스와 삼각자가 걸려 있었다. 주위에는 학우들이 앉아 있었다. 이들 중 많은 애들이 호기심 어린 뻔뻔한 눈길로 그를 힐금힐금 쳐다보았다. 그때 한스는 깜짝 놀랐다.

"수업이 끝난 뒤 내 방으로 오게." 그런 소리를 들은 기억이 났다. 세상에, 무슨 일이 있었지?

수업이 끝난 뒤에 교사가 오라고 손짓을 하더니, 놀란 눈으로 바라보고 있는 학우들 사이를 지나 그를 데리고 갔다.

"자, 말해 보게. 대체 무슨 일인가? 안 잤다고?"

"네."

"불렀을 때는 왜 안 일어났나?"

"저도 모릅니다."

"혹시 내 말을 못 들었나? 귀가 잘 안 들리는 건 아닌가?"

"아닙니다. 선생님 말씀 들었습니다."

"그런데 안 일어났다고? 그리고 나서도 아주 이상한 눈을 하고 있었네. 대체 무슨 생각을 했던 건가?"

"아무 생각도요. 일어나려고 했었습니다."

"왜 안 그랬지? 몸이 안 좋았었나?"

"그런 것 같지는 않습니다. 왜 그랬는지 저도 모르겠습니다."

"두통이 있었나?"

"아닙니다."

"됐네. 가 보도록 하게."

　식사 시간 전에 한스는 다시 한 번 더 호명되어서 침실로 불려갔다. 그곳에 교장이 의사와 함께 기다리고 있었다. 의사가 진찰을 하고 꼬치꼬치 깨물었지만, 아무것도 분명하게 밝혀지지 않았다. 의사는 친절하게 웃으면서 증세를 별로 심각하게 생각하지 않았다.

　"그저 신경에 조금 이상이 있을 뿐입니다, 교장 선생님." 의사는 부드럽게 킥킥 웃으며 말했다. "일시적인 쇠약증세입니다.

일종의 약한 어지럼증이죠. 이 젊은이는 매일 바깥바람을 쏘여야 합니다. 머리 아픈 데는 물약을 처방해 주지요."

그때부터 한스는 매일 식사 후 한 시간은 밖으로 나가야만 했다. 반대할 이유는 없었다. 그저 이 산책길에 하일녀의 동행을 단호하게 금지한 것이 마음에 안 들 뿐이었다. 하일녀는 화가 나서 욕지거리를 퍼부었지만, 결국 포기해야만 했다. 그렇게 해서 한스는 항상 혼자 산책을 갔고, 거기서 어느 정도 즐거움을 찾기도 했다. 초봄이었다. 둥그스름한 아름다운 활모양의 언덕 위로 마치 엷고 가벼운 파도처럼 새싹 돋는 신록이 물결쳤다. 나무들은 겨울일 때의 모습인 날카로운 윤곽의 갈색 그물을 벗고, 어린 잎사귀들의 향연에 뒤섞여 주변 풍경의 색채와 어우러졌다. 마치 생생한 초록의 물결이 끝없이 흐르는 것 같았다.

전에 라틴어 학교에 다닐 때 한스는 지금과는 다른 식으로 봄을 관찰했다. 훨씬 더 생동감 넘치고 호기심에 차서, 혼자서 더 자주 봄의 모든 것을 바라보았다. 돌아온 철새들을 종과 종을 구별하면서 관찰했고, 나뭇잎이 나는 순서들을 살펴보았으며, 5월이 되자마자 곧바로 낚시를 시작했다. 지금은 새 종류를 구분하려고도 또 새싹이 난 것을 보고 어떤 종류의 관목인지 알아내려고도 하지 않았다. 그저 일반적인 일들, 사방에서 솟아나는 색깔들을 볼 뿐이었다. 어린 잎사귀의 향기를 맡고, 부드럽고 들끓는 대기를 느끼며, 놀라워하며 들판을 거닐었다. 그는 곧 피곤해져서 누워 자고 싶은 마음만 자꾸 들었다. 거의 끊임없이 온갖 종류의 다른 것들을 보았다. 이것들은 마치 실제로 그를 에워싸고 있는 것 같았다. 그것들이 무엇인지 한스 자신도 몰랐다. 생각해보지도 않았다. 그 모든 것은 밝고, 부드러우며 이상한 꿈들로, 마치 그림처럼 혹은 모르는 종의 나무들이 늘어선 가로수 길처럼 그를 에워싸고 있었다. 그러나 그것들 사이에서는 아무 일도 일어나지 않았다. 그저 바라보기 위한 순수한 형상들이었다. 바라봄 그 자체가 또한 하나의 체험이었다. 다른 장소와 다른 인간들에게 내맡겨지는 느낌이었다. 낯선 대지, 포근하고 편안하게 발걸음을 뗄 수 있는 땅 위에서 걷는 것 같았다. 낯선 공기, 경쾌함과 미묘하고 꿈꾸는 듯한 향료로 가득한 공기를 맡는 듯했다. 이러한 형상 대신에 때로 어떤 감정도 몰려왔다. 어둡고, 따뜻하고 격정적으로. 마치 가벼운 손길이 그의 몸을 부드럽게 어루만지는 것 같은 느낌이었다.

책을 읽거나 공부를 할 때 한스는 집중하기 위해 무진 애를 썼다. 관심이 없는 것은 조용히 그의 손에서 빠져 나가 버렸다. 수업 시간에 히브리어 단어를 잊지 않으려면 시작하기 직전 30분 동안 공부해야만 했다. 그러나 매 순간 자주 환상이 나타나, 책을 읽다가 책에 묘사된 모든 것이 눈앞에 서서 살아 움직이는 것이 보였다. 가까이 있는 실제 환경보다 이것이 훨씬 더 생생하고 현실적이었다. 한스는 자신의 기억력이 더 이상 아무것도 받아들이지 않으려 하고, 거의 매일 점점 더 둔해지고 불확실해지는 것을 알아차리고는 절망했다. 하지만 때로는 예전의 기억들이 떠올랐다. 섬뜩할 정도로 선명해서 놀랍고 두려웠다. 수업 중이나 아니면 책을 읽을 때 가끔 아버지나 늙은 안나 혹은 이전의 교사들이나 급우들이 떠올랐다. 이들이 그의 앞에 모습을 드러내면 얼마 동안 온통 정신을 빼앗겼다. 슈투트가르트에 머물 때의 일들, 주 시험을 볼 때나 방학 때의 일들도 몇 번이고 다시 체험했다. 강에서 낚싯대를 드리우고 있는 자신의 모습을 보기도 했고, 햇살이 퍼지는 물의 냄새를 맡기도 했다. 그러나 동시에 자신이 꿈꾸는 그 시간이 아즈 먼 옛날 일인 것 같은 기분도 들었다.

후덥지근하고 음울한 어느 날 저녁, 한스는 하일너와 함께 침실 층을 어슬렁대면서 고향, 아버지, 낚시, 학교 등에 대해 이야기를 늘어놓았다. 하일너는 이상하게 말이 없었다. 그는 한스가 말을 하게 내버려두고, 가끔 고개를 끄덕이거나 생각에 잠겨 온종일 장난감처럼 갖고 노는 작은 잣대로 허공을 몇 번 쳤다. 점차 한스도 말이 없어졌다. 그러는 사이 밤이 되었고 둘은 창턱에 앉았다.

"야, 한스!" 드디어 하일너가 말을 꺼냈다. 그의 목소리는 불안하고 흥분되었다.

"뭐?"

"아, 아무것도."

"뭔데, 말해 봐!"

"그냥 생각 좀 했어. 네가 그렇게 여러 얘기를 하니까."

"뭔데?"

"말해 봐, 한스, 너 여자애 쫓아다닌 적 없니?"

침묵이 흘렀다. 둘은 그런 일에 대해서는 한 번도 얘기해 본

적이 없었다. 한스는 겁이 났다. 하지만 이 수수께끼 같은 영역은 마치 동화 속 정원처럼 그를 끌어 다녔다. 얼굴이 붉어지는 것을 느꼈고 손가락이 떨렸다.

"딱 한 번." 한스는 속삭이듯 말했다. "그때는 아직 멍청한 아이였어."

또 다시 침묵이 흘렀다.

"…… 그런데 너는, 하일너?"

하일너는 한숨을 쉬었다.

"아 그만두자! 아냐, 이런 건 말하면 안 돼. 아무 의미가 없어."

"천만에, 그렇지 않아."

"…… 난 좋아하는 여자가 있어."

"네가? 정말이야?"

"고향에. 이웃집 아이야. 이번 겨울에 그 애한테 키스했어."

"키스를……?"

"응. 말이지, 그때 벌써 어두웠어. 저녁이었어. 얼음 위에서 그랬어. 그 애가 스케이트를 벗는 걸 도와줬어. 그때 키스를 했어."

"그 애가 아무 말도 안 하던?"

"아무 말도 안 했어. 그냥 달아나더라."

"그 다음엔?"

"그 다음엔! 아무 일도."

하일너는 다시 한숨을 내 쉬었다. 한스는 하일너를 금지된 정원에서 온 영웅이나 되는 양 바라보았다.

그때 종이 울렸다. 잠자리에 들 시간이었다. 불이 꺼지고 모든 것이 고요해지자 한스는 침대에 누워 한 시간 이상이나 깨어서 하일너가 여자 친구에게 한 키스에 대해 생각했다.

다음날 더 묻고 싶었지만 창피했다. 하일너는 한스가 묻지 않았기 때문에 스스로 그 이야기를 시작하는 것을 주저했다.

학교에서 한스의 성적은 점점 더 나빠졌다. 교사들은 얼굴을 찡그리고 이상한 눈길을 던지기 시작했다. 교장은 적의를 풍겼고 화를 냈다. 급우들도 이미 오래전부터 기벤라트가 위에서 아래로 떨어졌고 우등생이 되려는 목표를 포기했다는 것을 알아차렸다. 하일너만 몰랐다. 그에게는 학교가 특별히 중요하지 않았기 때문이었다. 한스는 모든 일이 벌어지고 변하는 것을 바라보며 신경도 쓰지 않았다.

그 사이 하일너는 신문 편집에도 싫증이 나, 친구에게로 온전히 되돌아 왔다. 한스가 매일 산책할 때 금지를 어기고 수차례 따라 나서기도 했다. 그는 한스와 함께 햇살 아래 누워 꿈을 꾸고, 시를 읽어 주기도 했고 혹은 교장을 놀리기도 했다. 한스는 날마다 하일너가 사랑의 모험을 계속 털어놓기를 바랐지만, 시간이 지날수록 거기에 대해 물어보기가 힘들어졌다. 동료들 틈에서 두 소년은 이전처럼 여전히 미움을 받았다. 하일너가 신문 〈호저〉에 악의적인 풍자를 퍼부었기 때문에 그 누구의 신뢰도 얻지 못한 탓이다.

그사이 신문은 폐간되었다. 고리타분해졌기 때문이었다. 그리고 애초에 겨울과 봄의 지루한 몇 주일만을 염두에 두고 만들었던 것이기도 했다. 이제 막 시작된 아름다운 계절은 식물 채집, 산책, 바깥에서의 놀이를 통해 충분한 재미를 주었다. 점심때는 체조하는 아이들, 레슬링을 하는 아이들, 달리기를 하는 아이들과 공놀이를 하는 아이들이 수도원 마당을 고함소리와 활기로 가득 채웠다.

여기에 더해 이제 큰 소동이 또 일어났다. 소동의 근원이자 중심은 또 다시 온갖 충돌의 시발점인 헤르만 하일너였다.

교장은 하일너가 자신의 금지령을 비웃고 거의 매일 기벤라트와 함께 산책했다는 것을 알게 되었다. 한스는 이번에 그냥 두고, 주범, 자신의 오래된 숙적만을 집무실로 불렀다. 교장은 친한 투로 말을 하려고 했지만, 하일너가 곧바로 이를 못하게 했다. 교장은 하일너의 불손함을 꾸짖었다. 하일너는 자신은 기벤라트의 친구이며, 그 누구도 자신들의 교제를 금할 권리가 없다고 주장했다. 이는 아주 심각한 상황을 만들어, 그 결과 하일너는 몇 시간 감금되었다. 이와 함께 앞으로 기벤라트와 함께 산책을 나가면 안 된다는 엄한 금지령이 내려졌다.

다음날 한스는 다시 혼자서 공식적인 산책을 나갔다. 2시 정각에 다시 돌아와서 다른 학생들과 함께 강의실에 출석했다. 수업이 시작되자 하일너가 없다는 것이 밝혀졌다. 이전에 힌두가 사라졌을 때와 모든 것이 똑 같았다. 이번에는 아무도 지각이라고 생각하지 않았을 뿐이다. 3시에 모든 학생들은 세 명의 교사와 함께 사라진 학생을 찾으러 수색에 나섰다. 흩어져서 숲 속을 달리며 하일너의 이름을 외쳐 불렀다. 그리고 많은 학생들과 교사들 중 두 명도 하일너가 자살할 가능성이 없지 않다고 생각했다.

5시에 이 지방의 모든 파출소에 전보가 들어갔고, 저녁에는 하일너의 아버지에게 속달 편지가 발송되었다. 저녁 늦게까지 아직 아무 흔적도 찾지 못했고, 밤이 깊도록 모든 침실에서는 수군대고 속삭이는 소리가 들렸다. 거의 대부분 하일너가 물에 뛰어들었을 것이라고 믿었다. 하일너가 그냥 집으로 갔을 것이라 생각하는 학생들도 있었다. 그러나 모두 실종자가 돈이 한 푼도 없을 거라는 건 알았다.

한스는 이 일에 대해 알고 있을 거라고 사람들은 짐작했다. 하지만 그는 아무것도 몰랐다. 오히려 그가 모든 사람들 중에서도 제일 놀라고 제일 걱정을 많이 했다. 밤에 침실에서 다른 아이들이 묻고, 추측하고, 되는 대로 지껄이며 농담하는 소리를 듣자, 그는 이불 속으로 파고 들어가 친구에 대해 걱정하고 고민하며 길고 힘겨운 시간을 보냈다. 친구가 다시 안 올지도 모른다는 예감에 불안한 마음이 들었고, 지치고 근심에 차서 잠이 들 때까지 두려운 슬픈 감정에 휩싸였다.

이 시간 하일너는 몇 마일 떨어진 작은 숲에 누워 있었다. 추워서 잠을 잘 수가 없었지만 마음 깊은 곳에서 솟아나는 자유를 느끼면서 힘차게 심호흡을 했다. 마치 좁은 새장에서 벗어난 듯 사지를 쭉 뻗었다. 하일너는 점심때부터 내내 걸었고, 크니틀링엔에서 빵을 샀다. 지금 그 빵을 가끔 베어 먹으면서, 아직은 봄날의 성근 가지들 사이로 밤의 어둠과 별과 빠르게 흘러가는 구름을 바라보고 있었다. 어디로 갈지는 중요하지 않았다. 적어도 지금은 지긋지긋한 수도원에서 도망쳤고, 자신의 의지가 명령이나 금지령보다 더 강하다는 것을 교장 선생에게 보여준 것이다.

다음날도 온 종일 사람들은 하일너를 찾아다녔지만 헛수고였다. 그는 마을 가까운 들판에 쌓아 둔 짚더미 속에서 두 번째 밤을 보냈다. 아침에 다시 숲 속으로 들어갔다가, 저녁 무렵 다시 마을로 돌아오려고 할 때서야 시골 경찰관의 눈에 띄었다. 경찰관은 다정한 농담을 건네며 그를 읍사무소로 데리고 갔다. 거기서 하일너는 농담과 아첨으로 읍장의 환심을 샀다. 읍장은 하룻밤 재워 주려고 그를 집으로 데리고 가서, 잠자리에 들기 전에 햄과 달걀을 푸짐하게 먹여 주었다. 그 사이 수도원에 도착한 아버지가 다음날 그를 데려갔다.

도망자가 잡혀 오자 수도원은 엄청난 흥분에 휩싸였다. 하지만 하일너는 고개를 꼿꼿이 들고 다니며, 천재적인 짧은 여행을 뉘우치는 기색이 전혀 없었다. 사과를 하라는 요구를 그는 거부했고, 교사들의 비밀회의에서 겁도 내지 않고 공손하지도 않은 태도를 보였다. 사람들이 그를 학교에 남아 있게 하려 했지만, 이제 참는 데도 한도가 있었다. 그는 불명예스럽게 퇴학을 당했고 저녁에 아버지와 함께 다시 오지 않을 길을 떠났다. 친구 기벤라트와는 그저 악수로 작별 인사를 나눌 수 있을 뿐이었다.

교장 선생은 반항과 타락으로 점철된 이 비정상적인 사건에 대해 멋지고 감동적이기까지 한 대단한 연설을 했다. 그가 슈투트가르트에 있는 상급 관청에 보낸 보고문은 훨씬 온건하고 객관적이며 부드러웠다. 학생들은 학교를 떠난 괴물과 편지를 주고받는 것이 금지되었다. 물론 여기에 대해 한스 기벤라트는 그저 미소를 지을 뿐이었다. 몇 주 동안 하일너와 그의 도망에 대한 것보다 더 자주 입에 오르내리는 일은 없었다. 눈에서 멀어지고 시간이 지나자 학생들의 평가는 달라졌다. 당시에는 겁을 먹고 피했던 도망자를 나중에는 마치 속박을 벗어나 멀리 날아간 독수리처럼 관대히 봐주는 학생들도 많았다.

헬라스 방에는 이제 책상이 두 개 비어 있었다. 나중에 사라진 학생은 그 전의 학생처럼 그렇게 쉽게 잊히지 않았다. 교장은 이 두 번째 학생의 일도 조용히 처리되기만을 바랄 뿐이었다. 그런데 하일너는 수도원의 평화를 깨뜨리는 그 어떤 것도 하지 않았다. 그의 친구 한스는 기다리고 또 기다렸지만 편지 한 장도 오지 않았다. 하일너는 멀리 사라져 버린 것이다. 그인물과 도주 사건은 점차 역사가 되었고 결국은 전설이 되었다. 훗날 수많은 또 다른 천재적인 건방진 행동과 혼란을 겪은 뒤, 삶의 고뇌가 이 열정적인 소년을 엄격하게 훈육했다. 그래서 영웅은 아니지만 남자다운 인물은 되었다.

남겨진 한스는 하일너의 도주를 알았을 것이라는 의심을 받았고, 이제 완전히 교사들의 호의를 잃었다. 어떤 교사는 수업 중 몇 가지를 물었는데도 한스가 대답을 못하자, "왜 자네는 그

좋은 친구 하일너와 함께 가지 않았나?"라고 말하기까지 했다.

교장은 한스를 그냥 내버려 두고는 바리새인이 세리(稅吏)를 바라보듯 경멸적인 동정심으로 그를 얕잡아 보았다. 기벤라트는 더 이상 학생에 포함되지 않았다. 그는 문둥병자와 같았다.

5장

저장해 둔 먹이로 살아가는 햄스터처럼 한스는 이전에 쌓아 둔 지식으로 약간은 버텨 나갔다. 그러나 곧 고통스러운 궁핍이 시작되었다. 잠시 힘없는 도약을 시도하기는 했지만, 그래 봤자 별 희망 없는 상황에 자신도 정말 웃을 수밖에 없었다. 그는 이제 쓸데없는 고생을 그만 두었다. 모세 5경 다음에는 호메로스를, 크세노폰 다음에는 수학을 포기했다. 한때 좋았던 자신의 평판이 교사들 사이에서 단계적으로 떨어져 가는 것을 아무런 동요 없이 바라보았다. '우수하다'에서 '꽤 괜찮다'로, '괜찮다'에서 '보통'으로, 그리고 결국 '무능한 학생'으로 격하되었다. 다시 두통이 일상사처럼 되었다. 머리가 아프지 않을 때는 헤르만 하일너를 생각하기도 하고, 경쾌하고 놀라운 동상에 빠지거나, 몇 시간이고 반쯤 정신이 나가 멍하니 시간을 보냈다. 최근에는 모든 교사들의 점점 늘어 가는 질책에 대해 온순하고 순종적인 미소를 지어 보일 뿐이었다. 복습을 맡고 있는 호의적인 젊은 교사 비트리히만이 어찌할 바 모르는 한스의 미소를 보고 마음 아파하며, 궤도에서 벗어난 소년을 동정 어린 관용으로 대해 주었다. 다른 교사들은 한스에게 화를 냈고, 경멸적으로 무시함으로써 그를 벌주었다. 때로는 잠들어 버린 공명심을 깨우려고 빈정거리는 말투로 자극을 주기도 했다.

"자네 지금 자고 있는 게 아니라면, 문장을 읽어보라고 부탁해도 되겠나?"

교장이 제일 분개했다. 이 허영에 들뜬 남자는 자신의 시선이 끼치는 힘을 대단하게 여기고 있었다. 그래서 위엄 있고 위협적으로 눈을 굴리는 데도 기벤라트가 항상 순종적인 미소로 응대하자 폭발할 지경이었다. 기벤라트의 미소는 차츰 그를 신경질적으로 만들었다.

"그렇게 뻔뻔스럽고 멍청하게 웃지 말게. 엉엉 울어도 마땅치 않은데."

한스의 마음을 더 움직인 것은 아버지의 편지였다. 깜짝 놀란 아버지는 한스에게 제발 열심히 공부하라고 간청했다. 교장이 한스의 아버지에게 편지를 보냈기 때문에, 아버지는 말도 못하게 놀랐던 것이다. 아버지가 한스에게 보낸 편지는 성실한 남자가 사용할 수 있는 모든 격려와 도덕적인 분노를 담은 상투어는 다 끌어다 모은 것 같았다. 그리고 의도하지 않게 애절한 부탁이 내비쳐 그것이 한스의 마음을 아프게 했다.

교장에서부터 기벤라트의 아버지 그리고 교사와 복습 교사들까지 청년들을 지도하는 데 열의를 가진 모든 선생들은 한스의 내면에 자신들의 바람을 방해하는 것, 뭔가 완강한 것, 게으른 것이 있다고 보았고, 이런 성향은 억지로라도 반드시 올바른 길로 돌아오도록 만들어야만 한다고 생각했다. 이 소년의 여윈 얼굴에 번지는 당혹스러운 미소 뒤에서 시들어 가는 영혼이 고통을 받고, 물에 빠져 겁에 질린 채 절당스럽게 주변을 둘러보는 것을 아마 동정심 많은 그 복습 교사를 제외하고는 아무도 보지 못했을 것이다. 그리고 학교, 아버지와 몇몇 교사들의 야만스러운 야망이 이 상처받기 쉬운 존재를 이렇게 만들었다고 생각하는 사람은 아무도 없었다. 왜 한스는 감수성이 가장 예민하고 위험한 소년 시절에 매일 깊은 밤까지 공부해야만 했을까? 왜 사람들은 그에게서 토끼를 빼앗고, 라틴어 학교에서는 작정을 하고 그를 학우들과 멀어지게 했을까? 왜 낚시질을 못하게 하고, 한가롭게 마을을 돌아다니는 것까지도 금했을까? 왜 별 것도 아닌, 그저 심신만 지치게 하는 공명심이라는 헛되고 저속한 이상을 심어 주었을까? 왜 주 시험이 끝난 뒤에 당연히 누려야 할 휴가조차도 허락해 주지 않았을까?

이제 기진맥진한 망아지는 길에 쓰러져 아무 짝에도 쓸모없는 존재가 되어 버렸다.

여름이 시작할 무렵 마을 의사가 다시 한 번 한스를 진찰하고 성장기에 나타나는 신경쇠약증이라는 진단을 내렸다. 방학 동안 충분히 보살핌을 받고, 잘 먹고, 숲 속에서 산책을 많이 하면 회복될 것이라 했다.

유감스럽게 그렇게 되지 못했다. 방학 시작 3주 전, 한스는 오후 수업 시간에 교사에게 심하게 야단을 맞았다. 선생이 계속 욕설을 퍼붓는 중에 갑자기 한스가 의자에 털썩 주저앉더니 겁에 질려 부들부들 떨기 시작했다. 그러다가 끝내 울음을 터뜨리고는 그칠 줄을 몰랐다. 수업은 중단되었고, 한스는 반나절 동안 침대에 누워 있었다.

그 다음 날 수학 시간에 교사는 한스에게 칠판에 기하 도형을 그린 뒤, 거기에 따른 증명을 하라고 했다. 한스는 앞으로 나갔지만, 칠판 앞에 서자 현기증이 났다. 백묵과 자를 들고 아무렇게나 칠판 위에 긋다가 둘 다 떨어뜨리고 말았다. 그것을 주우려고 몸을 구부리자 곧바로 바닥에 무릎을 꿇고는 다시 일어서지 못했다.

마을 의사는 자기 환자가 이런 충격을 받았다는 사실에 몹시 화를 냈다. 그는 신중하게 자신의 의견을 말하면서, 요양휴가를 가서 신경전문의의 상담을 받으라고 권했다.

"저 아이는 무도병(舞蹈病)[29]에 걸리게 될 거예요." 마을 의사는 교장에게 귓속말로 얘기했다. 교장은 고개를 끄덕이며, 무자비하게 화난 표정을 아버지와 같이 염려스러운 표정으로 바꾸는 게 좋겠고 생각했다. 그런 것은 교장에게는 쉬운 일이었고

---

29. 몸의 여러 근육들이 불규칙적이고 아무 목적이 없이 저절로 움직이는 신경계 질환. 걸음걸이가 춤을 추는 모습처럼 보여 붙은 이름이다.

잘 어울리기까지 했다.

교장과 의사는 각각 한스의 아버지에게 보내는 편지를 써, 한스의 주머니에 넣고 그를 집으로 보냈다. 교장의 분노는 이제 심각한 걱정으로 변했다. 바로 전에 하일너로 인해 어수선했던 교육청이 또 다시 발생한 이 불행한 사건에 대해 어떻게 생각할까? 놀랍게도 교장은 이 사건에 대해 당연히 해야 할 연설조차 하지 않았고, 한스가 집으로 돌아가기 직전에는 그를 정말 다정하게 대했다. 교장은 이 소년이 요양 휴가를 떠나면 절대 되돌아오지 못한다는 것을 알고 있었다. 설사 회복된다고 하더라도 이미 너무 뒤떨어진 이 학생이 요양 때문에 놓친 몇 달, 아니 단 몇 주일의 학업도 다시 따라올 수 없다는 건 분명했다. 아무튼 교장은 한스에게 "또 만나세"라고 용기를 주듯 친절하게 말하며 작별 인사를 했다. 하지만 이후 헬라스 방에 들어가 비어 있는 세 책상을 볼 때마다 마음이 괴로웠다. 또한 재능 있는 두 학생들이 사라진 것에 혹시 자신이 어느 정도 책임이 있었던 것은 아니었을까 하는 생각을 애써 억눌러야만 했다. 그러나 교장은 대담하고 도덕적으로 강인한 남자였다. 그래서 이런 쓸데없고 어두운 의구심을 마음속에서 떨쳐 버릴 수 있었다.

작은 여행 가방을 들고 떠나는 신학교 학생의 뒤로 교회와 문, 박공과 탑들과 함께 수도원이 사라졌고, 숲과 언덕도 모습을 감췄다. 그 대신 바덴 주의 경계 지역에 있는 풍요로운 과수원이 눈앞에 나타났고, 그 다음에는 포르츠하임 시가 보이더니 곧 슈바르츠발트의 검푸른 전나무 산들이 시작되었다. 수많은 계곡의 시냇물들이 산을 가르고, 이글거리는 여름의 열기 속에서 산들은 전보다 훨씬 더 푸르고 서늘하며 짙은 그림자를 드리우고 있었다. 점점 더 고향의 정취를 풍기며 바뀌어 가는 경치를 소년은 즐겁게 바라보았다. 하지만 고향 도시가 가까워지면서 아버지의 모습이 떠올랐다. 아버지의 마중에 대한 괴로운 두려움이 여행의 작은 기쁨을 완전히 망가뜨렸다. 잔뜩 긴장하며 시험을 보기 위해 슈투트가르트로 기차를 타고 갔던 일, 마울브론에 입학하러 갈 때 불안한 기쁨으로 가득했던 여행이 다시 생각났다. 대체 무엇을 위해 그 모든 것을 했을까? 교장과 마찬가지로 한스 자신도 다시는 수도원으로 돌아가지 못할 것이라는 것, 그리고 이제 수업이나 공부, 모든 공명심에 불타는 희망이 끝났다는 것을 잘 알고 있었다. 하지만 이런 것 때문에 슬프지는 않았다. 단지 실망한 아버지가 무서울 뿐이었다. 아버지의 희망을 기만했고, 아버지의 마음을 무겁게 했다. 지금 한스는 푹 쉬고, 충분히 잠자고, 실컷 울고, 마음껏 꿈꾸고, 오랜 고통 뒤에 이제 좀 방해받지 않고 혼자 있었으면 하는 바람밖에 없었다. 그러나 아버지의 집에서는 이렇게 지내지 못할까 봐 두려웠다. 기차 여행이 거의 끝날 무렵 머리가 지끈거리며 아파왔다. 예전에 신나게 돌아다니던 산과 숲이 있는 그 정겨운 지역을 지나가는데도 더 이상 창밖을 내다볼 수가 없었다. 그래서 하마터면 낯익은 고향 기차역에서 못 내릴 뻔했다.

이제 한스는 그곳에 내려섰다. 우산과 여행 가방을 들고. 아버지가 그를 눈여겨 바라보고 있었다. 실패한 아들에 대해 실망하고 분노했던 아버지는 교장의 마지막 편지를 받고는 당혹스러운 두려움에 싸여 있었기 때문이었다. 아버지는 한스가 망가지고 끔찍한 몰골이 되었을 것이라 상상했었는데, 지금 마르고 허약해지기는 했지만 여전히 상한 데 없이 자기 다리로 걷는 것을 보았다. 덕분에 조금 위안은 되었다. 그러나 의사와 교장이 보낸 편지에 쓴 신경병에 대한 남모르는 걱정과 공포는 정말 끔찍했다. 그의 집안에서 지금까지 그런 병을 앓은 사람은 없었다. 사람들은 그런 병에 대해서 마치 정신병자에 대해 말할 때처럼 언제나 이해심이 결여된 조롱이나 경멸 어린 동정심으로 얘기하곤 했다. 그런데 이제 그의 한스가 이런 이야깃거리를 집안으로 끌고 들어온 것이다.

첫날 한스는 아버지가 자신을 맞이할 때 야단을 치지 않아 기뻤다. 그러나 아버지가 조마조마 불안해하면서 자신에게 너그럽게 대하는 것이라는 것을 알았다. 아버지는 그런 태도를 취하느라 눈에 띌 정도로 애를 썼다. 이제 한스는 아버지가 때로는 이상하게 시험하는 듯한 눈길로, 섬뜩한 호기심을 갖고 자신을 바라보고 있으며, 억누르는 듯 억지스러운 어조로 얘기를 하고, 눈치 채지 못하게 슬금슬금 관찰하고 있다는 것을 알아차렸다. 한스는 점점 더 소심해졌고, 자신의 처지에 대한 알 수 없는 두려움에 괴로워하기 시작했다.

날씨가 좋을 때는 몇 시간이고 숲에 누워 있었다. 그러면 기분이 좋았다. 옛날 소년 시절 누렸던 행복의 희미한 여운이 가끔 그의 손상 받은 영혼에 살짝 스쳐 지나갔다. 꽃과 벌레를 바라보고, 새들의 지저귐을 듣고, 또 야생 동물의 흔적을 쫓아가면서 즐거워했다. 하지만 그것도 언제나 그저 한순간이었다. 대부분 그는 이끼 위에 나른하게 누워, 머리가 무거운 상태에서 뭔가 다른 생각을 하려고 안간힘을 썼다. 결국 꿈이 다시 찾아와 그를 멀리 다른 공간으로 데려갈 때까지.

언젠가는 다음과 같은 꿈을 꾼 적도 있었다. 한스는 친구 헤르만 하일너가 죽어서 들것에 누워 있는 것을 보고 그에게로 가려고 했다. 하지만 교장과 선생들이 그를 뒤로 끌어내어 하일너에게로 다가가려고 할 때마다 아프게 때렸다. 신학교의 교사들과 복습 교사들뿐만 아니라, 라틴어 학교 교장과 슈투트가르트의 주 시험관들까지 모두 화난 얼굴로 거기에 있었다. 갑자기 장면이 달라지더니 이번에는 물에 빠져 죽은 힌두가 들것에 누워 있었다. 우스꽝스러워 보이는 그의 아버지는 높은 실크해트를 쓰고 슬픔에 잠긴 채 구부정한 다리로 그 옆에 서 있었다.

그리고 또 다른 꿈을 꾸었다. 한스는 도망친 하일너를 찾아 숲 속을 뒤지고 다녔다. 멀리 나무 둥치 사이로 그가 가는 것이 계속 눈에 띄었다. 그를 보고 또 보고 했지만, 부르려고만 하면 하일너는 사라졌다. 드디어 하일너는 멈춰 서서 한스가 가까이 오게 내버려 두더니 말했다. '야, 나 애인 있어.' 그러고는 엄청나게 크게 웃더니 숲 속으로 사라졌다.

한스는 말랐지만 잘 생긴 남자가 배에서 내리는 것을 보았다. 그는 고요하고 신과 같은 눈에, 아름답고 평안한 손을 갖고 있었다. 한스는 그 남자에게로 달려갔다. 모든 것이 다시 사라졌다. 한스는 이것이 무슨 의미일까 곰곰 생각했다. 그러자 갑자기 복음서의 한 구절이 다시 떠올랐다. 그것은 그리스어로 '그들은 예수를 곧 알아보고, 그리로 달려 가니라.'라는 구절이었다. 이제 한스는 그 구절에 있는 그리스어 περιέδραμον의 동사 변화가 뭔지, 동사의 현재형, 부정형, 완료형, 미래형이 무엇이었는지 기억해 내려 애썼다. 또 단수, 쌍수,[30] 복수 형태로 동사를 변화시키려 했다. 변화형이 술술 기억나지 않자 더럭 겁이 나고 땀이 솟기 시작했다. 정신을 차리자 자신의 머릿속이 온통 상처투성이인 것 같은 기분이었다. 그러고는 저도 모르게 좌절과 죄의식에서 나온 몽롱한 미소가 얼굴에 번지자, 곧바로 교장의 목소리가 들렸다. "그렇게 뻔뻔스럽고 멍청하게 웃지 말게. 엉엉 울어도 마땅치 않은데."

때때로 호전된 날도 있었지만, 전체적으로 볼 때 한스의 상태는 좋아질 기미가 보이지 않았고 오히려 나빠지는 것 같았다. 가정의(家庭醫)는 실망한 표정으로 매일 매일 진찰 소견을 미루고 있었다. 그는 예전에는 한스 어머니의 치료를 맡았었고, 어머니가 숨이 끊어진 뒤에 사망진단을 내렸고, 지금은 가끔씩 집에 들러 통풍기가 약간 있는 아버지를 치료해 주고 있었다.

몇 주 집에 있으면서 한스는 지난 2년 동안 라틴어 학교에서 친구를 한 명도 사귀지 않았다는 것을 깨달았다. 그때 학교

---

30. 특히 두 개 또는 한 쌍의 것을 나타내는 수.

를 같이 다녔던 아이들 중 일부는 멀리 떠났고, 일부는 견습생이 되어 동네를 돌아다니는 것을 보았다. 한스를 그들과 연결시키는 것은 아무것도 없었다. 한스는 그들 중 누구에게도 원하는 것이 없었고, 그들 역시 한스에게 관심도 없었다. 늙은 교장은 딱 두 번 그에게 몇 마디 다정한 말을 건넸다. 길에서 마주친 라틴어 교사와 시 목사도 친절하게 고개를 끄덕여 주었다. 하지만 사실 이제 한스는 그들에게 아무것도 아니었다. 모든 것을 쏟아 부을 수 있는 그릇이 아니며, 모든 씨앗을 심을 만한 밭도 아니었다. 그에게 시간과 신중함을 기울이는 일은 이제 더 이상 별 가치가 없었다.

시 목사가 한스를 조금이라도 배려해 주었더라면 좋았을지도 모른다. 하지만 그가 무엇을 할 수 있었겠는가? 그가 줄 수 있었던 것은 학문 혹은 고작 학문을 추구하는 것 정도였다. 하지만 그것은 이전에 소년에게 다 주었다. 더 가진 것이 없었다. 그는 자신의 라틴어 실력에 대해 누가 타당한 이유를 대며 의심하는 것을 인정하는 목사가 아니었으며, 잘 알려진 성경을 출처로 삼아 설교를 하지도 않았다. 또 어려운 시기에 기꺼이 찾아갈 만한 목사도 아니었다. 그에게는 모든 고통을 달래줄 선량한 눈길도, 친절한 말도 결여되어 있었기 때문이었다. 아버지 기벤라트 역시 한스에게 좋은 친구나 위로자가 되지는 못했다. 아들한테 실망해서 화가 끓어오르지만 이를 감추려 굉장히 애를 쓰기는 했다.

그래서 한스는 버림받았고 사랑받지 못한다고 느끼면서, 작은 정원의 햇살이 비치는 곳에 앉아 있거나 숲에 누워 몽상과 고통스러운 생각에 파묻혀 지냈다. 독서도 이제 아무 소용이 없었다. 책을 읽기만 하면 머리와 눈이 아팠다. 어떤 책이든 펼치기만 하면 수도원 시절과 그곳에서 느꼈던 두려운 감정이라는 유령이 튀어나와 그를, 숨이 막힐 것 같은 무서운 꿈의 한 구석으로 몰고 가서 이글거리는 눈길로 꼼짝 못하게 묶어 놓기 때문이었다.

이렇게 궁지에 몰리고 고독한 상황 속에서 아픈 소년에게 거짓 위안자인 또 다른 유령이 다가왔다. 한스는 점점 이 유령과 친하게 되었고 나중에는 없어서는 안 될 존재로 여기게 되었다. 그것은 죽음에 대한 생각이었다. 총을 마련하거나 아니면 숲 어딘가에 밧줄로 올가미를 만드는 것은 쉬운 일이었다. 매일 어디를 가든 이 생각이 머리에서 떠나지 않았다. 그는 외지고 조용한 장소를 눈여겨보다가 마침내 편히 죽을 수 있는 곳을 찾아, 그곳을 죽을 자리로 정해 놓았다. 이후 계속 그곳을 찾아갔다. 그러고는 자리에 앉아서 사람들이 곧 여기서 자신이 죽어 있는 것을 발견하게 될 것이라고 상상하며 이상한 기쁨을 느꼈다. 밧줄을 묶을 나뭇가지도 정해 놓았고, 가지가 튼튼한지도 시험해 보았다. 이제 아무것도 그의 길을 가로 막지 않았다. 오랫동안 쉬엄쉬엄 아버지에게 보내는 짧은 편지와 헤르만 하일너에게 보내는 아주 긴 편지도 썼다. 사람들이 그의 시신에서 이 편지들을 발견하게 될 것이다.

준비가 다 됐고 확실히 자살할 수 있을 거라는 느낌이 그의 정서에 좋은 영향을 끼쳤다. 목을 맬 운명의 나뭇가지 아래 앉아서 많은 시간을 보냈다. 그러는 동안 그를 짓누르던 압박이 점차 사라졌고 거의 행복하다고 할 만한 쾌적함이 몰려왔다.

왜 진작 이 나뭇가지에 목을 매달지 않았는지 자신도 잘 몰랐다. 생각은 확고했다. 죽음은 명백한 사실이었다. 이런 생각을 하는 동안 어느새 마음이 편안해졌다. 사람들이 먼 길을 떠나기 전에 기꺼이 그렇게 하듯, 그는 이 마지막 날들 동안 아름다운 태양빛과 고독한 꿈꾸기를 좀 더 만끽했다. 죽음의 길은 언제라도 떠날 수 있었다. 모든 것은 다 준비가 되었다. 예전의 익숙한 환경에 자발적으로 조금 더 오래 머물면서, 자신의 위험한 결심에 대해서 아무것도 모르고 있는 사람들의 얼굴을 보는 것은 특별하면서 괴로운 기쁨이었다. 의사를 만날 때마다 한스는 이렇게 생각했다. "자, 두고 봐."

운명은 한스가 우울한 계획 속에서 기뻐하도록 내버려 두었고, 매일 죽음의 잔으로부터 쾌락과 생명력을 몇 방울씩 즐기는 것을 구경하고 있었다. 상처 입은 이 젊은 존재는 별로 중요하지 않을지도 모른다. 하지만 삶의 쓰디쓰면서도 달콤한 맛을 조금 맛보기 전에, 그 존재는 운명의 원을 완성해야만 하며 계획을 포기해서는 안 된다.

피할 수 없는 고통스러운 상상들은 점점 뜸해지더니 나른한 무절제함, 고통 없는 느긋한 기분에게 굴복해 버렸다. 이런 기분 속에서 한스는 시간과 날들이 미끄러지듯 흘러가는 것을 명

청히 지켜보았고, 덤덤하니 하늘을 바라보았다. 가끔은 몽유병에 걸린 듯 보이기도 했고 혹은 유치하게 보이기도 했다. 한 번은 나른하고 우울한 기분에 젖어 정원 전나무 아래 앉아 있었다. 그때 라틴어 학교에서 배웠던 오래된 시구가 떠올라, 정확히 알지는 못하지만 자꾸만 그것을 웅얼거렸다.

아, 나는 정말 피곤하다,
아, 나는 정말 지쳤다,
지갑에 돈 한 푼 없고
주머니에도 한 푼 없구나.

한스는 예전에 배운 음률에 따라 이 시구를 웅얼거렸다. 스무 번째 이 시구를 중얼거릴 때 아무런 생각도 않고 있었다. 마침 창가에 서 있던 아버지는 한스가 시를 읊는 소리를 듣고는 깜짝 놀랐다. 넋 나간 듯 나른하니 생기 없이 중얼대는 이 단조로운 시낭송이 아버지의 메마른 성향으로는 이해되지 않는 게 당연했다. 그는 한숨을 쉬며 이건 회복될 가망이 없는 정신병의 징후라고 생각했다. 이때부터 아버지는 더욱 불안해하며 아들을 관찰하기 시작했다. 당연히 한스는 이것을 알아차렸고 힘들어했다. 하지만 밧줄을 가져가 튼튼한 나뭇가지에 사용할 때는 아직 안 됐다.

그 사이 무더운 계절이 다가왔다. 주 시험과 여름방학 이후 벌써 일 년이 지났다. 한스는 가끔 그때가 생각났지만 특별한 감동이 느껴지지 않았다. 그의 마음은 이미 상당히 무뎌졌다. 다시 낚시를 시작하고 싶었지만 아버지에게 말할 엄두가 안 났다. 물가에 서 있을 때마다 몹시 힘들었다. 가끔 아무도 자신을 보지 않는 강가에 한참 동안이나 머물러서 소리 없이 헤엄치는 희끄무레한 물고기들의 움직임을 정신없이 바라보았다. 저녁 무렵에 매일 수영을 하기 위해 강을 조금 거슬러 올라갔다. 그 때마다 항상 검사관 게슬러의 작은 집을 지나가야만 했기 때문에, 그가 3년 전에 아주 좋아했던 엠마 게슬러가 다시 집에 온 것을 알게 되었다. 호기심에서 몇 번 그녀를 눈여겨본 적이 있었는데, 예전처럼 그렇게 마음에 들지는 않았다. 전에는 날씬한 체격에 아주 섬세한 소녀였는데, 지금은 다 큰 처녀가 되었다. 하지만 동작은 세련되지 못했고, 조숙하게 유행을 따른 머리 모양이 그녀의 외모를 완전히 망가뜨렸다. 긴 원피스도 어울리지 않았다. 숙녀처럼 보이려 애썼지만 그녀의 시도는 완전 실패였다. 이런 모습이 한스한테는 우스꽝스럽게 여겨졌다. 하지만 동시에 그녀를 볼 때마다 전에 달콤하고 아련하고 따뜻한 기분이 들었던 기억이 떠올라 마음이 아팠다. 아무튼 전에는 모든 것이 달랐다. 훨씬 더 아름다웠고, 명랑했고, 생동감이 넘쳤었다! 오래전부터 한스는 라틴어, 역사, 그리스어, 시험, 신학교, 두통 외에 아는 것이 없었다. 그러나 당시에는 동화책, 도둑 이야기책도 있었다. 그때는 한스가 직접 만든 절구 물레방아가 작은 정원에서 돌아가고 있었다. 저녁이면 나숄트 집안의 현관에 모여 리제가 해주는 모험이야기를 함께 들었다. 당시 한스는 가리발

디라 불리던 이웃 노인 그로스요한을 살인강도라고 생각해서 그에 대한 꿈을 꾸기도 했다. 그리고 일 년 내내 매달 뭔가를 기대하며 기뻐했다. 풀을 말리는 일이나 토끼풀 베는 일, 다시 연중 첫 낚시질에 가거나 가재 잡기, 호프 수확하기, 나무에서 자두 흔들어 따기, 감자를 굽기 위해 불 지피기, 타작 시작하기 등이었다. 그리고 그 사이 사이에 별도로 신나는 일요일과 공휴일이 모두 있었다. 거기다 또 은밀한 마력으로 그를 매혹시키는 많은 것들이 있었다. 집, 골목길, 계단, 헛간 다락방, 샘, 울타리, 사람들과 모든 종류의 짐승들이 그에게는 사랑스럽고 익숙했으며, 혹은 수수께끼처럼 유혹적이었다. 호프를 수확할 때는 사람들을 도왔고, 다 큰 처녀들이 부르는 노래를 듣고 가사들을 외웠다. 대부분의 가사들은 웃음이 터질 정도로 익살스러웠지만, 몇 구절은 정말 애절해서 듣다 보면 목이 메었다.

이 모든 것이 사라지고 결국 다 끝나 버렸다. 당시 한스는 이것들이 사라져 간다는 것을 눈치 채지 못했다. 처음에는 리제 곁에서 보내는 저녁 시간이 없어졌고, 그 다음에는 일요일 오전에 물고기 잡는 일이 사라지더니, 동화책 읽기도 사라졌다. 그렇게 하나씩 하나씩 차례로 사라져 마침내는 호프 따는 일과 정원에 있던 자신이 만든 절구 달린 물레방아까지 사라졌다. 아, 이 모든 것들이 다 어디로 가 버렸단 말인가?

조숙한 소년은 이제 병든 나날들 속에서 비현실적인 두 번째 유년기를 체험하게 되었다. 유년 시절 도둑맞은 그의 감정들이 갑자기 폭발한 그리움과 함께 그 아름다운 아스라한 시절로 되돌아가서, 마법에 걸린 듯 추억의 숲 속을 이리저리 헤매고 다녔다. 추억은 병적으로 강하고 선명했다. 한스는 이 모든 것을 과거에 실제로 체험했던 것만큼이나 강한 열기와 열정으로 다시 느꼈다. 기만당했고 억눌렸던 유년 시절이 마치 오랫동안 막혔던 샘물이 솟구쳐 나오듯 그의 내면에서 터져 나왔다.

나무는 꼭대기가 잘리면, 뿌리 근처에서 새로운 싹이 돋는다. 사람의 영혼도 가끔 그럴 때가 있다. 절정기에 병들고 상한 영혼은 초창기의 봄날과 같은 시절로, 희망에 부푼 어린 시절로 되돌아간다. 마치 그곳에서 새로운 희망을 발견하고 끊어진 삶의 끈을 다시 이을 수 있기라도 하듯. 뿌리 근처에서 돋아 나온 싹은 놀라울 만큼 빨리 자란다. 하지만 그것은 겉으로 보이는 생명일 뿐, 결코 다시는 제대로 된 나무로 자라지 못한다.

한스 기벤라트도 그랬다. 그래서 어린이의 나라에서 그가 꿈꾸었던 길을 조금 따라가 볼 필요가 있다.

오래된 석조 다리 근처의 기벤라트네 집은 전혀 다른 두 거리의 모퉁이를 이루고 있었다. 한스의 집이 속해 있는 거리는 이 도시에서 제일 길고, 넓고, 멋진 길로 '게르버 거리'라고 불렸다. 산 쪽으로 뻗어 있는 다른 길은 짧고, 좁고, 허름했고 '매의 거리'라 불렸다. 아주 오래되었으나 지금은 이미 문을 닫은 여관의 이름을 딴 것이다. 이 음식점의 간판에는 매가 그려져 있었다.

게르버 거리에는 집집마다 선량하고 견실한 토박이 시민들만 살고 있었다. 이들은 자기 소유의 집과, 묘지, 정원을 갖고 있었다. 정원은 집 뒤쪽 산기슭으로 가파르게 이어져 있고, 정원 울타리는 1870년대 만들어진 철둑과 맞닿아 있었다. 이 철둑에는 노란 금작화가 무성했다. 게르버 거리와 고상함을 겨룰 수 있는 곳은 장이 서는 마을 광장뿐이었다. 이곳에는 교회, 최하급 행정관청, 법원, 시청과 교구청이 있어, 말끔한 품격 때문에 도시풍의 고상한 인상을 풍겼다. 게르버 거리에는 관청은 없었다. 하지만 위풍당당한 현관문이 달린 오래된 또 새로 지어진 시민 계층의 주택과 고풍스러운 아름다운 전통 목조 건물, 그리고 호감이 가는 밝은 색깔의 박공이 늘어서 있었다. 집들이 한 편으로만 일렬로 늘어선 거리는 친절함, 안락함과 빛으로 가득한 느낌이었다. 왜냐하면 거리 다른 쪽에는 발코니 난간이 있는 성벽 아래로 강이 흐르고 있었기 때문이다.

게르버 거리가 폭 넓게 쭉 뻗어 있고, 밝고, 널찍하고 고상하다면 '매의 거리'는 그 반대였다. 이 거리에는 쓰러져 가는 음침한 집들이 서 있었다. 벽의 회반죽은 더럽고 군데군데 부서져 나갔고, 박공은 앞으로 불쑥 튀어나왔다. 문과 창문은 여기저기 쪼개지고 덧대어졌고, 굴뚝은 휘고 추녀의 홈통은 망가졌다. 집들이 서로를 막아 공간과 빛을 빼앗고, 골목은 좁고 이상하게 휘어졌고 늘 어두컴컴했다. 비가 올 때나 해가 지고 난 뒤에는 어두컴컴한 정도를 넘어 습기를 잔뜩 먹은 칠흑 같은 암흑으로 변했다. 집집마다 창문 앞에는 장대나 줄에 항상 빨래가 잔뜩 널려 있었다. 그렇게 비좁고 궁색한 골목에 아주 많은 가족들이 살고 있었기 때문이었다. 세든 집에 또 세 들어 사는 사람이나, 잠만 자기 위해 들르는 숙박인은 말할 것도 없었다. 기울고 허물어져 가는 집 구석구석마다 빈틈없이 사람들이 들어 있었다. 그곳에는 늘 가난, 부도덕, 질병이 진을 쳤다. 티푸스가 발생하는 곳도 거기였고, 살인이 일어나도 그곳이었다. 도시에서 절도 사건이 발생하면 사람들은 우선 '매의 거리'부터 뒤졌다. 떠돌이 행상인들은 그곳에서 묵었다. 그들 중에는 농담을 잘 하는 연마사[31] 장수 호텐로테와 가위 가는 아담 히텔도 있었다. 사람들은 히텔이 모든 범죄와 부도덕을 저지르고 다닌다고 숙덕댔다.

학교에 들어간 지 처음 몇 해 동안 한스는 '매의 거리' 단골 손님이었다. 밝은 금발에 해진 옷을 입은 한 무리의 소년들이 의심스러운 집단을 이루며 다녔는데, 한스는 이들과 어울리며 평판이 나쁜 로테 프로뮐러가 해주는 살인 이야기를 즐겨 들었다. 로테는 체구가 작은 어떤 여관 주인과 이혼한 여인이었는데 5년 동안 교도소 생활을 했다. 옛날에는 소문난 미인으로 공장 노동자들 중 많은 사람들을 애인으로 두고 있어 잦은 스캔들과 칼부림이 일어나게 만들었다. 그러나 당시에는 혼자 살고 있었다. 공장이 끝난 뒤에는 커피를 끓이고 이야기를 해주며 저녁 시간을 보냈다. 이럴 때면 그녀의 문은 활짝 열려 있었고, 여인

---

31. 연마재로서 금속제 기물을 갈고 닦는 데 쓰는 모래.

들이나 젊은 노동자들 외에도 항상 이웃 아이들 무리가 문지방에 몰려들어 놀라고 두려워하며 이야기에 귀를 기울였다. 검게 그을린 돌 아궁이 위에 놓인 주전자에서 물이 끓고 있고, 그 옆에는 수지로 만든 초가 타오르면서 푸르스름한 석탄불과 함께 사람들로 꽉 찬 으스스한 방을 모험의 횃불로 밝혀 주었다. 청중들의 그림자가 엄청난 크기로 벽과 천장에 어른거리면서 유령과 같은 움직임으로 방을 가득 채웠다.

그곳에서 여덟 살의 꼬마 한스는 핑켄바인 형제를 알게 되었다. 아버지가 엄하게 금했음에도 불구하고 일 년 가까이 이들을 친구로 사귀었다. 두 형제의 이름은 돌프와 에밀로, 도시에서 가장 약아빠진 골목의 악동들이었다. 이 아이들은 과일 훔치기와 소소한 밀렵으로 유명했다. 다방면의 수완과 악동짓에서는 누구도 따라갈 수 없었다. 그와 함께 새의 알, 탄환, 어린 까마귀, 찌르레기와 토끼를 팔았고, 불법으로 금지된 밤낚시도 했다. 도시의 모든 정원을 제집 드나들 듯했다. 울타리가 아무리 뾰족해도, 담에 유리 파편이 아무리 촘촘히 박혀 있어도, 이들이 넘지 못할 곳은 없었기 때문이었다.

그러나 한스는 특히 '매의 거리'에 사는 헤르만 레히텐하일과 친했다. 고아였던 그는 병약하고 조숙하며 특별한 아이였다. 한쪽 다리가 너무 짧아 항상 목발을 짚어야만 해서 골목에서의 놀이는 함께 할 수가 없었다. 창백하고 병색 짙은 얼굴에 나이보다 조숙한 매몰찬 입매를 갖고 있었고, 턱이 상당히 뾰족했다. 헤르만은 손재주가 아주 뛰어났다. 특히 낚시에 굉장히 열정적이었다. 이러한 열정은 한스에게 그대로 전해졌다. 한스는 당시 아직 낚시 허가증이 없었다. 하지만 두 소년은 눈에 띄지 않는 장소에서 몰래 낚시를 했다. 사냥이 기쁨이라면, 잘 알다시피 밀렵은 최고의 즐거움이다. 다리를 저는 레히텐하일은 한스에게 낚싯대로 쓸 만한 제대로 된 가지를 자르는 법, 말총을 엮는 법, 줄을 물들이는 법, 실로 올가미를 만드는 법, 낚싯바늘을 뾰족하게 가는 법을 가르쳐주었다. 또한 날씨를 살피고 물을 관찰하는 법, 밀기울로 물을 흐리게 하는 법, 알맞은 미끼를 골라 제대로 끼우는 법을 가르쳐주었고, 물고기 종류를 구분하는 법, 물고기를 관찰하는 법, 낚싯줄을 적당한 길이로 늘어뜨리는 법도 알려주었다. 레히텐하일은 아무 말도 없이, 그저 직접 보여주거나 아니면 곁에 서 있는 것만으로 낚시를 잡아 다니고 다시 푸는 비결과 그 순간의 섬세한 느낌을 한스에게 알려주었다. 가게에서 살 수 있는 멋진 낚싯대나 코르크, 유리줄 그리고 모든 인공적인 낚시 도구를 그는 아주 경멸하고 조롱하면서, 손수 만들고 조립한 낚시가 아니면 고기를 낚을 수 없다는 사실을 한스에게 납득시켰다.

한스는 핑켄바인 형제와 화를 내며 다투게 되었다. 다리가 마비된 조용한 레히텐하일은 싸우지도 않았는데 한스를 떠났다. 그는 2월 어느 날, 옷을 벗어 둔 의자 위에 목발을 올려놓고, 초라한 작은 침대에 몸을 눕혔다. 열이 나기 시작하더니 곧 숨을 거두었다. 그렇게 그는 조용히 사라졌다. '매의 거리'는 그를 금방 잊었다. 오직 한스만이 좋은 추억 속에서 오랫동안 그를 기억하고 있었다.

그러나 레히텐하일을 포함해서 '매의 거리'의 특이한 주민들의 수는 한참 동안 줄지 않았다. 알코올 중독 때문에 쫓겨난 우편배달부 뢰텔러를 모르는 사람이 누가 있겠는가? 그는 2주마다 술에 취해 길에 누워 있거나 한밤중에 소동을 일으키고는 했다. 하지만 보통 때는 아이처럼 착했고 늘 친절한 미소를 짓고 다녔다. 한스에게 타원형 담배통에서 크담배를 들이마시게 해주기도 했다. 때로는 한스가 갖다 준 물고기를 버터에 튀겨 함께 점심을 먹기도 했다. 그는 유리 눈알이 박힌 말똥가리 박제와 아주 오래된 춤곡이 가늘고 섬세하게 울리는 음악 시계를 갖고 있었다. 또 비록 맨발로 다닐지라도 커프스를 꼭 하고 다니는 늙은 기계공 포르슈를 누가 모르겠는가? 그는 전통 있는 시골 초등학교의 엄격한 교사의 아들로, 성경을 절반 외울 수 있었고 격언과 도덕적인 금언을 많이 알고 있었다. 하지만 이런 지식도 또 하얀 머리카락도, 여자라면 사족을 못 쓰는데다가 술을 자주 퍼 마셔 대는 것을 말리지는 못했다. 약간 취했을 때는 기벤라트네 집 모퉁이에 있는 충격 방지용 돌 위에 앉아 지나가는 사람들의 이름을 불러서는 미사여구를 늘어놓았다.

"한스 기벤라트 2세, 사랑하는 아들아, 내 말을 좀 들어라! 시락[32]이 어떻게 말하더냐? 그릇된 조언을 하지 않는 사람, 그것

---

32. Sirach: 성서의 외경 중의 하나인 《집회서》.

으로 인해 나쁜 마음을 갖지 않는 사람은 복이 있나니! 마치 아름다운 나무에 달린 푸른 잎과 같으니라, 어떤 잎은 떨어지고, 어떤 잎은 다시 자라나느니, 사람도 그와 같으니라. 어떤 이는 죽고, 어떤 이는 다시 태어나느니라. 자, 이제 집에 가도 좋다, 너 바다표범 같은 아이야."

신앙심 깊은 격언을 읊어 대기는 했지만 포르슈 노인은 유령과 그와 유사한 것에 대한 비밀스럽고 전설 같은 이야기에 심취해 있었다. 그는 그런 일이 발생한 장소를 알고 있었다. 자신이 하는 얘기에서도 믿음과 불신 사이를 오락가락했다. 대개 이런 이야기를 시작할 때는 자기 이야기와 얘기를 듣는 청중을 놀리려는 듯, 회의적이고 허풍스러운 어조로 별 것 아닌 듯 말을 내뱉었다. 하지만 이야기가 진행되면서 불안한 듯 점점 몸을 구부리며 목소리를 점점 더 낮추다가, 나지막하고, 효과적이며, 무시무시한 속삭임으로 얘기를 끝마쳤다.

이 가난하고 작은 골목은 얼마나 많은 섬뜩한 것, 이해할 수 없는 것, 수상쩍은 매력을 갖고 있었던가! 자물쇠 장수 브렌들레도 그의 가게가 망해 작업장이 완전히 엉망이 되어 버린 이후에 이곳에서 살았다. 그는 한나절이나 창가에 앉아 우울하게 활기찬 거리를 내다보곤 했다. 가끔 떨어진 옷에 씻지도 않은 이웃집 아이들 중 하나가 손에 걸리면 아주 고소해 하며 아이를 괴롭혔고, 아이의 귀와 머리카락을 쥐어뜯고 온 몸이 파랗게 되도록 꼬집었다. 그러나 어느 날 그는 자기 집 층계에 아연 철사로 목을 맸다. 시체가 너무나 끔찍해서 아무도 그에게 다가갈 엄두를 내지 못했다. 결국 늙은 기계공 포르슈가 뒤쪽에서 함석 자르는 가위로 철사를 끊었다. 그러자 혀가 쑥 빠진 시체가 앞쪽으로 떨어지면서 계단 아래로 굴러 놀란 구경꾼들 한가운데로 떨어졌다.

밝고 넓은 게르버 거리에서 어둡고 눅눅한 '매의 거리'로 들어서자마자 이상하고 숨이 막힐 것 같은 곧기와 함께 환희에 찬 오싹한 불안이 한스를 엄습했다. 호기심, 두려움, 양심의 가책과 모험에 대한 황홀한 예감이 뒤섞인 감정이었다. '매의 거리'는 여전히 동화와 기적, 전대미문의 공포가 일어날 수 있는 유일한 동네였다. 마술과 유령의 존재가 믿겨지고 실제인 듯 여겨지는 곳, 마치 전설이나 터무니없는 내용의 로이틀링의 이야기책[33]을 읽을 때처럼, 고통스러울 정도로 매력적인 공포를 느낄 수 있는 곳이었다. 이 책은 선생들에게 압수당하곤 했는데, 존넨비르틀레, 쉰더하네스,[34] 메서카를레, 포스트미헬스나 이들과 유사한 어둠의 영웅, 중범죄자나 모험가의 악행과 처벌이 적혀 있었다.

'매의 거리' 말고도 일상과는 다른 장소가 또 하나 있었다. 그곳에서는 뭔가를 체험할 수 있고, 들을 수 있으며, 어두운 다락방과 진기한 방들 안에서 자신을 잊을 수 있었다. 그것은 근

---

33. 독일 슈바벤지역에 있는 도시 로이틀링엔의 출판사들이 퍼낸 통속소설.
34. Schinderhannes: 원명은 요하네스 뷔클러(1777/1783-1803)로 쉰더하네스나 쉰너하네스라 불렸던 독일의 강도. 절도, 협박, 강도 등으로 약 130건의 범죄를 저질렀다.

처에 있는 커다란 제혁 공장으로, 낡고 거대한 집이었다. 그곳의 어스름한 다락방에는 커다란 가죽들이 걸려 있고, 지하실에는 감춰진 구덩이와 금지된 복도들이 있었다. 그곳에서 저녁이면 리제가 아이들에게 그녀의 멋진 동화를 들려주곤 했다. 여기는 저쪽에 있는 '매의 거리'보다 더 조용하고 친절하고 인간다웠지만, 수수께끼를 품고 있다는 점에서는 그곳 못지않았다. 구덩이와 지하실, 무두질하는 마당이나 진흙 바닥 위에서 제혁 견습공들이 일하는 모습은 기묘하고 특이했다. 하품하듯 크게 입을 벌리고 있는 방들은 고요하면서도 매력적이고 으스스했다. 힘이 세고 퉁명스러운 공장 주인을 사람들은 마치 식인종이나 되듯 무서워하며 피했다. 하지만 리제는 이 이상한 집에서 마치 요정처럼 이리저리 돌아다녔다. 아주 다감하고 동화와 노래 가사를 많이 알고 있는 그녀는 모든 아이들, 새, 고양이와 강아지에게 보호자이자 어머니였다.

지금 한스의 생각과 꿈은 이미 오래 전에 낯설어진 이 세계 안에서 움직이고 있었다. 엄청난 실망과 좌절에서 과거의 행복한 시절로 도망간 것이다. 당시에는 희망에 부풀었고, 눈앞의 세계가 마치 거대한 숲같이 자신 앞에 서 있는 게 보였다. 그 숲은 깊은 곳에 무시무시한 위험과 매혹적인 보물, 에메랄드로 된 성을 감추고 있었다. 한스는 예전에 이 황무지에 조금 발을 내딛었었다. 하지만 기적이 오기 전에 지쳐 버렸다. 그리고 이제 다시 수수께끼로 가득한 채 어두워져 가는 입구에, 이번에는 들어갈 수 없는 사람이 되어, 무익한 호기심을 갖고 서 있었다.

한스는 '매의 거리'에 몇 번 갔었다. 옛날의 그 어두움, 옛날의 그 역겨운 냄새, 옛날에 있던 모퉁이와 빛이 안 드는 계단 모두 그대로였다. 예전과 마찬가지로 머리 흰 남녀 노인들이 문 앞에 앉아 있었고, 옅은 금발의 지저분한 아이들은 소리를 지르며 이리저리 뛰어다녔다. 기계공 포르슈는 더 늙어서 이제는 한스를 알아보지 못했다. 한스가 머뭇머뭇 인사를 하자 조롱하듯 투덜대는 말로 대꾸할 뿐이었다. 가리발디라 불렸던 그로스요한은 죽었고, 로테 프로뮐러도 죽었다. 우편배달부 뢰텔러는 아직 그곳에 살고 있었다. 그는 아이들이 자기의 음악 시계를 망가뜨렸다고 투덜대며, 한스에게 코담배를 권하더니 구걸을 하려고 했다. 그러더니 끝으로 핑켄바인 형제 이야기를 해주었다. 형제 중 지금 담배 공장에 다니는 녀석은 벌써 어른처럼 술을 퍼마시고, 다른 한 녀석은 교회 헌당 기념일 축제 때 칼부림을 벌인 뒤 꺼져 버렸는데, 사라진지 벌써 일 년 가까이 된다고 했다. 이 모든 것이 비참하고 궁색한 인상을 풍겼다.

어느 날 저녁에 한스는 제혁 공장 쪽으로 간 적도 있었다. 그 크고 낡은 집 안에 지나가 버린 모든 즐거움과 함께 자신의 어린 시절이 숨어 있기라도 한 듯, 성문을 통해 나 있는 길을 지나, 습기 찬 마당으로 발걸음이 옮겨졌다.

구부러진 층계와 돌을 깐 복도를 지나자 어두컴컴한 계단이 나왔다. 펼쳐 놓은 가죽들이 널려 있는 다락방을 찾아 더듬더듬 올라가, 코를 찌르는 가죽 냄새와 함께 갑자기 밀려오는 추억의 구름을 들이마셨다. 한스는 다시 계단을 내려와 뒷마당으로 갔다. 거기에는 가죽을 무두질하는 구덩이와 가죽 찌꺼기를 말리는 건조대가 있었고, 높이 세워진 건조대에는 좁다란 지붕이 있었다. 그리고 저쪽에 리제가 벽 앞의 의자에 자리 잡고 앉아, 감자 한 바구니를 앞에 놓고 깎으면서 이야기에 귀를 기울이고 있는 아이들에 빙 둘러 싸여 있었다.

한스는 어두운 문간에 서서 이야기를 들었다. 커다란 평화가 제혁 공장의 저물어 가는 정원을 가득 채웠고, 마당 담 너머 강물이 흐르는 조용한 소리 외에는 리제가 감자 깎는 소리와 얘기를 들려주는 그녀의 목소리만 들렸다. 아이들은 얌전히 웅크리고 앉아 거의 꼼짝도 하지 않았다. 리제는 한밤중에 강 너머에서 어린아이의 목소리가 불렀다는 성 크리스토펠[35]의 이야기를 해주고 있었다.

한스는 잠시 이야기를 더 듣다가 조용히 어두컴컴한 복도를 다시 지나 집으로 향했다. 다시 아이가 될 수는 없다는 것, 저녁에 제혁 공장의 마당에서 리제 곁에 앉아 있을 수 없다는 것을 알았다. 그는 이제 '매의 거리'이나 제혁 공장도 피해 갔다.

---

35. 성 크리스토포루스를 말한다. 어린 예수를 들어 강을 건네주었다고 한다.

6장

벌써 가을이 깊어 가고 있었다. 짙은 전나무 숲에는 드문드문
활엽수가 마치 횃불처럼 노랗고 빨갛게 빛을 내고 있었고, 좁은
골짜기에는 벌써 안개가 자욱했다. 아침결에는 냉랭한 기온 속
에서 물안개가 강에서 피어올랐다.

이전에 신학교 학생이었던 한스는 창백한 얼굴을 하고 여
전히 매일 밖으로 싸돌아다녔다. 의욕도 없고 피곤했다. 마음만
먹으면 약간의 인간관계도 맺을 수 있었지만 그것도 피했다. 의
사는 물약, 간유, 달걀, 냉수욕을 권했다.

이 모든 것은 전혀 도움이 되지 않았다. 놀라운 일이 아니었
다. 모든 건전한 삶은 내용과 목적이 있어야만 한다. 그러나 젊
은 기벤라트에게서 그 삶이 사라져 버렸다. 이제 아버지는 한스
를 서기나 수공업자를 만들기로 했다. 아직 허약해서 먼저 얼마
동안은 기운을 좀 차려야 하기는 하지만, 우선 그의 미래에 대

해 진지하게 생각해볼 수는 있었다.

처음의 혼란스러운 인상들은 줄어들고, 자살에 대해서도 더 이상 확신이 서지 않았다. 그 이후 한스는 흥분되고 변덕스러운 불안 상태에서부터 무덤덤한 우울증에 빠져들었다. 마치 부드러운 늪 속으로 가라앉듯이 서서히 저항하지도 않고.

이제 그는 가을 들판을 여기저기 헤매고 다니며 계절의 영향에 굴복했다. 저물어 가는 가을, 고요히 떨어지는 낙엽, 갈색으로 물들어 가는 초원, 짙은 새벽안개, 충분히 익어 이제는 지쳐서 죽으려는 식물들, 이것들은 한스로 하여금 많은 병자들이 그렇듯 무겁고 희망 없는 분위기와 슬픈 생각을 하게끔 몰아댔다. 그는 이것들과 함께 사라지고, 함께 잠들고, 함께 죽고 싶은 마음이었다. 자신의 젊음이 이런 소망에 반대하며, 조용하지만 끈질기게 삶에 매달려 있다는 사실에 괴로워했다.

한스는 노랗게 물들다가 갈색으로 변하고 마침내 잎이 다 떨어져 앙상해지는 나무들을 보았다. 또 숲에서 피어오르는 우윳빛 안개와 정원을 바라보았다. 정원은 마지막 수확이 끝난 뒤 삶의 빛을 잃어버렸고, 이제 아무도 다채로운 색깔을 띠며 시들어 가는 과꽃을 바라봐 주지 않았다. 그리고 수영 철도, 낚시 철도 지나 마른 잎으로 덮여 있는 강을 보았다. 쌀쌀한 강둑에는 억센 제혁공들만이 아직 버티고 있었다. 며칠 전부터는 엄청난 양의 과즙 찌꺼기들이 강에 떠내려갔다. 압착장과 방앗간에서 부지런히 과즙을 짜고 있었기 때문이었다. 살짝 발효된 듯한 과즙의 향기가 도시 골목골목에서 풍겨 나왔다.

구둣방 주인 플라이크 씨도 아랫마을 방앗간에서 작은 압착기를 빌려, 과즙 짜기에 한스를 초대했다.

방앗간 앞뜰에는 크고 작은 압착기, 수레, 과일로 가득한 바구니와 자루, 두 개의 손잡이가 있는 큰 물통, 나무로 된 큰 통, 양동이와 저장용 나무통, 산처럼 쌓인 갈색의 과일 찌꺼기, 나무로 된 지렛대, 손수레, 비어 있는 마차 등이 널려 있었다. 압착기가 작동하면서 삐걱대는 소리나 길게 날카로운 소리를 내기도 하고, 한숨 쉬는 소리와 툴툴대는 듯한 소리도 냈다. 압착기는 대부분 녹색으로 칠해져 있었다. 이 녹색은 과일 찌꺼기의 황갈색과 사과 바구니의 색깔, 밝은 녹색의 강물, 맨 발의 아이들, 선명한 가을 해와 함께 어우러져 보는 사람에게 기쁨과 삶의 즐거움, 풍요와 같은 매혹적인 인상을 만들어 주었다. 사과가 으깨지는 순간 떫으면서도 식욕을 돋우는 듯한 소리를 냈다. 가까이 다가와 이 소리를 듣는 사람은 얼른 사과를 집어 들어 한 입 베어 물지 않을 수 없었다. 압착기의 관에서 달콤하고 신선한 과즙이 황갈색을 띠며 햇살 아래 ㅁ소 지으며 굵은 줄기로 흘러 나왔다. 이곳에 와서 그것을 보면 사람은 한 잔 달라고 해서 꿀꺽 들이켜 맛을 보지 않을 수 없었다. 그런 뒤 그곳에 서서, 눈이 촉촉이 젖으며 달콤함과 행복함의 강물이 온 몸을 관통하는 듯한 기분을 느꼈다. 이 달콤한 과즙은 기쁘고 강력하며 맛있는 향기로 주변의 대기를 가득 채웠다. 이 향기야말로 일 년 중 최고의 것으로, 성숙과 결실의 정수이다. 겨울이 다가 오기 전에 이러한 정수를 호흡하는 것은 좋은 일이다. 그 향기를 마시면서 멋지고 좋았던 수많은 것들을 기억할 수 있기 때문이다. 오월의 비, 쏴쏴 소리를 내며 쏟아지던 여름비, 가을 아침의 싸늘한 서리, 따사로운 봄날의 햇살, 이글거리듯 뜨거운 여름의 뙤약볕, 흰색이나 장밋빛 붉은색으로 빛나던 꽃들과 수확 전 과일 나무에 매달린 잘 익은 과일의 적갈색 광택, 이런 가운데 한 해가 지나면서 가져다 주는 모든 아름다운 것, 즐거운 것들을.

과즙을 짜는 때는 누구에게나 빛나는 날들이었다. 부유하고 거만한 사람들이 아랫사람들과 어울리고 싶으면 손수 이곳에 와서, 자신들이 가져온 묵직한 사과를 손에 들고 무게를 가늠해 보기도 하고, 가져온 한 다스 혹은 그보다 많은 자루들을 세거나, 은으로 된 휴대용 잔으로 과즙을 시음하며 자신들의 과즙에는 물 한 방울도 섞지 않는다고 모두가 듣도록 말했다. 가난한 사람들은 달랑 과일 한 자루 들고 와서 유리잔이나 질그릇으로 맛을 보고는 물을 섞었다. 그렇다고 기쁨이나 자부심이 덜한 것은 아니었다. 어떤 이유로든 과즙을 짤 수 없는 사람은 지인이나 이웃이 과즙을 짤 때 이집 저집 다니면서 한 잔씩 얻어 마시고, 사과 한 알을 주머니에 넣기도 하며, 전문가다운 말로 자신도 이 일에 대해 어느 정도 알고 있다는 것을 입증했다. 그러나 아이들은 부잣집 아이건 가난한 집 아이건 상관없이 작은 잔을 들고 이리저리 돌아다녔다. 모두 손에는 베어 먹은 사과와 빵한 조각을 들고 있었다. 왜냐하면 과즙을 짤 때 빵을 실컷 먹으면, 나중에 배탈이 나지 않는다는 근거 없는 전설이 오래 전부터 전해 왔기 때문이었다.

아이들이 떠드는 소리, 고함소리가 뒤섞였다. 분주하게 오가는 목소리는 흥분과 기쁨을 담고 있었다.

"이리 와, 하네스, 여기로! 내 쪽으로 와! 한 잔 마셔!"

"정말 고맙네, 벌써 배가 아파!"

"오십 킬로에 얼마 줬나?"

"4마르크. 하지만 최고야. 자 먹어 봐!"

때때로 작은 불상사도 일어났다. 사과 자루 하나가 매듭이 너무 빨리 풀린 탓에 사과가 바닥으로 글러 떨어졌다.

"이런 젠장! 좀 도와주시오, 여러분!"

모두 사과 줍는 것을 도와주었다. 단지 개구쟁이 몇 명이 이 소동 중에 슬쩍 몇 개 챙기려고 들었다.

"주머니에는 한 개도 넣지 마! 이 개구쟁이들! 먹고 싶은 만큼 먹어도 돼. 하지만 주머니에 넣지는 마. 기다려, 너, 이 멍청아!"

"이봐요, 이웃 양반. 으스대지 마시고, 이거 한번 드셔 보시구려!"

"꿀맛인데! 정말 꿀 같아. 얼마나 만드셨소?"

"두 통이요. 더는 안 나오네. 하지만 나쁘지 않아요."

"한여름에 짜지 않은 게 더 다행이오. 그랬더라면 곧바로 다 마셔 버렸을 게요."

금년에도 어김없이 까다로운 노인 몇몇이 나타났다. 이들은 이미 오래 전에 과즙 짜기를 그만두었지단 모든 것을 다른 누구보다도 더 잘 알고 있었다. 그들은 과일을 거의 거저 얻다시피

했던 옛 시절에 대해 얘기했다. 당시에는 훨씬 더 쌌고 품질도 좋아서, 설탕을 첨가한다는 것은 알지도 못했으며, 나무가 지금과는 아주 다른 열매를 달고 있었다고 했다.

"그때는 수확이라고 할 만했지. 나도 사과나무 한 그루가 있었는데, 거기서만 250킬로를 땄으니까."

시대가 그렇게 나빠졌다고 하면서도, 이 까다로운 노인들은 올해도 과즙을 맛보는 일을 열심히 도와주었고, 아직 남아 있는 이로 사과를 씹으며 여기저기 돌아다녔다. 한 노인은 커다란 배를 몇 개나 억지로 먹어 대더니 불쌍하게도 배탈이 나고 말았다.

"정말이지, 예전에는 이런 것 열 개는 먹었었는데." 노인이 투덜거렸다. 그러고는 배를 열 개를 먹어도 배가 아프지 않던 그 시절을 생각하며 기탄없이 한숨을 쉬었다.

이런 북새통 속에 플라이크 씨는 자신의 압착기를 세워놓고 나이가 들어 보이는 견습공의 도움을 받고 있었다. 그는 사과를 바덴 지역에서 가져왔기 때문에 그의 과즙은 항상 최고였다. 속으로 만족해하면서 '맛 좀 보려는' 사람들을 거절하지 않았다. 그의 애들은 더 신이 나 있었다. 아이들은 이리저리 뛰어다니며 사람들 무리 속에서 즐겁게 함께 몰려다녔다. 겉으로 드러내지는 않았지만 이들 중 가장 기분이 좋은 사람은 그의 견습공이었다. 다시 야외에 나와 힘차게 부지런히 일하고 마음껏 마실 수 있어 온 몸이 편안했다. 두메산골 가난한 농가에서 태어난 그에게 품질 좋은 달콤한 과즙은 정말 맛있었다. 시골 청년다운 건강한 얼굴은 사티로스[36]처럼 희죽 거리는 미소를 짓고 있었고, 평소에 구두를 다루는 그의 손은 어느 일요일 때보다도 깨끗했다.

한스 기벤라트는 이곳에 오자 말이 없어졌고 불안해했다. 기꺼이 온 것이 아니었다. 하지만 첫 번째 압착기에 오자 곧바로 누군가 그에게 한 잔 건넸다. 나숄트 집안의 리제였다. 한스는 맛을 보았다. 그리고 그것을 마시는 동안 달콤하고 강렬한 과즙의 맛과 함께 예전에 웃음으로 가득했던 가을에 대한 기억이 밀려왔고, 동시에 다시 한 번 조금이라도 함께 어울려 즐겁게 보내고 싶은 욕망이 슬그머니 올라왔다. 아는 사람들이 그에게 말을 걸었고, 수차례 과즙 잔을 받았다. 플라이크네 압착기에 도착했을 때는 이미 사방에 퍼져 있는 즐거움과 과즙에 취해 한스도 기분이 변해 있었다. 아주 쾌활하게 플라이크 씨에게 인사를 건네고 과즙 짜기에 대한 상투적인 농담을 몇 마디했다. 구두장인 플라이크는 놀랐지만 이를 감추고 반갑게 맞이해 주었다.

반시간 쯤 지나자, 파란색 치마를 입은 소녀가 다가와 플라이크와 그의 견습공을 웃으며 바라보더니 도와주기 시작했다.

"아 그렇지." 플라이크가 말했다. "여기는 하일브론에서 온

---

36. 그리스 신화에 나오는 반인반수의 모습을 한 자연의 정령.

내 조카야. 근데 얘는 다른 과일을 따는 것에 익숙하지. 얘네 고향에는 포도가 많이 나거든."

소녀는 한 18살이나 19살쯤 되는 것 같았고, 보통 저지대 출신 여인들이 그렇듯 민첩하고 명랑했다. 키가 크지는 않았지만 몸매가 잘 짜였고 풍만했다. 둥근 얼굴에 따뜻한 눈빛의 검은 눈과 입 맞추고 싶어지는 예쁜 입이 명랑하고 영리하게 보였다. 아무튼 건강하고 쾌활한 하일브론 아가씨처럼 보였지만, 절대 경건한 구두장인의 친척 같아 보이지는 않았다. 그녀는 완전히 세속적인 사람이었다. 그녀의 눈은 밤마다 성경과 고스너[37]의 《보물 상자》를 읽는 그런 사람의 눈이 아니었다.

한스는 갑자기 근심 어린 표정을 지었다. 마음속으로는 엠마가 빨리 다시 사라져 주었으면 하고 바랐다. 하지만 그녀는 자리를 뜨지 않고 웃으며 수다를 떨었다. 그녀는 어떤 농담도 재빨리 받아칠 줄 알았다. 한스는 수줍어 아예 말이 없어졌다. 존댓말을 써 가며 말을 건네야 하는 젊은 여인들과 사귀는 것이 두려웠다. 이 처녀는 너무나 활발하고 너무나 수다스러웠다. 한스가 옆에 있건 수줍어하건 특별한 관심이 없었다. 한스는 무시당하고 약간 모욕당한 기분이 들어 마차 바퀴에 스친 달팽이처럼 촉수를 움츠렸다. 아무 말도 않고 지루해 하는 사람처럼 보이려고 애썼다. 하지만 마음대로 되지 않았다. 대신 마치 누군

---

37. Johannes Goßner(1883-1858): 개신교 신학자로 고스너 전도회의 창립자이다. 이 전도회는 특히 인도에서 활동했다. 《보물 상자Schatzkästlein》는 그의 주저서이다.

가 죽기라도 한 것과 같은 얼굴을 하고 있었다.

아무도 그런 것에 신경 쓸 시간이 없었다. 엠마가 제일 시간이 없었다. 한스가 들은 바로는 그녀는 2주 전부터 플라이크 씨 집에 놀러 왔다. 그런데 벌써 도시 사람들을 다 알고 있었다. 높은 사람이나 낮은 사람 사이를 뛰어다니며, 새로 짠 과즙을 맛보고, 익살을 부리고, 약간 웃기도 하며, 다시 돌아와서는 마치 열심히 함께 일하는 척하며, 아이들을 팔에 안고 사과를 주기도 했다. 그녀는 주변에 큰 웃음과 기쁨을 주며 돌아다녔다. 거리의 악동들에게 "사과 먹을래?"라고 소리치기도 했다. 그러고는 예쁘고 빨간 사과를 집어 손을 뒤로 감추고는 알아맞히게 했다. "오른쪽일까 왼쪽일까?" 하지만 사과는 아이들이 맞힌 손에 있던 적이 없었다. 아이들이 불평하기 시작하면 그제야 사과를 내어 주었다. 하지만 더 작은 파란 사과였다. 그녀는 한스에 대해서도 알고 있는 것 같았다. 그래서 그가 항상 두통을 앓는 그 사람인지 물었다. 한스가 대답도 하기 전에 그녀는 벌써 옆에 있는 사람들과 다른 이야기를 하고 있었다.

한스는 살짝 빠져나가 집으로 돌아갈 생각이었다. 그때 플라이크 씨가 한스의 손에 지렛대를 쥐어 주었다.

"자, 이제 네가 조금만 더 해줘. 엠마가 도와줄 거다. 나는 작업장으로 돌아가야 해."

플라이크 씨는 돌아갔고, 견습공이 플라이크 씨의 아내와 함께 과즙을 옮기는 일을 맡았다. 압착기 앞에는 한스와 엠마 단 둘이었다. 한스는 이를 악물고 마치 앙숙이라도 되는 듯 일을 했다.

그때 지렛대가 왜 이렇게 무거워졌는지 이상했다. 눈을 들어 쳐다보자 엠마가 까르르 웃음을 터뜨렸다. 장난으로 지렛대에 버티고 서 있었던 것이다. 한스가 화를 내며 다시 지렛대를 움직이려고 하자 그녀가 다시 한 번 장난을 쳤다.

한스는 아무 말도 하지 않았다. 하지만 엠마의 몸에 걸려있는 지렛대를 밀어 움직이는 동안 갑자기 부끄럽고 답답한 기분이 들었다. 그래서 다시 돌리던 지렛대를 천천히 멈췄다. 달콤한 불안이 엄습했다. 젊은 아가씨가 대담하게 그의 얼굴을 빤히 쳐다보며 웃자, 그녀가 갑자기 달리 보였다. 더 친절해 보였지만 더 낯설게도 느껴졌다. 이제 한스도 조금 웃었다. 어색하지만 친밀하게.

그런 뒤 지렛대는 완전히 멈췄다.

엠마가 말했다. "너무 악착같이 일하지 맙시다." 그러면서 방금 마시고 반쯤 남긴 잔을 한스에게 건넸다.

이 한 모금의 과즙이 그에게는 아주 강력했고 이제까지 마신 것보다 더 달콤한 것 같았다. 다 마시고 난 뒤에도 더 마시고 싶은 듯 빈 잔을 들여다보면서, 어째서 심장이 두근거리고 숨이 가빠지는지 알 수가 없었다.

그런 뒤 두 사람은 조금 일을 했다. 그녀의 치마가 자신을 스치게 하고, 그녀의 손이 자신의 손을 건드리게 몸을 움직이려고 하면서도, 한스는 자신이 무엇을 하고 있는지 몰랐다. 그러나 이런 일이 자주 생길 때마다 불안한 기쁨 속에서 심장이 멈쳤고, 나른하니 달콤하게 기운이 빠지는 느낌이 들었다. 무릎이 약간 떨리고 머릿속은 어지럽게 웅웅 울렸다.

　무슨 말을 하는지도 몰랐다. 하지만 그녀에게 자신의 태도를 변명하고, 그녀가 웃으면 웃고, 그녀가 멍청한 짓을 하면 손가락으로 몇 번 경고하기도 했다. 그리고 두 번이나 더 그녀가 건네준 과즙을 받아서 다 마셔 버렸다. 동시에 많은 기억이 스쳐 지나갔다. 저녁에 집 문 앞에 남자들과 함께 서 있던 하녀들, 이야기책의 몇몇 문장들, 전에 헤르만 하일너에게 받았던 입맞춤, '아가씨들'과 '만일 애인이 생기면 어쩔까?'에 대한 많은 말들, 이야기 그리고 학생들 사이의 은밀한 대화. 한스는 마치 산을 올라가는 말(馬)처럼 힘겹게 숨을 쉬었다.

　모든 것이 변했다. 사람들과 사방에서 벌어지는 일들이 다채롭게 웃고 있는 구름 같은 존재로 바뀌었다. 모든 사람들의 목소리, 욕설, 웃음소리가 희미하게 웅웅거림 속으로 사라졌고, 강물과 낡은 다리는 저 멀리 마치 그려 놓은 것처럼 보였다.

　엠마도 다른 모습이었다. 더 이상 그녀의 얼굴은 보이지 않았다. 검은 빛의 기쁨 가득한 눈, 붉은 입, 입 안의 희고 뾰족한 이만 눈에 들어왔다. 그녀의 형태는 녹아내려, 한스는 그저 각각의 부분만을 볼 뿐이었다. 검은 양말에 단화, 목덜미에 늘어진 흐트러진 곱슬머리, 푸른 목도리 속에 감춰진 갈색으로 그을린 둥근 목, 탄력 있는 어깨, 그 아래 파도치는 숨결, 발그레하며 투명하게 비치는 귀.

　그리고 또 얼마가 지난 뒤 엠마는 손잡이가 달린 통 안으로 잔을 떨어뜨렸고, 그것을 주우려 몸을 굽혔다. 이때 통 가장자리에서 그녀의 무릎이 한스의 손목을 눌렀다. 한스도 몸을, 그것도 아주 천천히 굽혀 얼굴이 거의 그녀의 머리카락을 스칠 뻔했다. 그녀의 머리카락에서는 은은한 향기가 났다. 그리고 그 아래, 흐트러진 곱슬머리의 그늘 아래 아름다운 목덜미가 따뜻하게 갈색으로 빛나며 푸른 코르셋 형 조끼 안으로 이어졌다. 목덜미 조금 더 아래쪽까지가 단단하게 채워진 고리의 벌어진 틈 사이로 내비쳤다.

그녀가 다시 몸을 일으켰다. 그때 그녀의 무릎이 한스의 팔을 따라 미끄러지고 그녀의 머리카락이 한스의 뺨을 스쳤다. 그녀는 몸을 구부리고 있어 얼굴이 빨개졌다. 한스의 온몸에 강한 전율이 일어났다. 얼굴이 창백해졌고, 깊고 깊은 피곤함이 느껴져 압착기의 조이개를 꽉 붙잡지 않으면 안 됐다. 심장은 경련하듯 쿵쾅거렸고, 팔에 힘이 빠지면서 어깨가 아파 왔다.

그때부터 한스는 거의 한마디도 하지 않았고 엠마의 눈길을 피했다. 대신 그녀가 다른 곳을 볼 때마다, 미지의 즐거움과 못된 양심의 가책이 뒤섞인 마음으로 그녀를 뚫어지게 바라보았다. 이 순간 뭔가 그의 내면에서 갈기갈기 찢어지더니, 새롭고 유혹적인 낯선 땅이 먼 푸른 해안과 함께 그의 영혼 앞에 나타났다. 한스는 가슴 속의 이 불안과 달콤한 고통이 무엇을 의미하는지 아직 몰랐다. 혹은 그저 예감할 뿐이었다. 그리고 고통과 즐거움 중 어느 것이 더 큰지도 알지 못했다.

그러나 그 즐거움은 한스의 마음속에 들끓는 새로운 사랑의 힘이 이겼다는 것, 강력한 삶에 대한 최초의 예감을 의미했다. 고통은 아침의 평화가 깨지고, 그의 영혼이 다시는 찾을 수 없는 유년의 땅을 떠났다는 것을 뜻했다. 첫 번째의 침몰 위기를 겨우 벗어난 한스의 작은 조각배는 이제 새로운 폭풍의 힘 안으로, 그를 기다리고 있는 끝 모를 심연과 목숨이 위태로운 암초 가까이로 들어서고 있었다. 지금까지 누군가의 지도를 잘 받던 젊은이도 이곳을 지날 때는 그 어떤 지도자도 없이 오직 자신의 힘으로만 길을 찾고 구조될 방법을 찾아야 했다.

다행히 견습공이 다시 돌아와 압착기 일을 교대해 주었다. 그러나 한스는 잠시 그곳에 더 머물렀다. 엠마의 손길이 스치거나 다정한 말을 더 들을까 기대했다. 엠마는 다른 집 압착기로 돌아다니며 수다를 떨고 있었다. 견습공 앞에서 괜히 부끄러워져 한스는 작별 인사도 없이 집으로 돌아왔다.

모든 것이 진기하게 변했다. 아름답고 자극적이었다. 과일 찌꺼기를 먹고 살이 오른 참새들은 쩍쩍거리며 하늘을 날았다. 이제까지 하늘이 그렇게 높고 아름다우며, 그렇게 푸르른 적이 없었다. 강물이 이렇게 깨끗하고, 청록색으로 빛나며 웃음을 띤 거울 같았던 적이 없었다. 방죽도 그렇게 눈부시게 하얀 거품을 낸 적이 없었다. 모든 것이 커다란 축제의 시작을 고대하고 있는 듯 보였다. 그리고 그의 가슴 속에서도 이상하게 대담한 감정과 아주 눈부신 희망의 파도가 가슴이 터질 듯 세차고 불안하게 또 달콤하게 요동쳤다. 이것이 그저 꿈일 뿐이고 절대 현실이 될 수 없을 거라는 소심하고 절망스러운 두려움도 함께 일렁였다. 이 모순적인 감정은 희미하게 솟아나는 샘물로, 어떤 감정으로 점점 커졌다. 마치 아주 강력한 어떤 것이 그의 내면에서 해방되어 숨을 쉬려하는 듯했다. 아마 흐느끼고, 노래하고, 소리치고 혹은 크게 웃고 싶은 심정이었을 것이다. 집에 돌아와서야 흥분이 약간 가라앉았다. 집에서는 물론 모든 것이 늘 똑 같았다.

"어디 갔다 오는 거냐?" 아버지 기벤라트가 물었다.

"방앗간에 있는 플라이크 아저씨한테요."

"그 사람 과즙을 얼마나 짰던?"

"두 통 정도요."

한스는 아버지가 과즙 짤 때가 되면, 플라이크 씨네 아이들을 부르게 해달라고 부탁했다.

"당연하지." 아버지는 낮게 중얼거렸다. "다음 주에 짤 거다. 애들을 데려와라!"

저녁 식사까지 아직 한 시간이나 남았다. 한스는 정원으로 나갔다. 두 그루 전나무 외에 푸른색이라고는 거의 찾아 볼 수가 없었다. 개암나무 가지를 꺾어 허공에 획획 소리를 내며 휘두르고, 가지로 낙엽 사이를 뒤적거렸다. 태양은 이미 산 뒤쪽으로 넘어갔다. 산의 검은 윤곽이 머리카락같이 섬세하게 보이는 전나무 잎과 함께 청록색의 맑고 눅눅한 저녁 하늘을 가르고 있었다. 노란빛과 갈색으로 작열하는 회색의 길쭉한 구름이 마치 집으로 돌아오는 배처럼 느긋하고 행복하게 희박한 황금빛 공기를 지나 골짜기 위로 흘러갔다.

풍부한 색깔로 무르익은 저녁의 아름다움에 이상하고도 낯선 방식으로 사로잡힌 채 한스는 정원을 어슬렁거렸다. 가끔씩 멈춰 서서 눈을 감고 엠마를 떠올리려 했다. 압착기 앞에 마주서 있던 모습, 그녀가 마시던 잔을 한스에게 건네주던 모습, 통위로 몸을 굽혔다가 빨개진 얼굴로 다시 일어서던 모습. 한스는 그녀의 머리카락, 꽉 끼는 푸른 원피스를 입은 몸매, 목과 검은 머리카락 때문에 갈색으로 그늘진 목덜미를 눈앞에 떠올렸다. 모든 것이 그를 쾌락과 전율로 가득 채웠다. 하지만 그녀의 얼굴은 도저히 떠올릴 수가 없었다.

해가 완전히 저물었지만 한스는 추의를 느끼지 못했다. 점점 더 짙어 가는 어둠은 뭐라고 불러야 할지 모를 비밀로 가득 찬 베일 같았다. 그는 하일브론 아가씨를 사랑하게 되었다는 것을 알아차렸다. 하지만 자신의 핏속에서 막 눈을 뜬 남성성이 벌이는 일을 그저 낯설고, 흥분되고, 지치게 만드는 상황이라고 이해할 뿐이었다.

저녁 식사 때, 오래된 익숙한 환경 속에 자신이 달라진 모습으로 앉아 있는 것이 이상하게 생각되었다. 아버지, 늙은 하녀, 식탁과 그릇, 방 전체가 갑자기 늙고 오래된 것처럼 느껴졌다. 마치 긴 여행에서 방금 돌아온 것처럼, 모든 것이 다정스러우면서도 놀랍고 낯설게 보였다. 전에 죽으려고 점찍어 두었던 나뭇가지를 사랑스럽게 쳐다보던 때가 있었다. 그때는 작별을 고하는 사람의 애절함을 갖고 지금 여기 있는 사람들과 사물들을 바라보았다. 그러나 이제 다시 돌아와 놀라워하며 미소를 짓고 모든 것을 되찾은 것 같았다.

모두 밥을 다 먹었다. 한스가 일어서려는 참에 아버지가 여느 때처럼 단도직입적으로 말을 꺼냈다.

"한스야, 기계공이 되고 싶니, 아니면 서기가 되고 싶니?

"왜요?" 한스는 깜짝 놀라 되물었다.

"다음 주말에 기계공 슐러한테 가보거나, 아니면 그다음 주에 시청에서 견습생이 될 수 있을 거다. 잘 생각해 봐라! 그리고 내일 다시 얘기하자."

한스는 자리에서 일어나 밖으로 나갔다. 갑작스러운 질문 때문에 정신이 혼란스럽고 앞이 캄캄했다. 매일의 활동적이고 생기발랄한 삶이 예기치 않게 그의 앞에 나타났다. 몇 달 전부터 낯설게 느껴졌던 이 삶은 유혹적인 얼굴과 위협적인 얼굴로 약속을 하고 강요를 했다. 기계공이나 서기가 되는 것은 아예 관심도 없었다. 수공업의 힘든 육체노동에 약간 겁이 났다. 그때 기계공이 된 학교 친구인 아우구스트가 떠올랐고, 그에게 물어 볼 수 있을 거라는 생각이 들었다.

이 문제에 대해 고민하고 있는 동안, 생각은 점점 더 불투명하고 불분명해졌다. 또 이 일은 그렇게 급하거나 중요하게 느껴지지도 않았다. 뭔가 다른 것이 그를 몰아대고 바쁘게 만들었다. 한스는 불안하게 복도를 오락가락하다가 갑자기 모자를 쓰고 집을 나선 뒤 천천히 골목길로 들어섰다. 오늘 안에 엠마를 한 번 더 봐야겠다는 생각이 불현듯 든 것이다.

날은 이미 어두워졌다. 근처 주점에서 나오는 고함소리와 목쉰 노랫소리가 이쪽까지 울려 퍼졌다. 이미 창문에는 불이 밝혀졌다. 여기저기에서 하나씩 하나씩 등불이 켜지면서 희미한 붉은 빛을 어두운 하늘로 내비치고 있었다. 젊은 아가씨들 무리가 서로 팔짱을 끼고 즐겁게 깔깔대고 웃고 떠들며 활기차게 골목길을 따라갔다. 활기가 사라져 가는 골목길을 그들은 마치 젊음과 기쁨의 따뜻한 물결처럼 이리저리 움직이며 걸어갔다. 한스는 오랫동안 그들의 뒷모습을 바라보았다. 심장의 고동이 목까지 울려왔다. 커튼으로 가려진 창문 뒤 안쪽에서 바이올린 켜는 소리가 들렸다. 우물가에서는 어떤 여인이 야채를 씻고 있었다. 다리 위에는 두 명의 청년이 애인과 산책을 하고 있었다. 그중 한 남자는 애인의 손을 살짝 잡아 그녀의 팔을 흔들며 다른 손으로는 담배를 피웠다. 두 번째 쌍은 서로 꼭 끌어안고 천천히 걷고 있었다. 청년은 애인의 허리를 감싸 안았고, 여인은 어깨와 머리를 남자의 가슴에 꼭 붙인 채 걸었다. 한스는 이런 것을 수도 없이 보았지만 주의를 기울이지 않았다. 그런데 이제 그것이 은밀한 의미를 갖게 되었다. 분명하지는 않지만 욕정을 자극하는 달콤한 의미를 갖게 된 것이다. 그의 눈은 두 쌍의 연인들에게서 떠날 줄을 몰랐고, 그의 환상은 어렴풋이 뭔가 이해하기 시작했다. 가슴이 답답하고 마음속 가장 깊은 곳에서 흔들리면서 커다란 비밀에 다가선다는 것을 느꼈다. 그 비밀이 근사한 것일지 끔찍할 것인지는 알지 못했다. 그러나 이 두 가지로부터 뭔가를 떨리는 가슴으로 예감하고 있었다.

한스는 플라이크 씨네 작은 집 앞에 왔지만 들어갈 용기가 나지 않았다. 집에 들어가서 무엇을 하고 무슨 말을 해야 한단 말인가? 열한 살이나 열두 살 소년이었을 때 자주 이곳에 놀러 왔던 기억이 떠올랐다. 그때는 플라이크 씨가 성경 이야기를 해 주었다. 한스가 엄청난 호기심으로 지옥이나 악마와 성령에 대해 질문을 해도 그는 끄덕도 안 했다. 이런 기억은 불편했고 양심에 가책을 느꼈다. 한스는 지금 자신이 무엇을 하려고 하는지, 정말 무엇을 원하는지조차 알지 못했다. 그렇지만 자신이 뭔가 은밀한 것, 금지된 것 앞에 서 있다는 생각이 들었다. 집 문 앞에 어둠 속에 서 있기만 하고 집 안으로 들어가지 않는 것은 플라이크 씨에게 잘못하는 것 같은 느낌이 들었다. 그리고 혹시 그가 자신이 여기 서 있는 것을 본다면, 아니면 지금 집 밖으로 나오기라도 한다면, 한스를 야단치기보다는 오히려 비웃을 것이다. 한스는 이게 제일 두려웠다.

그는 집 뒤쪽으로 살그머니 돌아갔다. 이제 정원의 울타리에서 불이 켜진 거실이 들여다보였다. 플라이크 씨는 보이지 않았다. 그의 아내는 바느질을 하거나 뜨개질을 하는 것 같았고, 제일 큰 아들은 아직 깨어서 책상 앞에서 뭔가 읽고 있었다. 엠마는 방을 치우는지 이리 저리 돌아다녔다. 그래서 그저 잠깐씩만 보일 뿐이었다. 너무나도 조용해서 골목길 저 멀리서 울리는 발자국 소리와 정원 저 너머에서 조용히 흐르는 강물 소리도 선명히 들렸다. 빠른 속도로 어둠이 깊어졌고 밤의 냉기도 급속도로 심해졌다.

거실 창문들 옆, 그보다 조금 작은 복도 창문에는 불빛이 없이 어두컴컴했다. 꽤 오랜 시간이 지난 뒤에 이 작은 창문에 희미한 형체가 어른거리더니 밖으로 몸을 빼고 어둠 속을 처다보았다. 한스는 몸매를 보고 그것이 엠마인 것을 알아차렸다. 불안한 기대감 속에서 심장이 멎는 것 같았다. 엠마는 창문가에서 오랫동안 조용히 이쪽을 바라보며 서 있었다. 하지만 한스는 그녀가 자신을 보고 있는지 혹은 알아차렸는지 알 수가 없었다. 그는 꼼짝도 않고 서서 그녀 쪽을 뚫어지게 바라보았다. 그녀가 자신을 알아볼지도 모른다는 희망과 두려움을 동시에 안은 채, 불안하게 주저하면서.

희미한 형태가 창문에서 다시 사라졌다. 그러더니 곧 정원으로 난 작은 문이 열리고 엠마가 집 밖으로 나왔다. 한스는 놀라서 도망치려 했다. 하지만 이러지도 저러지도 못하고 울타리에 기대어 서서 어두운 정원을 지나 엄마가 천천히 자신을 향해 발걸음을 떼는 것을 처다보고 있었다. 그녀가 발걸음을 뗄 때마다 그곳에서 도망치고 싶은 충동이 일었지만, 뭔가 더욱 강력한 것이 그를 그 자리에 잡아 두었다.

이제 엠마는 그의 코앞에 섰다. 탄걸음도 떨어지지 않았다. 둘 사이에는 낮은 울타리만 있을 뿐이었다. 그녀가 묘한 눈으로 그를 뚫어지게 바라보았다. 한참 동안 누구도 말을 하지 않았다. 그러더니 그녀가 조용히 물었다.

"너 웬 일이니?"

"아무것도 아냐." 한스가 대답했다. 그녀가 '너'라고 자신을 부르자, 마치 피부를 쓰다듬어 주는 것 같은 기분이 들었다.

엠마가 울타리 너머로 한스에게 손을 뻗었다. 한스는 수줍어하면서 다정하게 그 손을 잡아 살짝 쥐었다. 그녀가 손을 잡아 빼지 않는 것을 알아채자 용기를 내어 따뜻한 소녀의 손을 부드럽고 조심스레 어루만졌다. 그녀가 기꺼이 손을 맡기고 있자, 그는 손을 자신의 뺨에 갖다 댔다. 짜릿한 쾌락, 이상한 따스함과 황홀한 피곤함이 홍수처럼 밀어 닥쳤다. 주변의 공기가 미지근하고 눅눅해지는 것 같았다. 골목도 정원도 더 이상 눈에 들어오지 않았다. 오직 가까이에 있는 환한 얼굴과 헝클어진 검은 머리카락만 보였다.

그녀가 아주 작고 나직하게 물었다. "나한테 뽀뽀하고 싶니?" 이 소리는 마치 밤하늘 저 멀리에서 들리는 것 같았다.

환한 얼굴이 점점 다가왔다. 그녀의 몸이 누르는 탓에 울타리 나무들이 약간 밖으로 기울었다. 살짝 향이 나는 풀어헤친 머리카락이 한스의 이마를 스쳤다. 하얗고 넓은 눈꺼풀과 검은 속눈썹으로 덮인 감은 눈이 그의 눈앞에 있었다. 수줍은 입술이 그녀의 입에 닿자, 강렬한 전율이 온몸을 휘감았다. 다시 뒤로 물러나려는 순간, 엠마는 그의 머리를 두 손으로 감싸며 자신의 얼굴을 그의 얼굴에 누르며 입술을 놓아주지 않았다. 한스는 그녀의 입술이 활활 타오르는 것을 느꼈다. 그녀의 입술이 자신의 입술을 강하게 누르며, 마치 그의 생명을 다 마셔 버리려는 듯 탐욕스럽게 빨아들이는 것을 느꼈다. 그는 갑자기 기운이 다 빠졌다. 낯선 입술이 자신의 입술에서 떨어지기도 전에, 온몸을 떨리게 하는 그 쾌락은 죽을 것 같은 피곤함과 고통으로 변했다. 엠마가 그를 놓아주자, 경련하듯 움켜쥔 손가락으로 비틀거리며 울타리를 꼭 붙들었다.

"너, 내일 저녁에 다시 와." 엠마가 말했다. 그러고는 잽싸게 집 안으로 들어갔다. 그녀는 5분도 있지 않았다. 하지만 한스는 오랜 시간이 지난 것처럼 느껴졌다. 멍한 눈으로 그녀가 사라진 쪽을 바라보며 여전히 판자 울타리를 움켜잡고 있었다. 한 발짝도 떼지 못할 정도로 피곤했다. 꿈꾸듯 자신의 맥박 치는 소리에 귀를 기울였다. 피가 머릿속에서 또 불규칙하고 고통스럽게 요동치는 심장에서 쿵쿵거리다가 다시 흘러넘쳐 호흡을 멈추게 했다.

이제 방 안에서 문이 열리고 플라이크 씨가 들어서는 것이 보였다. 아직까지 작업장에 있었던 것 같다. 혹시 자신을 알아볼까 겁이나 한스는 그곳에서 도망쳤다. 살짝 술에 취한 사람처럼 비틀거리며 느릿느릿 억지로 걸었다. 한 발짝 뗄 때마다 무릎이 꺾이는 것 같았다. 졸린 듯한 박공과 흐릿하니 붉은빛이 새어나오는 창문들이 늘어선 거리는 마치 빛바랜 무대장치처럼 그의 곁을 지나갔고, 다리, 강, 안마당과 정원들도 마찬가지였다. 게르버 거리의 분수가 유난히 크게 철썩철썩 소리를 내며 뿜어 나왔다. 꿈에 사로잡힌 채 한스는 문을 열고 캄캄절벽인 복도를 지나 계단을 올라가, 문 하나를 여닫고 또 하나를 열고 닫았다. 그러고는 그곳에 있는 책상에 앉았다. 한참 더 시간이 지난 뒤에야 집에 돌아와 자기 방에 앉아 있다는 걸 알았다.

옷을 벗어야겠다는 생각이 들기까지 또 한참 걸렸다. 얼이 빠진 듯 옷을 벗고는 그렇게 창가에 앉아 있었다. 그러다가 갑자기 가을밤의 찬 공기에 오싹해져 이불 속으로 들어갔다.

한스는 금방 잠이 들 거라고 생각했다. 하지만 자리에 누워 몸이 조금 따뜻해지자 다시 가슴이 두근거리며 격정적이고 불규칙하게 피가 끓어오르기 시작했다. 눈을 감는 순간 소녀의 입이 아직도 자신의 입술에 닿아 있어, 자신의 영혼을 빨아들이며 고통스러운 열기로 채우는 듯했다.

밤늦게 잠이 들자, 쫓겨 달아나며 이 꿈에서 저 꿈으로 밀려 돌아다녔다. 그는 두려울 정도로 캄캄한 어둠 속에 서 있었다. 주변을 더듬다가 엠마의 팔을 잡았다. 그녀가 그를 안았다. 둘은 따뜻하고 깊은 강물 속으로 천천히 함께 빠져 들었다. 갑자기 구둣방 아저씨가 나타나 왜 놀러 오지 않느냐고 물었다. 그때 한스는 웃음이 터졌다. 플라이크 씨가 아니라 마울브론의 기숙사 창가에 한스와 나란히 앉아 농담을 하던 헤르만 하일너라는 것을 알아차렸기 때문이었다. 하지만 이 꿈도 금방 사라졌다. 이제 한스는 과즙 압착기 앞에 서 있었다. 엠마가 지렛대가 못 움직이게 방해하고 있어 한스는 온 힘을 다해 애쓰고 있었다. 엠마가 한스 쪽으로 몸을 굽혀 그의 입술을 찾았다. 주위가 조용해지며 깜깜해졌다. 이제 한스는 다시 따뜻하고 어두운 심연으로 가라앉기 시작했다. 어지러워 죽을 지경이었다. 이와 동시에 교장의 연설이 들려왔다. 자신에 대한 것인지는 알 수가 없었다.

그런 뒤 아침까지 깊은 잠에 빠졌다 청명하고 아름다운 날이었다. 그는 느릿느릿 정원을 오르내리며 잠을 깨고 정신을 차리려 애썼다. 하지만 완강한 졸음의 안개에 휘감겨 있었다. 정원에 피어 있는 마지막 꽃인 보라색 과꽃이 햇살 속에 아름답게 미소 지으며 서 있는 것을 보았다. 마치 아직 8월인 듯. 그리고 따뜻하고 사랑스러운 빛이 시든 잔가지와 줄기, 잎이 떨어진 넝쿨 주변에 부드럽고 어리광부리듯 너울대는 것을 보았다. 마치 초봄 때처럼. 하지만 한스는 그냥 본 것뿐, 그것을 느끼지도 못했다. 그와는 아무 상관도 없는 것이었다. 갑자기 여기 이 정원에 아직 자신이 키우던 토끼가 뛰어다니고, 물레방아와 절구가 움직이던 그 시절의 기억이 선명하고 강렬하게 그를 사로잡았다. 그는 3년 전 9월의 어느 날을 떠올리지 않을 수 없었다. 스당[38] 축제일 전야였었다. 아우구스트가 담쟁이덩굴을 갖고 한스에게 왔었다. 둘은 깃대를 윤이 나게 닦은 뒤 황금빛 깃봉 부분에 담쟁이덩굴을 꼭 붙잡아 맸다. 내일 있을 축제에 대해 이야기하면서 기대로 부풀었다. 그것 외에는 아무것도 없었고 아무 일도 일어나지 않았다. 하지만 둘은 축제 생각으로 가득했고 기쁨에 들떠 있었다. 깃발들이 햇살 아래서 반짝였고, 안나는 서양 자두를 넣은 케이크를 구웠다. 밤에는 높은 바위 위에서 스당의 불을 피우게 되어 있었다.

---

38. Sedan:스당은 프랑스 북동부의 도시로 1870년 나폴레옹 3세가 프로이센에게 패한 곳이다. 스당 축제는 독일의 승리를 기념하는 날이다.

한스는 왜 하필 오늘 그날 저녁이 생각나는지, 왜 이 추억이 그렇게 아름답고 강력한지, 또 그 추억이 왜 이렇게 자신을 비참하고 슬프게 만드는지도 몰랐다. 작별을 고하기 위해, 전에는 존재했지만 이제는 두 번 다시 돌아오지 않을 커다란 행복의 가시를 남기기 위해, 자신의 유년 시절과 소년 시절이 이 추억의 옷을 입고 다시 한 번 즐겁게 활짝 웃으며 자기 앞에 서 있다는 것을 몰랐다. 한스는 이 추억이 엠마와 어제 저녁의 일에 대한 생각과 어울리지 않는다는 것, 예전의 행복과 일치하지 않는 무엇인가가 마음속에 일어나고 있다는 것을 느낄 뿐이었다. 황금빛으로 빛나는 깃봉이 다시 보이고, 친구 아우구스트의 웃음이 들리며, 갓 구운 케이크의 냄새가 나는 것 같았다. 모든 것이 너무나 밝고 행복했지만, 그렇게나 멀리 떨어지고 낯설어져 버렸다. 그는 껍질이 우툴두툴한 붉은 잎 전나무에 기대어 절망에 휩싸여 흐느끼기 시작했다. 그 울음은 잠시 위안과 구원을 주었다.

점심 때 한스는 아우구스트에게 갔다. 이제 수석 견습공이 된 그는 몸집이 당당하게 벌어지고 키도 컸다. 한스는 그에게 자신의 관심사를 얘기했다.

"그건 쉬운 일이 아냐." 아우구스트는 세상 물정을 잘 아는 듯한 표정을 지으며 말했다. "그건 쉬운 일이 아냐. 사실 네가 정말 약골이잖아. 첫 해에는 쇠를 단련하면서 지겹게 망치질을 해대야 돼. 대장일에 쓰는 망치는 수프나 퍼먹는 숟가락이 아니거든. 그리고 쇠를 이리저리 날라야 하고 저녁에는 깨끗이 뒷정리를 해야 해. 줄질도 힘들어. 처음에 숙달될 때까지는 닳아빠진 줄밖에 못 받아. 그 걸로는 아무것도 갈 수 없어. 원숭이 엉덩이처럼 매끈하지."

한스는 금방 기가 죽고 말았다.

"그렇구나, 그럼 그냥 그만 둘까?" 한스가 주저하며 물었다.

"아냐, 그런 말이 아냐! 라멕처럼 굴지 마!³⁹ 처음 일할 때는 춤추고 노는 무도장 같지 않다는 걸 말하는 거야. 하지만 그 밖에는, 그래, 기계공은 멋진 직업 같아. 그리고 머리도 좋아야 해. 안 그러면 대장장이밖에 못 돼. 여기 좀 봐!"

그는 반짝이는 쇠로 정교하게 만든 작은 기계 부품 몇 개를 가져와서 한스에게 보여주었다.

"그래, 여기서는 반 밀리미터도 어긋나면 안 돼. 모두 다 손으로 만들어. 나사까지도 말이야. 그러니까 정신을 바짝 차려야 해! 이것들은 좀 더 매끄럽게 다듬고 강화시킬 거야. 그러면 끝나."

"그래, 멋지구나. 그런데 내가 그저 알고 싶은 건……."

아우구스트가 웃었다.

"겁나냐? 그래, 견습생은 괴롭힘을 좀 당하지. 그때는 방법이 없어. 하지만 내가 있잖아. 도와줄게. 다음 주 금요일에 일을

---

39. 창세기 5장 29절에 라멕이 아들을 노아를 낳고 "여호와께서 땅을 저주하시므로 수고로이 일하는 우리를 이 아들이 안위하리라 하였다."고 나온다. 신이 인간에게 힘든 일을 준 것에 대해 라멕이 불평하는 것을 빗대어 한스에게 경고하는 것이다.

시작하면, 난 그때 마침 2년간의 견습 기간이 끝나는 날이라 토요일에 첫 주급을 받아. 그럼 일요일에 파티를 하자. 맥주랑 케이크도 있고, 모두 다 올 거야. 너도 와. 그러면 우리 일이 어떻게 돌아가는지 알게 될 거야. 그래, 그때 알게 될 거야! 그리고 우린 이미 예전에 정말 좋은 친구였잖아."

밥을 먹으면서 한스는 아버지에게 기계공이 되고 싶다고 말하고, 일주일 뒤에 시작해도 되는지 물었다.

"그래, 좋다." 아버지가 말했다. 오후에 아버지는 한스와 함께 슐러의 작업장으로 가서 견습 신청을 했다.

그러나 어둑어둑 해가 지기 시작하자 한스는 벌써 이 모든 것을 다시 다 잊어버리고는 저녁에 엠마가 자신을 기다린다는 생각뿐이었다. 벌써 숨이 막혔다. 때로는 시간이 너무 길게 느껴졌고, 때로는 너무 짧은 것 같기도 했다. 마치 급류에 휘말린 뱃사공처럼 한스는 이 만남으로 치닫고 있었다. 오늘 저녁에는 식사는 중요하지 않았다. 우유 한 잔을 들이켜자마자 밖으로 나갔다.

어제와 똑같았다. 어스름하고 졸음에 가득한 거리, 붉은 창문, 흐릿한 가로등 빛, 천천히 거닐고 있는 연인들.

구둣방 아저씨 집 정원 울타리에서 한스는 커다란 불안에 휩싸였다. 소리가 날 때마다 깜짝 놀랐다. 어둠 속에 서서 엿듣고 있는 자신의 모습이 영락없이 도둑 같았다. 1분도 채 기다리지 않아 엠마가 한스 앞에 나타났다. 그녀는 두 손으로 그의 머리카락을 쓰다듬고는 정원문을 열어 주었다. 그가 조심스레 들어서자, 엠마는 그를 데리고 덤불로 뒤덮인 길을 살그머니 지나, 뒷문을 통해 어두운 현관으로 들어섰다.

그곳에서 둘은 지하실로 내려가는 첫 번째 계단에 나란히 앉았다. 어둠 속에서 서로 겨우 알아볼 수 있을 때까지 한참 걸렸다. 소녀는 쾌활했고 끊임없이 소곤소곤 재잘거렸다. 그녀는 이미 여러 차례 키스를 해봤고 연애에 대해 잘 알고 있었다. 수줍고 다정한 이 소년은 그녀에게 제격이었다. 그녀는 한스의 갸름한 얼굴을 양 손에 안고는 이마와 눈과 뺨에 입을 맞추었다. 그리고 입에 키스할 순서가 되어 그녀가 다시 오랫동안 빨아들이듯 키스를 하자, 한스는 어지러워 축 늘어진 채 맥없이 그녀에게 기대 있었다. 그녀는 낮게 웃으며 그의 귀를 살짝 잡아당겼다.

그녀는 끊임없이 재잘거렸고, 한스는 귀를 기울이기는 했지만 무엇을 듣고 있는지 알지 못했다. 그녀는 손으로 그의 팔과 머리카락, 목과 손을 쓰다듬으며, 뺨을 그의 뺨에, 머리를 그의 어깨에 기댔다. 한스는 아무 말도 없이 그녀가 하는 대로 내버려두었다. 달콤한 전율과 행복하면서도 깊은 불안에 휩싸였다. 가끔 열이 오른 사람처럼 잠깐 가볍게 몸을 떨기도 했다.

"넌 이상한 애인이야!" 그녀가 웃었다. "넌 용기가 하나도 없구나."

그러면서 그녀는 그의 손을 잡아서 자신의 목덜미와 머리카락으로 가져가더니, 그 손을 자신의 가슴에 놓고 살며시 눌렀다. 한스는 그 부드러운 형태와 달콤하면서도 낯설게 물결치는 것을 느끼며 눈을 감았다. 깊은 십연으로 빠져드는 것 같았다.

"그만! 이제 그만 해!" 그녀가 다시 키스하려고 하자 한스가 거부하며 말했다. 그녀는 웃었다.

그녀는 한스를 자기 옆으로 끌어당겼다. 팔로 그를 안아서 자기 옆으로 바짝 당겼다. 그녀의 몸에 닿자 한스는 정신을 못 차리고 더 이상 아무 말도 할 수가 없었다.

"그래도 너 나 좋아하지?" 그녀가 물었다.

한스는 그렇다고 대답하려고 했지만, 그저 잠시 계속 고개를 끄덕일 수 있을 뿐이었다.

그녀는 다시 그의 손을 잡더니 장난스럽게 자기 코르셋 속으로 밀어 넣었다. 낯선 생명의 맥박과 호흡을 그렇게 뜨겁고 가까이 느끼게 되자, 심장이 멈췄다. 숨이 쉬어지지 않아 죽을 것만 같았다. 그는 손을 빼고 신음하듯 말했다.

"이제 집에 가야 해."

일어서려고 하자 다리가 후들거리기 시작했고 거의 계단 아래로 굴러 떨어질 뻔했다.

"왜 그래?" 엠마가 놀라서 물었다.

"나도 모르겠어. 너무 피곤해."

정원 울타리로 가는 길에 한스는 그녀의 부축을 받았고 그녀가 자신의 몸에 꼭 붙어 있었다는 것도 느끼지 못했고, 잘 자라고 말한 것도, 뒤에서 문을 닫는 소리도 듣지 못했다. 골목을 지나 집으로 향했다. 하지만 어떻게 가고 있는지 알 수가 없었다. 마치 거대한 폭풍이 그를 휩쓸어 가거나 혹은 강력한 물결이 흔들거리며 그를 데려가는 것 같았다.

좌우에 창백한 집들이, 그 위로는 산등성이, 전나무 우듬지, 칠흑 같은 어둠과 조용히 떠 있는 커다란 별들이 보였다. 바람이 부는 것이 느껴졌고, 강물이 다리 기둥을 스치며 흘러가는 소리가 들렸다. 물속에는 정원, 창백한 집들, 칠흑 같은 어둠과 가로등과 별들이 반사되는 것이 보였다.

다리 위에서 한스는 주저앉아 버렸다. 너무나 피곤해서 더 이상 집으로 갈 수 없을 것 같은 생각이 들었다. 다리 난간에 앉아 강물이 다리 기둥을 스치면서 흘러 밑죽에서 거품을 일으키고 물방아 앞 쓰레기를 거르는 창살을 윙윙 울려 대는 소리를 귀 기울여 들었다. 두 손은 싸늘해졌다. 가슴과 목구멍 속에서 피가 멈췄다 급히 터졌다 하며 흐르면서, 눈을 캄캄하게 만들더니 머리에 현기증이 일어날 정도로 물밀듯 다시 심장을 향해 빠르게 흘러 들어갔다.

한스는 집으로 돌아와 자기 방에 들어가 몸을 눕히고는 곧바로 잠이 들었다. 꿈속에서 거대한 방을 지나 심연에서 심연으로 빠져들었다. 한밤중에 꿈에 시달리다 지쳐 잠이 깨었다. 목이 타는 듯한 그리움으로 가득 차고, 억누를 수 없는 힘에 이리저리 내던져지면서, 아침까지 자다 깨다 반복하면서 침대에 누워 있었다. 이른 새벽 그의 모든 고통과 불안이 폭발하여 오랫동안 흐느끼고 눈물에 젖은 베개를 베고 다시 잠이 들 때까지.

7장

기벤라트 씨는 과즙 압착기 앞에서 체면을 차리며 시끌벅적 일을 하고 있었다. 한스가 일을 거들었다. 구둣방 주인네 아이들 중 두 명만 와서 과일을 날라주다가, 작은 시음용 유리잔과 커다란 빵 한 조각을 손에 들고 돌아다녔다. 하지만 엠마는 오지 않았다.

아버지가 포도주 창고 감독과 함께 반시간 가량 자리를 뜨자 그제야 한스는 용기를 내어 엠마에 대해 물어보았다.

"엠마는 어디 있니? 오고 싶지 않다고 했니?"

아이들이 입 안에 든 것을 삼키고 말할 수 있을 때까지 좀 시간이 걸렸다.

"누나는 갔어." 아이들이 말하며 고개를 끄덕였다.

"갔어, 어디로?"

"집으로."

"떠났어? 기차로?"

아이들이 열심히 고개를 끄덕였다.

"언제?"

"오늘 아침에."

아이들이 다시 사과를 집으려고 손을 뻗었다. 한스는 압착기를 돌리며 과즙통을 뚫어지게 쳐다보면서 천천히 사태를 이해하기 시작했다.

아버지가 돌아왔다. 사람들은 일을 하며 웃어 댔고, 아이들은 고맙다고 인사하며 돌아갔다. 저녁이 되자 모두 집으로 갔다.

밤에 식사가 끝난 뒤 한스는 자기 방에 혼자 앉아 있었다. 10시가 되고 또 11시가 되었지만 불을 켜지 않았다. 그런 뒤 깊고도 오랜 잠에 빠졌다.

평소보다 늦게 잠에서 깨자, 엠마가 다시 떠오를 때까지 불행과 상실의 불분명한 마음뿐이었다. 그녀는 인사도 작별도 없이 떠나갔다. 어젯밤 한스를 만났을 때 그녀는 언제 집으로 갈지 분명 알고 있었다. 그녀의 웃음, 입맞춤, 능숙하게 자신을 내맡기던 것이 기억났다. 그녀는 한스를 전혀 진지한 마음으로 대하지 않았다.

이에 대한 분노에 찬 고통과 함께, 그의 흥분되고 충족되지 않는 사랑의 힘이 불러 일으켰던 걱정은 우울한 고통으로 바뀌었다. 이 고통에 휩쓸려 그는 집에서 정원으로, 거리로, 숲으로 그리고 다시 집으로 헤매고 다녔다.

그렇게 그는 어쩌면 너무 일찍, 사랑의 비밀 중 자신도 한몫했던 부분을 알아 버렸다. 그것은 달콤함은 적고 쓴 맛은 너무 많았다. 부질없는 한탄, 간절한 추억, 절망적인 사색으로 가득했던 나날들, 심장이 두근거리고 죄어들어 오는 탓에 잠 못 이루며 끔찍한 꿈에 빠졌던 밤들. 그리고 꿈들. 그 꿈속에서 그의 피는 알 수 없이 들끓어 두렵고 불안한 우화의 그림이 되고, 죽일 듯이 감고 있는 팔들이 되기도 했고, 이글거리는 눈을 가진 환상의 동물, 너무나 어지러운 심연, 이글거리는 거대한 눈으로 변하기도 했다. 잠에서 깨어나면서 그는 자신이 혼자라는 것을 알았다. 가을밤의 고독에 사로잡혀 소녀에 대한 그리움에 한숨을 쉬며 눈물에 젖은 베개에 얼굴을 묻었다.

기계공 작업장으로 가는 날인 금요일이 다가 오고 있었다. 아버지는 한스에게 파란색 아마포 작업복과 파란색의 혼방 모직물로 된 모자를 사 주었다. 그는 옷을 입어 보았다. 철물공 작업복을 입은 자신의 모습이 상당히 우스꽝스럽게 보였다. 학교와 교장 선생의 집, 수학 교사의 집, 플라이크 씨의 작업장이나 시 목사의 집을 지나갈 때 스스로 비참한 기분이 들 것 같았다. 공부를 하며 가졌던 그 많은 걱정거리, 부지런함과 땀, 그렇게 많이 희생했던 작은 즐거움들, 그렇게 많은 자부심과 명예욕, 희망에 부풀었던 꿈들, 이 모든 것이 다 소용없게 되어 버렸다. 이 모든 것이 단지 지금, 학우들보다 늦게 모든 사람들한테 조롱당하면서, 가장 어린 견습생이 되어 작업장으로 가기 위해서란 말인가!

하일녀가 알면 뭐라고 할까?

한스는 차츰 시간이 지나면서 비로소 파란색 철물공 작업복에 익숙해지기 시작했고, 이 옷을 처음 입게 될 금요일이 약간 기다려지기까지 했다. 거기서는 적어도 뭔가 다시 경험할 수 있을 것이다!

그러나 이런 생각은 어두운 구름 속에서 순간 비치는 번개처럼 순식간에 지나가 버렸다. 소녀가 떠난 것이 잊히지 않았다. 그의 피는 그날의 흥분을 조금도 잊거나 극복하지 못했다. 피는 더 많은 것을 달라고, 잠에서 깨어난 그리움이 해방되기를 독촉하며 소리를 질렀다. 시간은 그렇게 무디고 지루하게 흘러갔다.

올 가을은 여느 때보다 훨씬 더 아름다웠다. 부드러운 햇살로 가득했고, 은빛 새벽, 생동감 넘치는 한낮, 차가운 저녁이 무척 아름다웠다. 먼 산들은 벨벳과 같은 짙은 파란색을 띠었고 밤나무는 황금빛으로 빛났다. 담과 울타리 위에는 야생 포도의 잎들이 보랏빛으로 드리워져 있었다.

한스는 불안해서 자신으로부터 도망치려고 했다. 하루 종일 도시와 들판을 헤매고 다니며 사람들을 피했다. 그들이 자신의 상사병을 눈치 챌 것 같아서였다. 하지만 저녁에는 골목으로 가서 하녀들에게 시선을 주기도 하고 양심의 가책을 받으면서 연인들을 뒤꽁무니를 따라가 살금살금 뒤쫓기도 했다. 인생에서 바랄 만한 모든 것, 모든 마법이 엠마와 함께 가까이 있다가 음험하게 다시 사라진 것 같았다. 그녀 곁에서 느꼈던 고통과 불안에 대해서는 더 이상 생각하지 않았다. 만일 지금 그녀를 다시 만난다면, 수줍어하지 않고 그녀의 모든 비밀을 캐내어, 마법에 걸린 사랑의 정원으로 밀고 들어갈 생각이었다. 그 정원의 문은 지금 그의 눈앞에 닫혀 있었다. 그의 모든 환상은 이 후덥지근하고 위험한 미로 안에 숨어 자신감을 잃고 그 안에서 이리저리 방황했다. 끊임없이 자신을 괴롭히면서, 이 비좁은 마법의 영역 밖에 아름답고 넓은 세계가 환하고 다정하게 놓여 있다는 것에 대해서는 알려고 들지도 않았다.

처음에는 금요일을 두려워하며 기다렸지만 막상 그날이 되자 한스는 기뻤다. 아침에 늦지 않게 파란색 새 작업복을 입고 모자를 쓰고는 주저하며 게르버 거리를 따라 내려가 슐러의 집으로 향했다. 몇몇 아는 사람들이 호기심 어린 눈으로 한스를 쳐다보았다. 그중 한 사람은 이렇게 묻기까지 했다. "어쩐 일이냐, 철물공이 된 거야?"

작업장에서는 벌써 민첩하게 일이 진행되고 있었다. 장인은 쇠를 단련하고 있는 참이었다. 그가 빨갛게 달군 쇠 한 조각을 모루에 놓자, 숙련공이 무거운 망치로 두들겼다. 장인은 좀 더 섬세하게 형태를 잡으며 망치질을 했다. 집게를 자유자재로 다루며, 사이사이 손에 맞는 망치로 박자를 맞추며 모루를 쳤다. 그 소리는 밝고 경쾌하게 활짝 열린 문을 통해 아침 거리로 울려 퍼졌다.

기름과 줄밥으로 검게 찌든 긴 작업대에는 조금 나이가 들어 보이는 숙련공과 아우구스트가 서 있었다. 각자 나사 바이스[40]에서 일을 하고 있었다. 천장에는 선반[41]과 숫돌, 풀무, 천공기를 연결하는 피대[42]가 빠르게 돌면서 윙윙 소리를 냈다. 수력을 이용해 일을 하기 때문이었다. 아우구스트는 작업장에 들어선 친구에게 고개를 끄덕이고는 장인이 시간을 내줄 때까지 문에서 기다리라는 표시를 했다.

한스는 화덕, 멈춰 있는 선반, 윙윙거리는 피대와 유동활차[43]를 수줍은 듯 바라보았다. 장인은 하던 일을 다 마치자 한스에게로 와서 크고 거칠고 따뜻한 손을 내밀었다.

"모자는 저기 걸어 두거라." 벽에 틴 못을 가리키며 장인은 이렇게 말했다.

"자, 이리 와 봐. 저기가 네 자리고 네 부품 고정대야."

그러면서 장인은 맨 뒤에 있는 나사 바이스 앞으로 그를 데려가 이 기계를 다루는 법과 공구를 포함해서 작업대를 제대로 정돈하는 법 등을 보여주었다.

"너희 아버지가 벌써 말씀하셨다. 네가 헤라클레스는 아니라고. 보기에도 그렇구나. 자, 우선 힘이 좀 세질 때까지는 쇠를 불에 달구고 두드리는 일은 하지 않아도 좋다.

장인은 작업대 아래로 손을 넣어 주철로 된 톱니바퀴를 꺼

---

40. 기계공작에서 쇠붙이 따위의 공작물을 끼워 고정시키는 기계.
41. 각종 금속 재료를 회전시켜서 바이트로 깎아 내는 공작 기계. 구멍 뚫기, 속 파기, 나사 깎기 등의 여러 작업을 할 수 있다.
42. 두 개의 기계 바퀴에 걸어 한 축의 동력을 다른 축에 전하는 띠 모양의 물건.
43. 축이 고정되지 않고 이동할 수 있게 되어 있는 도르래.

냈다.

"자, 이걸로 시작해라. 막 주조된 거라 여기저기 조금씩 울퉁불퉁하고 뾰족할 거야. 그걸 갈아내야 해. 안 그러면 나중에 섬세한 공구 제작 기계가 그것 때문에 못쓰게 돼."

그는 바퀴를 나사 바이스에 조이더니 낡은 줄을 가져 와 어떻게 하는 보여주었다.

"자, 이제 네가 계속해. 하지만 다른 줄을 사용하면 안 된다! 점심때까지는 충분히 다 할 수 있을 거다. 다 했으면 나한테 보여라. 그리고 일할 때는 시키는 것 외에 아무것도 신경 쓰지 마라. 견습공은 생각할 필요가 없어."

한스는 줄질을 시작했다.

"잠깐!" 장인이 소리쳤다. "그렇게 하면 안 돼. 왼손은 이렇게 줄 위에 놓는 거야. 혹시 너 왼손잡이니?"

"아뇨."

"그럼 됐다. 이제 잘 될 거다."

장인은 문에서 제일 가까운 쪽에 있는 자기 나사 바이스로 갔다. 한스는 장인이 하는 모습을 눈여겨봤다.

처음 줄질을 할 때 공구가 아주 부드럽고 아주 쉽게 밀려 한스는 이상하게 생각했다. 그러나 느슨하게 떨어져 나가는 것은 주조물 표면의 부서지기 쉬운 부분이고, 다듬어야 할 부분은 그 아래에 있는 단단한 쇠라는 것을 알았다. 정신을 가다듬고 열심히 계속 작업을 했다. 소년 시절에는 놀이 삼아 뭔가를 만들었다. 그것을 그만 둔 이후, 자신의 손 아래서 눈에 보이는 것,

쓸모 있는 것이 생겨나는 것을 보는 기쁨을 맛 본 적이 없었다.

"조금 천천히 해라!" 장인이 한스를 향해 소리쳤다. "줄질을 할 때는 박자를 맞춰야 해. 하나 둘, 하나 둘. 그러면서 눌러야 해. 안 그러면 줄이 망가져."

그때 좀 더 나이 든 숙련공이 선반에서 뭔가 하고 있었다. 한스는 넘겨다보지 않을 수 없었다. 숙련공은 강철로 된 회전축 끝부분을 피대 바퀴에 고정하고, 피대를 걸었다. 그러자 회전축 끝부분이 빨리 돌아가며 불꽃을 튀며 윙윙거렸다. 그사이 숙련공은 머리카락처럼 가늘고 반짝이는 쇳조각을 털어 냈다.

공구들과 쇳덩어리, 강철, 놋쇠, 하다만 일거리, 윤이 나는 작은 바퀴들, 끌과 천공기, 회전 공구, 여러 모양의 송곳이 사방에 널려 있었고, 화덕 옆에는 망치와 코킹해머[44]와 모루덮개, 집게와 납땜인두가 걸려 있었다. 벽을 따라 줄과 절삭기가 일렬로 늘어서 있고, 선반에는 기름걸레, 작은 빗자루, 사포 줄, 쇠톱이 놓여 있었다. 여기저기 기름 용기와 산(酸)이 들어 있는 병, 못과 나사 통도 있었다. 숫돌은 항상 사용되었다.

한스는 손이 벌써 아주 새까매져서 속으로 만족했다. 작업복도 하루 빨리 낡은 옷처럼 보였으면 하고 바랐다. 다른 사람들의 검고 얼룩진 작업복에 옆에 있으니 그의 옷은 정말 파랗고 새 것이었다.

---

44. 달궈진 강재를 고르게 펴는 공구.

오전이 지나자, 작업장 안으로 외부에서부터도 활기가 들어왔다. 이웃의 기계 조립 공장에서 작은 기계 부품을 갈거나 고쳐 달라고 직공들이 왔다. 어떤 농부는 수선하려고 맡긴 세탁용 압착 롤러가 다 되었는지 물어보러 왔다. 아직 수선이 안 됐다는 소리를 듣자 욕을 퍼부어 댔다. 그 뒤에는 점잖은 공장 주인이 와서, 장인과 옆방에서 상담을 했다.

그 사이에도 사람들은 계속 일을 했고, 바퀴와 피대가 일정하게 계속 돌아갔다. 이렇게 한스는 처음으로 노동의 찬가를 듣고 이해했다. 적어도 초보자에게 이 찬가는 감동을 주고 편안하게 도취시키는 무엇인가를 지니고 있었다. 한스는 하찮은 자신의 존재와 삶이 커다란 운율과 어우러진 것 같았다.

9시 정각에 15분간 휴식이 주어졌다. 모두 빵 한 조각과 과즙 한 잔을 받았다. 이제야 아우구스트가 새로운 견습생인 한스에게 인사를 건넸다. 그는 한스를 격려하고 또 다시 오는 일요일에 대해 신이 나서 떠벌이기 시작했다. 처음 주급을 받아 동료들과 흥청망청 써 버릴 생각이었다. 한스는 자신이 지금 줄질하고 있는 바퀴가 무엇인지 물어 보았다. 아우구스트는 그것이 탑의 시계에 들어가는 부품이라는 것을 알려주었다. 그리고 그것이 나중에 어떻게 돌아가고 어떻게 작동하는지 보여주려고 했다. 하지만 그때 수석 숙련공이 다시 줄질을 시작했기 때문에 모두 재빨리 자기 자리로 돌아갔다.

10시와 11시 사이에 한스는 피곤해지기 시작했다. 무릎과 오른쪽 팔이 약간 아팠다. 다리를 바꾸어 딛고 살짝 팔다리를 펴기도 했다. 하지만 별 도움이 안 됐다. 그래서 잠시 줄을 내려 놓고 나사 바이스에 몸을 기댔다. 아무도 그에게 신경 쓰지 않았다. 그렇게 서서 휴식을 취하며 피대가 머리 위에서 돌아가는 소리를 듣고 있는데 살짝 현기증이 일어 1분 정도 눈을 감고 있었다. 바로 그때 장인이 그의 등 뒤에서 물었다.

"응, 무슨 일이냐? 벌써 피곤하니?"

"네, 조금요." 한스가 솔직히 대답했다.

견습생들이 웃었다.

"금방 괜찮아질 거다." 장인이 조용히 말했다. "이제 납땜하는 것을 보여주마. 이리 와봐!"

한스는 납땜질이 되는 것을 신기해하며 바라보았다. 우선 인두를 불에 달구고, 땜질할 곳에 납땜 용액을 발랐다. 달궈진 인두에서 하얀 금속이 방울방울 떨어져 부드럽게 칙 하는 소리를 냈다.

"걸레로 잘 닦아내라. 납땜 용액은 금속을 부식시키기 때문에 묻은 채로 두면 안 돼."

그런 뒤 한스는 다시 자신의 나사 바이스 앞에 서서 줄로 작은 바퀴를 이리저리 갈았다. 팔이 아팠고, 줄을 누르고 있는 왼손이 빨갛게 되어 아프기 시작했다.

정각 12시에 주임 숙련공이 줄을 치우고 손을 씻으러 가자 한스는 작업한 것을 장인에게로 가져갔다. 장인은 그것을 대충 살펴보았다.

"제대로 했구나. 그만하면 됐다. 네 자리 아래에 있는 상자

속에 똑같은 바퀴가 있으니, 오늘 오후에는 그걸 해라."

이제 한스도 손을 씻고 자리를 떴다. 식사를 위해 한 시간 휴식이 주어졌다.

이전에 학교 친구였던 상인 견습생 두 명이 길에서 한스의 뒤를 따라오며 놀려댔다.

"주 시험에 합격한 철물공!" 그중 한 명이 소리쳤다.

한스는 더 빨리 걸음을 옮겼다. 자신이 만족하고 있는 것인지 아닌지 제대로 알 수가 없었다. 작업장에서 일하는 것은 마음에 들었다. 그저 너무 피곤했다. 정말 감당할 수 없을 만큼 피곤했다.

집 문턱에서 오자마자 벌써 자리에 앉아 먹을 생각하며 기뻐했다. 이때 갑자기 엠마가 떠올랐다. 오전 내내 그녀를 잊고 있었다. 한스는 조용히 자기 방으로 올라가 침대에 몸을 눕히고는 고통으로 괴로워했다. 울고 싶었지만 눈물이 나지 않았다. 그는 또 다시 심신을 쇠약하게 만드는 그리움에 빠지는 것을 느꼈다. 머리가 어지럽고 아파 왔다. 숨이 막힐 것 같은 흐느낌에 목이 아팠다.

점심 식사는 고통이었다. 아버지에게 자신의 태도를 해명하고 설명하고 모든 소소한 농담을 견뎌야 했다. 아버지의 기분이 좋았기 때문이었다. 밥을 먹자마자 그는 정원으로 나와 햇살 속에서 15분 동안 반쯤 꿈에 잠겨 시간을 보냈다. 곧 작업장으로 돌아갈 시간이 되었다.

이미 오전에 한스의 손은 빨갛게 부풀어 올랐었다. 이제는

제대로 아파 오기 시작했고 저녁에는 너무 부풀어서 통증 없이
는 아무것도 잡을 수가 없었다. 일을 마치고 집으로 가기 전에
아우구스트를 따라 작업장 전체 청소도 해야 했다.

토요일에는 더욱 심했다. 두 손이 타들어 가는 것 같았다.
부풀어 오른 곳은 더 커져서 물집이 잡혔다. 장인은 기분이 나
빠서 사소한 일에도 욕설을 퍼부었다. 아우구스트가 물집은 며
칠 지나면 없어지며, 그러고 나면 손이 단단해져서 아무것도 느
낄 수 없다고 위로했다. 하지만 한스는 죽을 것처럼 불행했고
하루 종일 시계만 흘끔흘끔 보면서 절망에 빠진 채 바퀴에 줄
질을 했다.

저녁에 뒷정리를 하면서 아우구스트는 내일 동료 몇 사람이
랑 비라하로 가서 속 편히 즐겁게 놀 건데 한스도 빠지면 안 된
다고 소곤소곤 귓속말을 했다. 아우구스트가 2시에 데리러 오
겠다고 했다. 한스는 너무나 지치고 피곤해서 일요일 내내 집에
누워 있고 싶었지만 약속을 하고 말았다. 집에 오자 늙은 하녀
안나가 상처 난 손에 연고를 발라 주었다. 8시에 벌써 잠자리에
들어서 아침 늦게까지 잠을 자는 바람에 아버지와 같이 교회에
가려면 서둘러야만 했다.

점심밥을 먹으면서 한스는 아우구스트에 대해서 그리고 오
늘 그와 함께 어디로 나갈 참이라고 얘기를 꺼냈다. 아버지는
반대하지 않았고, 용돈으로 50페니히를 주기까지 했다. 저녁 식
사 시간까지는 돌아와야 한다고만 했다.

아름다운 햇살을 받으며 골목을 어슬렁어슬렁 걸어가면서 한스는 지난 몇 달 이후 처음으로 다시 일요일이 주는 기쁨을 느꼈다. 주중에 손이 시꺼메지고 삭신이 쑤실 만큼 일을 하고 나니, 거리가 훨씬 더 축제일 같고, 태양이 더 밝아 보이며 모든 것이 더 찬란하고 아름다웠다. 그는 정육점 주인이나 제혁공, 빵 굽는 사람들과 철물공들이 자신들의 집 앞 햇살 드는 벤치에 앉아 그렇게 엄청나게 환한 얼굴을 하고 있는 것이 이제야 이해되었다. 이제 더 이상 그들이 가련한 속물이란 생각이 들지 않았다. 모자를 약간 비딱하게 쓰고, 하얀 깃에, 말끔히 솔질한 후 외출복을 입고 무리를 지어 산책을 하거나 상점으로 가는 노동자, 숙련공, 견습생들을 쳐다보았다. 늘 그렇지는 않았지만 대부분 수공업자는 수공업자끼리, 목수는 목수끼리, 미장이는 미장이끼리 어울려 자신들의 지위가 갖는 명예를 유지했다. 이들 중에서도 철물공 조합이 가장 신분이 높았다. 기계공은 이보다 더 높았다. 이 모든 것은 뭔가 친밀한 것을 담고 있었다. 물론 그중에는 약간 촌스럽고 우스꽝스러운 점도 없지 않았다. 하지만 그 뒤에는 수공업의 아름다움과 자부심이 숨어 있었다. 이런 아름다움과 자부심은 오늘날에도 여전히 뭔가 즐거운 것, 유능한 것을 의미하며, 가장 불쌍한 양복점 견습생이라도 일말의 자부심을 갖고 있다.

슐러의 집 앞에는 젊은 기계공들이 느긋하고 거만하게 서서, 지나가는 사람들에게 고개를 끄덕이며 인사를 하며 서로 이야기를 나누고 있었다. 이 모습에서 이들이 믿음직한 집단을 구성하고 있으며, 외부인을 필요로 하지 않는다는 것을 알 수 있다. 일요일에 유흥을 즐길 때도 마찬가지였다.

한스도 이것을 알고 있었고 이 집단에 자신이 소속되어 기뻤다. 하지만 일요일에 계획된 유흥에 약간 겁이 나기도 했다. 기계공들이 삶을 즐길 때는 격하고 과해진다는 것을 이미 알고 있기 때문이었다. 어쩌면 춤을 추기도 할 것이다. 한스는 춤을 출 줄 몰랐다. 아무튼 가능하면 남자답게 보일 생각이었고, 경우에 따라서는 약간의 숙취를 겪을 각오도 했다. 한스는 맥주를 많이 마시지 않았다. 담배의 경우, 창피를 당하지 않으려고 조심하면서 여송연 하나를 끝까지 피우려 안간힘을 쓴 적은 있었다.

아우구스트는 아주 반갑게 한스를 맞이했다. 나이 든 숙련공은 같이 가려고 하지 않아서 대신 다른 작업장에서 일하는 동료가 온다며, 그렇게 해서 적어도 4명은 되는데, 동네를 휘저어 놓기에는 충분하다고 이야기해 주었다. 그리고 오늘은 자신이 다 낼 터이니 모두 맥주를 양껏 마셔도 된다고 했다. 그는 한스에게 여송연 하나를 권했다. 네 사람은 슬슬 움직이기 시작했다. 거들먹거리며 천천히 시내를 어슬렁거리다가, 늦지 않게 비라하에 도착하기 위해 아래쪽 보리수 광장에서부터는 좀 더 빨리 걷기 시작했다.

강물 표면은 푸른색, 금색, 흰색으로 반짝였고, 가로수 길에 늘어선 잎이 다 떨어진 단풍나무와 아카시아 사이로 부드러운 10월의 태양이 따스하게 내리비쳤고, 담청색의 드높은 하늘은 구름 한 점 없었다. 고요하고 맑고 다정한 가을날 중의 하루였다. 이런 날에는 지나간 여름의 모든 아름다움이 마치 고통 없이 미소 짓는 추억처럼 부드러운 대기를 가득 채우고, 아이들은 계절을 잊고 꽃을 찾아 다녀야 할 것 같은 생각을 한다. 이런 날 노인들은 생각에 잠긴 눈으로 창가에서 혹은 집 앞 벤치에 앉아 하늘을 바라본다. 올해뿐만 아니라 지나간 모든 삶의 쾌적한 기억들이 청명한 푸른 하늘을 지나 날아가는 것이 눈에 보이는 듯하기 때문이다. 그러나 젊은이들은 마냥 유쾌하다. 그들은 아름다운 날을 찬양한다. 재능과 기질에 따라, 술을 바치거나 고기를 바치면서, 노래를 하거나 춤으로, 술자리 혹은 싸움질을 통해서. 왜냐하면 사방에서 과일 케이크가 구워지고, 지하실에서는 신선한 사과즙이나 포도주가 익어 가며, 주점 앞과 보리수 광장에서는 바이올린이나 하모니카가 올해의 마지막 아름다운 날들을 축하하면서, 춤과 노래, 사랑의 유희로 사람들을 초대하기 때문이다.

젊은이들은 서둘러 발걸음을 옮겼다. 한스는 아무렇지도 않은 듯 여송연을 다 피웠다. 담배가 잘 받아서 자기 스스로도 놀랐다. 숙련공은 여기저기 떠돌아다니던 시절을 이야기해 주었다. 그가 아무리 떠벌려도 기분 나빠하는 사람은 없었다. 그런 이야기는 으레 떠벌이게 되어 있었다. 먹고 살만한 형편이고, 예전 일을 본 사람이 없다는 게 확실하면, 아무리 얌전한 수공업 숙련공이라고 해도 자신의 방랑시기에 대해 과장되고 매력 있게 황당무계할 정도로 부풀려 말하기 일쑤이다. 왜냐하면 수공업 직공의 삶에 대한 멋진 문학은 민중의 공동재산이고, 오랜 전통의 모험담은 모든 개인의 삶에서부터 나와 새로운 아라비아 문양이 짜 넣어지며 다시 새롭게 태어나기 때문이다. 또 모든 떠돌이 직공들은 이야기를 시작하는 순간 불멸의 오일렌슈피겔[45]이나 불멸의 슈트라우빙어[46]의 한 면모를 갖고 있기 때문이다.

"그러니까 프랑크푸르트에 있을 때였지. 정말 그땐 사는 것 같았어! 내가 지금까지 한 번도 얘기한 적이 없을 거야. 원숭이 같은 돈 많은 상인이 내 주인의 딸이랑 결혼하고 싶어 했어. 하지만 그녀가 퇴짜를 놨지. 내가 더 맘에 들었던 거야. 그녀는 넉 달 동안이나 내 애인이었어. 내가 주인 영감이랑 싸우지만 않았더라면, 아마 지금쯤 그곳에 눌러앉아 그 사람 사위가 되었을지도 몰라."

그리고 그는 계속 이야기를 늘어놓았다. 그 주인 영감, 그 못된 인간이 자신을 어떻게 괴롭히려고 했는지. 그 영혼을 팔아버린 놈이 한 번은 감히 그런 짓을 하더니 그를 때리려고 손을 뻗치기도 했단다. 하지만 그가 아무 말도 하지 않고 쇠를 벼리는 망치를 흔들며 영감을 노려봤더니, 머리통이 더 소중한지 아주 조용히 사라졌고, 이 비겁한 멍청이가 나중에 서면으로 해

---

45. Eulenspiegel: 중세 저지독일의 민담집에 나오는 어릿광대 틸 오일렌슈피겔 Till Eulenspiegel을 칭하는 것 같다. 외모는 광대이나 통찰력과 유머를 지닌 인물이다.
46. Straubinger: 슈트라우빙이라는 장소에서 유래한 이름으로, 떠돌이 수공업 직공을 뜻한다. 1820년에 바이에른의 시인 칼 뮐러가 지은 노래 가사에 이 이름이 들어 있다.

고 통보를 하더라는 것이다. 그리고 또 오펜부르크에서 벌였던 엄청난 싸움에 대해서도 떠벌였다. 자신을 포함한 세 명의 철물공이 일곱 명이나 되는 공장노동자를 반쯤 죽도록 두들겨 팼다며, 오펜부르크에 갈 경우 껑다리 쇼르쉬에게 물어보기만 하면 된다고 했다. 그 사람은 아직 거기 살고 있고 당시 싸움판에 함께 있었다는 것이다.

이 모든 이야기는 대담하고 냉정한 어조로, 하지만 속에서부터 끓어오르는 커다란 열정과 희열을 담아 전해졌다. 모두 깊이 만족해하며 귀를 기울였고, 언젠가 이 이야기를 다른 동료에게 해줘야지 속으로 다짐하고 있었다. 왜냐하면 모든 철물공은 한 번 쯤은 주인 집 딸을 애인으로 삼은 적이 있었고, 한 번쯤은 못된 주인한테 망치를 들고 대든 적이 있었으며, 한 번 쯤은 일곱 명의 공장노동자를 불쌍할 정도로 두들겨 패줬기 때문이었다. 이런 이야기는 때로는 바덴에서, 때로는 헤센이나 스위스에서 일어나기도 했다. 때로는 망치 대신에 줄이나 이글거리는 쇳덩이가 쓰이기도 했다. 공장노동자 대신에 빵 굽는 사람이나 재단사가 등장하기도 했다. 내용은 늘 그게 그거지만, 사람들은 이 이야기를 몇 번이고 반복해서 듣는다. 왜냐하면 이런 이야기들은 예전부터 내려왔고 유익하며, 동업자조합에게 명예를 주기 때문이다. 그렇다고 방랑하는 직공들 중에서 체험의 천재 혹은 창작의 천재라고 할 만한 사람들이 두 번 다시 나타나지 않았고, 오늘날에는 그런 사람들이 없다는 것을 뜻하는 것은 아니다. 근본적으로는 체험의 천재나 창작의 천재는 동일

한 부류이다.

특히 아우구스트가 이야기에 푹 빠져 아주 즐거워했다. 끊임없이 웃으며 맞장구를 쳤고, 이미 절반은 숙련공이 된 것처럼 생각이 되어 조소적인 향락주의자의 표정을 지으며 더없이 화창한 대기 속으로 담배 연기를 뿜어 댔다. 이야기꾼은 자기 임무를 계속했다. 견습생들과 함께 있어 주는 것만으로도 자신을 친절하게 낮춰 주는 것이라는 사실을 보여주려 했기 때문이었다. 사실 숙련공인 그가 일요일에 견습생들과 함께 어울리는 것은 적절하지 않았다. 견습생이 술값으로 돈을 탕진하는 데 한몫거들고 있다는 것은 부끄러워해야 할 일이었다.

이들은 국도를 따라 강 아래쪽으로 한참을 걸어갔다. 이제 완만하게 경사져 올라가면서, 휘어져 산 위로 이어지는 차도와, 거리는 그 절반밖에 되지 않지만 가파른 인도를 택해야 하는 지점에 도달했다. 조금 멀고, 먼지가 나기는 했지만 그들은 차도를 선택했다. 인도는 근무하는 날 이용하는 길이고, 산책하는 신사들의 길이었다. 그러나 민중들은 특히 일요일에는 국도를 좋아했다. 국도가 주는 시적 분위기는 아직 그들 가슴속에 남아 있었다. 가파른 인도를 올라가는 것, 그것은 농부나 자연을 좋아하는 도시 사람들이 하는 일이다. 그것은 노동이거나 스포츠이다. 하지만 일반 민중에게는 어떤 즐거움도 주지 않는다. 국도는 이와는 정반대였다. 그곳에서는 쾌적하게 걸어가면서 수다를 떨 수 있으며, 장화와 외출복을 보호할 수 있고, 지나가는 마차와 말을 볼 수도 있다. 산책하는 다른 사람들을 볼 수도 있고 앞지를 수도 있다. 예쁘게 차려입은 아가씨들이나 노래하는 젊은이들과 마주칠 수도 있다. 농담을 걸어오면 웃으며 받아치기도 한다. 그냥 서 있기만 할 수도 있고, 잡담을 할 수도 있고, 결혼하지 않은 총각이라면 아가씨 뒤를 따라갈 수도 있으며 쫓아다니며 웃을 수도 있다. 좋은 동료와 개인적인 불화가 있다면 저녁에 행동으로 마음을 표현하며 화해할 수도 있다.

견습생들은 차도를 걸어갔다. 길은 커다란 곡선을 그리며 조용하고 다정하게 산 쪽으로 연결되어 있었다. 마치 느긋하고 땀 흘리는 것을 싫어하는 사람처럼. 숙련공은 윗옷을 벗어 지팡이에 걸어 어깨에 걸쳐놓았다. 이제 이야기를 하는 대신에 대담하고 흥겹게 휘파람을 불기 시작했다. 한 시간 뒤 비라하에 도착할 때까지 계속 휘파람을 불었다. 몇 차례 한스를 빈정대는 농담이 던져지기도 했지만, 한스는 심각하게 받아들이지 않았다. 오히려 아우구스트가 한스보다 더 열심히 이를 방어했다. 이제 그들은 비라하에 도착했다.

비라하 마을은 붉은색 기와지붕과 은회색 초가지붕으로 뒤덮여, 가을빛을 담은 과일나무 사이에 자리 잡고 있었다. 뒤쪽으로는 숲이 울창한 검은 산이 불쑥 솟아 있었다.

젊은이들은 어느 주점으로 들어가야 할지 의견이 분분했다. 주점 '닻'에는 최고의 맥주가 있었고, '백조'에는 최고급 케이크가, '날카로운 모퉁이'에는 예쁜 주인집 딸이 있었다. 드디어 아우구스트가 '닻'으로 가자고 밀어붙였다. 몇 잔 마시는 동안에 '날카로운 모퉁이'가 없어지는 것도 아니고 또 나중에라도 갈 수 있다며 눈짓을 하며 운을 뗐다. 모두가 동의하고 그렇게 마을로 들어서, 마구간을 지나고, 제라늄 화분이 있는 농가의 나지막한 창문을 지나 '닻'으로 향했다. 주점의 황금빛 간판이 둥그스름한 어린 밤나무 너머에서 햇살 속에서 번쩍거리며 유혹하고 있었다. 숙련공은 주점 안의 홀에 앉고 싶어 했지만 안타깝게도 그곳은 사람들로 꽉 차서 할 수 없이 정원에 자리를 잡을 수밖에 없었다.

'닻'은 손님들 사이에서는 품격 있는 주점으로 유명했다. 오래된 농가 건물로 된 술집이 아니라, 현대식 네모난 벽돌로 지어진 집으로 창문이 많고 벤치 대신 의자가 놓여 있고, 양철로 된 알록달록한 광고판도 꽤 걸려 있었다. 게다가 도회지 풍으로 옷을 입은 여종업원들이 시중을 들었다. 주인은 절대 팔소매를 걷어 올린 적이 없고, 유행에 맞는 갈색 양복을 늘 완벽하게 갖춰 입고 있었다. 사실 그는 파산 상태였다. 하지만 커다란 양조장을 운영하는 주 채권자에게서 원래 자기 집을 빌려서 사용하게 된 이후 오히려 더 품위 있어졌다. 정원은 아카시아 한 그루와 커다란 철망 울타리로 둘러싸여 있었다. 울타리 절반 정도는 야생 포도로 뒤덮여 있었다.

"건강을 위하여!" 숙련공이 외치며 세 명의 동료와 잔을 부딪쳤다. 그러고는 으스대기 위해 단숨에 잔을 비웠다.

"거기요, 예쁜 아가씨, 잔이 비었어, 하나 더!" 여종업원에게 외치면서 식탁 너머로 술잔을 내밀었다.

맥주 맛은 탁월했고, 시원하고 너무 쓰지도 않았다. 한스도 거리낌 없이 자기 잔을 비웠다. 아우구스트는 전문가 같은 얼굴로 맥주를 들이키고는 혀로 짝짝 소리를 냈다. 그러면서 마치 연기가 잘 빠지지 않는 난로처럼 담배를 피웠다. 이런 광경에 한스는 속으로 놀라워할 뿐이었다.

인생을 알고 즐겁게 지낼 줄 아는 사람들과 함께 앉아서, 당연히 그래도 되고 그럴 만한 자격이 있는 사람처럼 이렇게 유쾌하게 일요일을 보내고, 주점에 앉아 있는 것도 그렇게 나쁘지 않았다. 함께 웃기도 하고, 가끔 농담을 던져 보는 것도 멋졌다. 다 마신 뒤에 식탁에 소리 나게 잔을 놓는 것도, 거침없이 "아가씨, 한 잔 더!"라고 외치는 것도 멋지고 남자다웠다. 옆식탁에 앉아 있는 낯익은 사람에게 건배를 청하는 것도, 꺼진 여송연 꽁초를 왼손에 끼우는 것도, 다른 사람처럼 모자를 목덜미 쪽으로 젖혀 눌러쓰는 것도 멋졌다.

다른 작업장에서 함께 온 숙련공도 이제 기분이 좋아져 이야기를 시작했다. 울름의 어떤 철물공을 알고 있는데, 이 사람은 맛좋은 울름 맥주를 20잔이나 마실 수 있다고 했다. 그것을 다 마시고 나더니 입을 닦으면서, '자, 이제는 좋은 포도주 한 병 더!'라고 말했다는 것이다. 또 칸슈타트에서는 어떤 화부를 알게 되었는데, 이 사람은 얇고 단단한 껍질로 싸인 소시지를 12개나 쉬지 않고 먹을 수 있어서 내기에 이겼다고 했다. 하지만 두 번째 내기에서는 졌단다. 주제넘게 작은 주점의 식단표에 있는 것을 다 먹어 치우려 덤벼들었고, 또 거의 다 먹어 치우기도 했지만, 식단표 맨 마지막에 네 종류의 치즈가 적혀 있어, 세 번째 치즈를 먹다가 접시를 밀어 버리면서 이렇게 말했다고 한다. '한 입 더 먹느니 차라리 죽는 게 낫겠어.'

이 이야기도 열렬한 박수갈채를 받았다. 이것은 이 세상 어디에나 끈질기게 마셔 대고 먹어 대는 사람이 있다는 것을 보여주었다. 왜냐하면 누구나 이런 주인공과 주인공의 능력에 대한 이야깃거리를 갖고 있기 때문이었다. 어떤 사람에게서는 '슈투트가르트의 어떤 남자'이고, 다른 사람에게서는 '내 생각에는 루드비히스부르크의 기병'이었다. 또 다른 사람의 이야기에서는 열일곱 개의 감자였고, 또 다른 사람에게는 샐러드를 곁들인 열한 개의 팬케이크였다. 사람들은 이러한 사건들을 사실적으로 진지하게 설명했다. 그리고 세상에는 멋진 재능과 유별난 사람들이 아주 많고 그중에는 기인도 있다는 사실을 알고 있다는 생각에 기분 좋게 푹 빠져 있었다. 이런 유쾌함과 이러한 객관성은 단골로 오는 모든 소시민들의 오래되고 귀한 유산이다. 술을 마시거나, 정치에 대해 이야기하거나, 담배를 피우거나, 결혼하거나 죽는 것과 마찬가지로, 이러한 유산은 젊은이들이 계속 따라 하게 된다.

석 잔째 마시다가 일행 중 한 명이 케이크는 없냐고 물었다. 여종업원을 불렀다. 그랬더니 케이크가 없다는 것이었다. 그러자 모두 엄청나게 흥분했다. 아우구스트가 자리에서 일어나더니 케이크가 없으면 다른 집으로 가면 된다고 했다. 다른 작업장에서 온 숙련공은 형편없는 가게라고 욕을 했다. 단지 프랑크푸르트에서 온 직공만이 남아 있고 싶어 했다. 그사이 그는 여종업원과 약간 사귀어서 벌써 몇 차례나 농도 짙게 그녀를 쓰다듬기도 했기 때문이었다. 한스는 그 모습을 바라보았다. 맥주와 함께 이런 광경은 한스를 이상하게 흥분시켰다. 이제 모두 자리를 뜨려 했다. 한스는 기뻤다.

술값을 지불하고 거리로 나오자, 한스는 좀 전에 마신 세 잔의 술기운이 느껴지기 시작했다. 아주 쾌적한 기분이었다. 반쯤은 피곤하고, 반쯤은 무언가 하고 싶은 기분이 들었다. 마치 눈앞에 얇은 베일이 드리워진 것 같았다. 베일을 통해서 보니 모든 것이 더 멀리 있는 것 같았고 거의 비현실적으로 보였다. 마치 꿈속에서 보는 것 같았다. 그는 끊임없이 웃으며, 모자를 조금 더 건방지게 삐딱하게 썼다. 마치 멋지고 유쾌한 사나이가 된 것 같은 기분이었다. 프랑크푸르트 출신 직공은 다시 전투적으로 휘파람을 불어 댔고, 한스는 거기에 박자를 맞추며 걸으려 했다.

주점 '날카로운 모퉁이'는 상당히 조용했다. 농부 몇 사람이 새로 짠 포도주를 마시고 있었다. 생맥주는 없고 병맥주뿐이었다. 곧 각자의 앞에 한 병씩 놓여졌다. 다른 작업장에서 온 숙련공은 인색하지 않다는 것을 보여주려고, 모두를 위해 커다란 사과 케이크를 주문했다. 한스는 갑자기 굉장히 배가 고파서, 연달아 몇 조각을 먹었다. 주점의 오래된 갈색 방에서 벽에 기대어 놓은 단단하고 넓은 의자에 앉아 있자니 몽롱하고 편안했다. 음식을 차려 놓는 구식의 식탁과 거대한 난로가 어스레함 속으로 사라졌다. 나무 창살로 된 커다란 새장 안에는 박새 두 마리가 날개를 파닥거렸다. 빨간색 마가목[47] 열매가 잔뜩 달린 가지가 새장 사이에 꽂혀 있었다.

주인이 잠시 식탁에 와서 손님을 반겼다. 젊은이들이 제대로 대화를 나누기 시작한 것은 그러고 나서 얼마가 지난 뒤였다. 한스는 맛이 강한 병맥주를 몇 모금 마신 뒤에 자신이 한 병을 다 마실 수 있을지 궁금해졌다.

프랑크푸르트 출신 직공은 또 다시 엄청나게 허풍을 떨기 시작했다. 라인 지방의 포도 축제, 방랑생활, 싸구려 여관에서 묵었던 일들을 떠벌렸다. 사람들은 재미있어 하며 귀를 기울였고 한스도 웃음을 멈출 수가 없었다.

한스는 갑자기 자신의 상태가 정상이 아닌 것을 느꼈다. 방, 병과 술잔, 동료들이 빈번히 부드러운 갈색의 구름 속으로 녹아들었다가, 정신을 차리면 다시 형태가 잡혔다. 때때로 대화와 웃음소리가 점점 더 커지면 한스도 따라 웃거나, 횡설수설 뭔가 말을 했다. 건배를 하기 위해 술잔을 부딪치면, 그도 함께 했다. 한 시간이 지나자 한스는 자신의 술병이 비어 있는 것을 보고 놀랐다.

"단숨에 비우네." 아우구스트가 말했다. "한 병 더 할래?"

한스는 웃으면서 고개를 끄덕였다. 전에는 이렇게 마셔 대는 것이 굉장히 위험하다고 생각했었다. 이제 프랑크푸르트 출

---

47. 장미과에 속한 활엽 교목. 높이는 8미터 정도이며 잎은 어긋나고 톱니가 있다.
5~6월에 흰색 꽃이 피고 10월에 둥근 열매가 익으며 열매와 껍질은 약재로 쓰인다.

신 직공이 노래를 시작해서, 모두가 함께 노래를 부르자, 한스도 목청을 돋우어 함께 노래했다.

그사이 주점은 사람들로 꽉 찼다. 주인 딸이 여종업원을 도와 시중을 들러 왔다. 큰 키에 몸매가 예쁜 처녀로 건강하고 다부진 얼굴에 침착한 갈색 눈을 갖고 있었다.

그녀가 맥주병을 새로 한스 앞에 갖다 놓자, 옆에 앉아 있던 숙련공이 그녀에게 아주 멋들어진 찬사의 말을 늘어놓기 시작했다. 하지만 그녀는 들은 척도 하지 않았다. 숙련공에게 관심이 없다는 것을 보여주기 위해서였는지, 아니면 우아하게 생긴 소년의 얼굴이 마음에 들었던지, 그녀는 한스에게로 몸을 돌려 재빨리 그의 머리를 쓰다듬었다. 그러고는 다시 음식을 차려 놓은 식탁으로 돌아갔다.

이미 세 병째 마시고 있던 숙련공이 그녀를 쫓아가 말을 걸려고 온갖 애를 썼다. 키가 큰 그 소녀는 냉담하게 쳐다보더니 아무 대답도 않고 곧 등을 돌려버렸다. 그러자 숙련공은 다시 식탁으로 돌아와 빈 병으로 두드리며 갑자기 흥분해서 외쳤다. "애들아, 재미있게 놀아 보자, 건배!"

이제 그는 여자에 대한 음탕한 이야기를 시작했다.

한스는 목소리가 뒤섞여 희미하게 들릴 뿐이었다. 두 번째 병을 거의 다 마셨을 때는 말하는 것은 물론 웃는 것조차 힘들어지기 시작했다. 그는 박새 새장으로 가서 새들에게 모이를 좀 주려고 했다. 하지만 두 걸음을 떼자 어지러워서 하마터면 쓰러질 뻔했다. 그래서 조심스레 다시 자리로 돌아왔다.

그때부터 아무 거리낌 없이 즐겁던 기분이 점차 가라앉았다. 한스는 자신이 술에 취했다는 걸 알았다. 마시는 게 이제 더 이상 즐겁지 않았다. 마치 저 멀리서 온갖 불행이 그를 기다리고 있는 것 같았다. 집으로 돌아가는 길, 아버지와의 불쾌한 다툼, 아침 일찍 다시 작업장으로 갈 일. 머리도 점점 아파졌다.

다른 동료들도 즐길 만큼 즐겼다. 머리가 잠깐 맑은 순간 아우구스트는 돈을 지불했다. 1탈러를 냈지만 거스름돈은 별로 많지 많았다. 그들은 잡담을 하고 웃으면서 길을 걸었다. 저녁놀에 눈이 부셨다. 한스는 몸을 제대로 가눌 수도 없었다. 비틀거리며 아우구스트에게 기대어 그가 걷는 대로 따라갔다.

다른 작업장에서 온 철물공은 감상적이 되어, 〈내일이면 나는 여기를 떠나야만 하네〉[48]를 부르며 눈물을 글썽였다.

애당초 모두 집으로 돌아갈 생각이었다. 하지만 주점 '백조'를 지나는 순간 숙련공이 여기도 들어가겠다고 고집을 피웠다. 문간에서 한스는 동료들의 손을 뿌리쳤다.

"난 집에 가야 해."

"혼자서는 못가." 숙련공이 웃었다.

"아니, 아니, 나는—집에—가야 해."

"그러면 적어도 소주 한 잔만 더 해, 꼬맹아! 그러면 다리에 힘이 생기고, 위장도 편해질 거야. 정말이야, 한번 해보라니까."

---

48. 슈바벤 출신의 작곡가 프리드리히 질허(1789-1860)가 작곡한 민요.

한스는 손에 작은 잔이 쥐어져 있는 것이 느껴졌다. 잔에 든 술을 꽤 많이 흘리고 나머지를 꿀꺽 삼키자 목이 활활 타는 것 같았다. 갑자기 구역질이 올라왔다. 혼자 현관 앞 층계를 내려와 비틀거리며 마을로 나왔다. 어떻게 왔는지도 몰랐다. 집, 울타리, 정원들이 비스듬히 돌면서 그의 주변에서 어지럽게 물결쳤다.

사과나무 아래에서 축축하게 젖은 풀밭에 누웠다. 수많은 언짢은 감정, 고통스러운 두려움과 끝내지 못한 생각 때문에 잠이 들지 못했다. 더렵혀지고 모욕당한 것 같았다. 집에 어떻게 돌아가지? 아버지에게 뭐라고 말해야 하지? 내일 나는 무엇이 될까? 자신이 너무나 낙담하고 가련한 듯 생각되어, 이제 영원히 휴식을 취하고 잠들어 자신을 부끄러워해야만 할 것 같았다. 머리와 눈이 아팠고, 일어나 계속 갈 기운도 없었다.

조금 전에 느꼈던 즐거움의 흔적이 마치 뒤늦게 들이닥친 일시적인 파도처럼 갑자기 다시 몰려왔다. 그는 얼굴을 찡그리며 흥얼거리기 시작했다.

오, 너 사랑하는 아우구스틴,[49]

아우구스틴, 아우구스틴,

오, 너 사랑하는 아우구스틴,

---

49. 남자 이름 혹은 성.

모든 게 끝나 버렸네.

노래를 다 부르기도 전에 마음속 깊은 곳이 아려 오고, 어렴풋한 상념과 추억, 수치심과 자책감의 음울한 물결이 그를 엄습했다. 그는 크게 신음하고 흐느끼며 잔디에 쓰러졌다.

한 시간 뒤, 이미 날은 어두워졌다. 한스는 몸을 일으켜 불안한 걸음으로 힘겹게 언덕을 내려갔다.

기벤라트 씨는 저녁 식사 때 아들이 돌아오지 않자 있는 대로 욕을 해댔다. 9시가 되었는데도 한스가 여전히 돌아오지 않자, 오랫동안 사용하지 않던 튼튼한 등나무 회초리를 꺼내 두었다. '이 녀석, 이제 아버지한테 매를 맞지 않을 만큼 컸다고 생각하는 거겠지? 집에 오기만 해봐라, 본때를 보여주마.'

10시가 되자 아버지는 현관을 걸어 잠갔다. '아드님께서 한밤중에 몰려다닐 생각인가 본데, 제 놈이 어디서 묵어야 할지 잘 알게 될 거다.'

하지만 아버지는 잠을 못 이뤘다. 점점 더 화가 치밀지만 이제나 저제나 아들의 손이 문고리를 비틀어 보고 조심스레 초인종 줄을 당기기만 기다렸다. 그는 장면을 상상해 보았다. '싸돌아다니는 놈은 따끔한 맛을 좀 봐야 해! 이 나쁜 녀석이 분명 취했을 거야. 하지만 곧 술이 깨겠지. 못된 놈, 교활한 놈, 가련한 녀석! 뼈마디가 어긋나도록 두들겨 줄 거다.'

마침내 아버지도 그의 분노도 잠에 꺾이고 말았다.

같은 시각, 아버지가 마음속으로 협박하던 한스는 이미 싸늘하게 식어 조용히 어두운 강물 속에서 골짜기를 따라 천천히 떠내려가고 있었다. 구역질, 부끄러움, 고통이 그에게서 떠나갔다. 푸르스름하게 빛나는 차가운 가을밤이 희끄무레 저 멀리 떠내려가는 한스의 가냘픈 몸을 내려다보고 있었다. 검은 물은 한스의 손, 머리카락과 창백해진 입술과 장난을 쳤다. 날이 밝기 전에 사람을 겁내는 사냥 나온 수달이 교활하게 곁눈질 하며 소리 없이 스쳐 지나갔을 뿐, 아무도 그를 보지 못했다. 그가 어떻게 물에 빠졌는지 아무도 몰랐다. 어쩌면 길을 잃어 급경사진 곳에서 미끄러졌을지도 모른다. 어쩌면 물을 마시려다 중심을 잃었을지도 모른다. 혹은 아름다운 강 풍경에 매혹 당해 그 위에 몸을 굽혔는지도 모른다. 아니면 밤과 창백한 달빛이 그렇게 평화롭게, 깊은 안식을 품고 그를 바라보았기 때문에, 피곤과 두려움이 그에게 죽음의 그림자 안으로 들어가라고 은근히 강요했는지도 모른다.

낮에 사람들이 그를 발견하여 집으로 옮겼다. 놀란 아버지는 회초리를 치우고 쌓였던 분노를 풀어 버릴 수밖에 없었다. 울지 않았고 별 내색도 안 했다. 하지만 그날 밤 아버지는 또다시 깨어, 가끔씩 문틈으로 이제는 말 한마디 할 수 없는 아들을 건너다보았다. 아들은 깨끗한 침대 위에 누워 있었다. 여전히 우아한 이마와 창백하고 영리한 얼굴은 마치 여느 사람과 다른 운명을 가진 것이 뭔가 특별하고 타고난 권리라도 된다고 말하는 것 같았다. 이마와 손의 피부가 약간 푸르스름하고 붉게 긁혀 있었다. 곱상한 얼굴은 단잠을 자고 있었다. 두 눈은 하얀 눈꺼풀로 덮여 있고, 살짝 벌린 입은 만족한 듯, 거의 즐거워 보이기까지 했다. 소년은 한창 피어오르는 시기에 갑자기 꺾였고, 즐거운 행로에서 억지로 잡아 끌어당겨진 듯한 모습이었다. 아버지도 피곤과 외로운 슬픔에 지쳐 미소 짓는 이 환멸에 빠져 버렸다.

장례식에는 참석자와 호기심에 구경 온 사람들로 가득했다. 한스 기벤라트는 또 다시 유명 인사가 되어 모두의 관심을 불러일으켰다. 교사, 교장과 시 목사가 또다시 한스의 운명에 동참했다. 모두 프록코트를 입고 점잖은 실크해트를 쓰고 나타나 장례 행렬을 따라가, 서로 귓속말을 주고받으며 무덤가에서 잠시 서 있었다. 라틴어 교사는 유난히 감상적으로 보였다. 교장이 그에게 나직이 말을 건넨다. "그래요, 선생님, 저 아이는 뭔가 될 수 있었어요. 우수한 아이들이 저렇게 자주 기대에 어긋나는 건 불행한 일이 아니겠어요?"

한스의 아버지, 쉬지 않고 흐느끼는 안나 할머니와 함께 구둣방 주인 플라이크가 무덤가에 남아 있었다.

"그래요, 참 가혹한 일입니다, 기벤라트 씨." 그가 슬픔을 함께 하며 말했다. "저도 이 아이를 정말 좋아했습니다."

"도무지 이해할 수가 없습니다." 기벤라트가 한숨을 쉬었다. "저 애는 정말 재능이 뛰어났어요. 그리고 모든 게 다 잘 풀리기도 했고요. 학교고 시험이고……. 그런데 갑자기 불행이 덮쳤지요!"

구둣방 주인은 교회묘지 문을 지나 돌아가는 프록코트 입은 사람들을 가리켰다.

"저기 신사 양반 몇 분이 가네요." 그가 조용히 말했다. "아이가 저 지경이 되도록 저 사람들도 거든 셈이지요."

"뭐라고요?" 기벤라트는 버럭 화를 냈다. 그러고는 구둣방 주인을 의심스럽고 놀란 눈으로 빤히 쳐다보았다. "그래, 젠장, 도대체 왜요?"

"진정하세요, 이웃 양반. 난 그저 학교 선생들을 말하는 겁니다."

"왜요, 어떻게요?"

"아, 그만 둡시다. 당신이나 나나, 우리도 어쩌면 아이한테 소홀했던 게 많았을 겁니다. 그렇게 생각하지 않으세요?"

이 작은 도시 위에는 쾌청한 푸른 하늘이 펼쳐져 있고, 계곡에는 강물이 반짝이며 흘렀다. 전나무가 우거진 산들은 그리움을 담고 온화하게 멀리까지 푸르게 뻗어 있었다. 구둣방 주인은 슬프게 미소 지으며 기벤라트의 팔을 잡았다. 기벤라트는 이 시간의 정적과 이상하리만큼 고통스러운 생각 속에서 빠져나와 머뭇머뭇 당혹스러워 하며 익숙한 삶의 골짜기를 향해 발걸음을 옮기고 있었다.

헤르만 헤세의 자전적 소설
《수레바퀴 아래서》

한스 기벤라트에게 다정한 어머니가 있었더라면……. 공부 말고도 세상을 살아가는 방법은 여러 가지 있다고 아버지와 교사가 말해 주었더라면…….

그러나 한스는 어머니가 없었고, 명예욕과 물욕뿐인 아버지의 그늘에서 벗어날 수가 없었다. 주변에 그를 이해해 주는 사람은 아무도 없었다. 자신들의 명예심과 공명심을 여린 소년에게 짐 지워 놓은 뒤, 이를 감당하지 못하자 그냥 방치해 버렸다. 무엇 때문에 재능 있는 소년이 좌절과 절망에 빠지게 되었는지 고민하는 사람은 아무도 없었다. 아버지도 교사들도. 자살을 한 것인지 실수로 물에 빠진 것인지 불분명하게 서술되었지만, 인생의 꽃을 피우지 못한 한스 기벤라트의 죽음은 읽는 사람의 마음을 답답하게 만든다.

삶의 수레바퀴 아래 깔려 버린 한스를 주인공으로 한 《수레바퀴 아래서》는 헤르만 헤세(1877-1962)의 자전적 소설이다. 헤세는 1890-1891년까지 괴핑엔에 있는 라틴어학교를 다녔고, 1891년에는 뷔르템베르크 주 시험에 합격했다. 같은 해 장학생으로 마울브론 신학교에 입학하여, 처음에는 학교에 잘 적응하는 듯싶었지만 곧 정신적 위기를 겪게 된다. 1892년 4월 7일 신학교에서 도망쳤다가 다음날 붙잡혀 왔다. 4일 뒤인 4월 11일, 신학교의 교장은 헤세의 부친에게 헤세를 학교에서 잠시 내보내기로 결정했다는 편지를 보내게 된다. 4월 23일 헤세는 의사의 권고에 따라 집으로 보내졌다. 한 달 뒤 마울브론으로 돌아왔지만 5월에 신학교를 그만두게 된다. 이후 인문고등학교인 김나지움에도 다녔으나 결국 학업을 포기하고 1894년 6월부터 1895년 9월까지 탑의 시계를 만드는 공장의 견습생으로 일했다. 이 단순한 작업에 싫증이 난 그는 1895년부터 서점에서 견습생으로 일하면서, 글을 쓰기 시작하며 1901년 이후 작가로 활동하며 이름을 알리게 되었다.

1903년 완성된 《수레바퀴 아래서》는 1904년 5월 신문에 먼저 실린 뒤, 1906년에 책으로 출판되었다. 서점 견습생을 막 끝낸 시점에 쓴 이 소설에는 위에 언급한 헤세 자신의 경험뿐만 아니라, 1935년 자살한 그의 동생 한스의 학창시절도 반영되어 있다.

작품 속에서 신학교 교장은 주인공 한스에게 지치게 될 경우 '수레바퀴에 깔리게 된다'고 경고했고, 한스의 운명은 결국

그렇게 되고 말았다. 헤세의 동생 한스도 마찬가지였다. 1904
년 헤세는 "그들이 학교에서 동생의 기를 꺾어 놓은 이후 그 애
도 항상 수레바퀴 아래 있었습니다."라고 편지에 썼다. 그리고
나중에 동생 한스를 회고하면서 헤세는 다음과 같이 말했다.

　　　라틴어 학교는 나에게도 많은 갈등을 주었지만, 내가 겪은
　　것과는 다른 방식과 다른 이유 때문에 그(동생)에게는 시간이
　　갈수록 비극이 되고 말았습니다. 훗날 젊은 작가인 제가 《수레
　　바퀴 아래서》에서 증오심을 품고 그런 학교에 대해 담판을 지
　　은 것은, 제 자신과 마찬가지로 제 동생의 고통스러운 학창생활
　　이 원인이었습니다.

　　탁월한 소년이었으나 엄격하고 강압적인 교육에 희생된 주
인공의 이름으로 동생의 이름을 택한 것은 바로 이런 이유에
서였을 것이다. 동생의 이름뿐만 아니라 작품에 등장하는 인명
과 지명은 헤세의 개인적, 실제적 경험과 직결되어 있다. 한스
의 내면의 방황 및 삶을 포기하려는 순간의 결정 등도 헤세 자
신의 체험과 밀접한 관계를 맺고 있다. 신학교에서 집으로 돌아
와 방황하던 한스가 "총을 마련하거나 아니면 숲 어딘가에 밧
줄로 올가미를 만드는 것"을 생각하는 장면에서는, 14세 때 빌
린 돈으로 리볼버를 구입한 뒤 자살을 생각했던 작가의 어린 시
절을 떠올릴 수 있다.
　　그러나 작품의 주인공 한스와는 달리 헤세는 온순하고 순

종적인 소년은 아니었다. 어린 시절부터 시와 그림에 재능 있는 아이였지만 격정적인 기질 때문에 부모에게 걱정을 끼쳤다. 1936년 헤세는 과거를 회상하며, 어머니는 한없는 사랑을 주었고, 아버지는 기품 있고 온화한 성품이었지만 자신을 교육하는 데는 애를 많이 썼다고 고백한다. 헤세의 부모님은 전혀 엄격하지 않았고, 다른 가정에 비해 체벌도 없었다. 그러나 집안의 기독교 경건주의적 규율은 "어린 아이들, 그들의 자연적인 천성, 기질, 욕구와 발전을 의심하며, 우리가 타고난 천성, 재능, 특수성을 장려하거나 돋보이게 해 줄 준비가 되어 있지 않았다."

헤세는 자신이 가정과 학교에서 겪은 이러한 교육을 작품 속에서 신랄하게 비난한다.

교사의 의무와 국가가 그에게 위임한 소명은 어린 소년에게서 자연의 거친 힘과 욕망을 제어하고 없애 버린 뒤, 그 자리에 조용하고 절제된 그리고 국가가 인정하는 이상을 심어 주는 것이다. 이제는 만족하는 시민이자 열심히 노력하는 공무원이 된 많은 사람들은 학교의 이러한 노력이 없었더라면 아마 펄펄 날뛰는 개혁자나 혹은 아무런 성과 없이 사색만 하는 몽상가가 되었을 것이다! [……] 인간은 알려지지 않은 산에서 불어 내려온 바람이며 길도 질서도 없는 원시림이다. 원시림의 나무를 쳐내어 빛이 들어오게 하고, 깨끗이 치우고, 억지로 속박해야 하듯, 학교는 자연스러운 인간을 부수고, 굴복시키고, 억지로 속박해야 한다.

작중 인물 헤르만 하일너는 신학교의 모든 규율을 어기고 학교를 뛰쳐나간 뒤 결국 퇴학당하고 만다. 성과 이름이 모두 H로 시작함으로써 작가와의 유사성을 암시하는 이 인물은 시인으로서의 감수성과 획일적인 것에 대해 민감한 반응, 권위에 대한 과감한 도전이라는 특성 면에서 작가 헤세의 판박이라 할 수 있다.

헤세의 《수레바퀴 아래서》는 언뜻 보면 잘못된 교육과 그 아래서 고통 받는 젊은이 한스의 이야기로만 보인다. 그러나 문학작품이 현실을 보여주고 비판하는 것으로만 그친다면, 그 작품은 별 가치가 없다. 작품 안에서 새로운 길이 제시되고, 혹은 독자 스스로 그 길을 찾을 때 그 진가가 발휘된다. 헤세는 한스의 삶은 비극으로 마무리했지만, 사회가 아무리 구속해도 꿈과 기백이 있는 한 그 구속을 탈피하여 자신만의 길을 갈 수도 있다는 희망도 보여주었다. 헤르만 하일너를 통해, 그리고 자신을 통해.

이미선: 홍익대학교와 동대학원 독어독문학과를 졸업하고 독일 뒤셀도르프 대학에서 박사 학위를 받았다. 옮긴 책으로《존넨알레》,《별을 향해 가는 개》,《불의 비밀》,《막스 플랑크 평전》,《불순종의 아이들》,《아무도 가르쳐주지 않는 여행의 기술》,《누구나 아는 루터, 아무도 모르는 루터》,《천사가 너무해》 등이 있다.

수레바퀴 아래서

초판 1쇄 인쇄 2013년 5월 1일
초판 1쇄 발행 2013년 5월 5일

지은이 헤르만 헤세
옮긴이 이미선
발행인 신현부
발행처 부북스

주소 100-835 서울시 중구 신당2동 432-1628
전화 02-2235-6041
팩스 02-2253-6042
이메일 boobooks@naver.com

ISBN 978-89-93785-48-7 04080
ISBN 978-89-93785-07-4 (세트)

이 도서의 국립중앙도서관 출판시도서목록(CIP)은 e-CIP홈페이지(http://www.nl.go.kr/ecip)와 국가자료공동목록시스템(http://www.nl.go.kr/kolisnet)에서 이용하실 수 있습니다. (CIP제어번호 : CIP2013003883)